唐詩小札

刘逸生 著

中国青年出版社

（京）新登字083号

图书在版编目（CIP）数据

唐诗小札/刘逸生著. —北京：中国青年出版社，2016.6
ISBN 978-7-5153-4298-6

Ⅰ.①唐...　Ⅱ.①刘...　Ⅲ.①唐诗—诗歌欣赏
Ⅳ.①I207.22

中国版本图书馆CIP数据核字（2016）第151419号

责任编辑　曾玉立　岳　虹
装帧设计　瞿中华

出版发行　中国青年出版社
社　　　址　北京东四十二条21号　邮政编码：100708
网　　　址　www.cyp.com.cn
门 市 部　010-57350370
编 辑 部　010-57350402
印　　　刷　鸿博昊天科技有限公司
经　　　销　新华书店

规　　　格　889×1194　1/32
印　　　张　11.375
字　　　数　240千字
版　　　次　2016年10月北京第1版
印　　　次　2021年10月北京第6次印刷
定　　　价　48.00元

本图书如有印装质量问题,请凭购书发票与质检部联系调换
联系电话：(010)57350337

海内存知己，天涯若比邻。

卢延光 绘

念天地之悠悠，独怆然而涕下。

卢延光 绘

片云天共远，永夜月同孤。

杜甫

卢延光　绘

人生如此自可乐，岂必局束为人鞿。

卢延光　绘

春风无限潇湘意，欲采苹花不自由。

卢延光 绘

何当金络脑，快走踏清秋。

卢廷光 绘

旧时王谢堂前燕，飞入寻常百姓家。

卢延光 绘

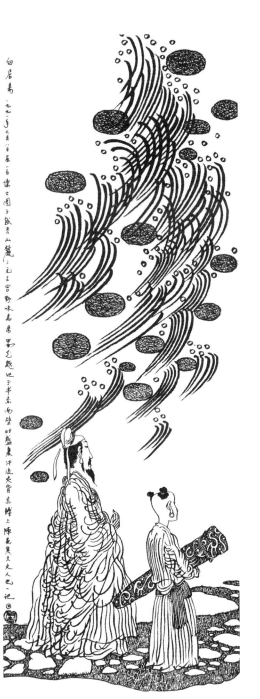

白居易

一九九一年七月八日至二百一十号士圈于盛春山麓三元古宫野味嘉居鄱毛题池于半瑟窗壁时盥集汇流叟兮昧降上陣风煮叟叟人也一记○

最爱湖东行不足，绿杨阴里白沙堤。

卢延光 绘

停车坐爱枫林晚，霜叶红于二月花。

卢廷光 绘

永忆江湖归白发，欲回天地入扁舟。

卢延光　绘

前言

上世纪60年代初,当《唐诗小札》面世,广州新华书店竟然出现了排队争购的场面。从此它一纸风行,风靡了大江南北!至今,仍然有不少人认为:《唐诗小札》哺育了几代人的中国古典诗歌修养和爱好。

其实,以类似小札这样的形式谈诗词,并非《唐诗小札》首创,在它之前,已经有人使用过它。有趣的是,近几十年来,受《唐诗小札》启示而发扬光大的各种"鉴赏辞典",吸引了更多人前来一试身手,但是,却还没有谁能够把《唐诗小札》比下去。

《唐诗小札》的成功是毋庸置疑的。

对于它何以能够成功,尚吟先生指出两条:一是作者对于唐诗具有"深入"的理解,二是其优美"如散文诗"的文笔。说得都对,但我以为还可以补充一条,就是它的富于"知识性"与"趣味性"。

"知识性"和"趣味性"对于《唐诗小札》其实相当重要。因为通俗地谈篇幅短小而不算深奥的唐诗,要敷衍成篇并不容易,而要做到各篇自具面目,使人读数十篇而不生雷同之感,欲罢不能,更是谈何容易!单凭疏解文义和优美文笔,是办不到的,这就要发挥"知识性"与"趣味性"的长处。照我看,《唐诗小札》的成功,一半有赖于此。这里所谓"知识性"并不等于有知识,读书人往往并不缺少知识，但容易受知识所拘囿，成了知识的奴隶，他的知识不能够和自己的文笔融为一体，只是些死知识。逸堂老人则不然。丰富庞杂的知识贮藏在他脑中，他是主人，知识则好比是招之即来挥之即去的奴仆，他运用知识，挥洒自如地引领读者出入古今，上天下地，纵横四海，而绝无掉书袋、说名理的冬烘气。

"趣味性"除了有个高低问题，对通俗读物作者来说，更要紧的是，对现实社会、对周围的生活，有没有息息相通的广泛的兴趣。把握不到现代人、一般读者的趣味所在，就无法吸引他们，更谈不上把他们的趣味提高。哪怕作者有再高的品位，对望望然去之的读者，也只有徒唤奈何。而要了解读者的兴趣，他们所以"喜闻乐见"，就只有靠实践，从长期经验积累中悟得，舍此别无他途。逸堂老人置身新闻界而多年从事副刊工作，使他具备了对"趣味性"这说来有些虚无缥缈之物的敏锐触觉。老人曾经追述他在羊城晚报副刊工作的经历，其中就说到："在快满九年的时间里，经我的手，在《晚会》总共发表了两万多篇长短不齐的文章、诗词、漫画、照片、剪纸、谜语……之类。《晚会》的宗旨，读者一看就明白，用那时的话来说，就是'寓共产主义教育于谈天说地之中'，强调了它的'知识性、趣味性'的特点。内容自然是古今中外,上至天文,下至地理,飞潜动植,文武百工,无所不包。在近九年之间,确实也绞了不少脑汁,费了不少气力。"

我想,如果逸堂老人早就在大学当教授,或者没有进入新闻界,或者进入了新闻界却没有到《羊城晚报》主持《晚会》副刊,对"知识性"和"趣味性"积累了深刻的了解,真不知道他能否写得出《唐诗小札》这样成功的作品?

老人晚年曾把他的"小札"与《唐诗三百首》相比,评价它们对唐诗普及的功劳。无疑地,无论在选诗的眼光,还是诗歌的审美和解诗的"深入浅出"上,"小札"是大大超过了后者的。《唐诗小札》自1961年出版,到今天仍然在再版,跨越了从"文革"前到"改革开放"后这样巨大的社会发展变化,而作者并不需要进行相应的修改,这表明它的确葆有不受时移世易淘汰的金刚不坏身。而这一点是与《唐诗三百首》差可比拟的。

刘斯翰

目　录

王 勃

(649 或 650—676)，唐文学家，字子安，绛州龙门(今山西河津)人。"初唐四杰"之一。曾任虢州参军。其诗长于五律，偏于描写个人经历，多思乡怀人，酬赠往还之作，风格较为清新流利。有《王子安集》。

送杜少府之任蜀川①

王 勃

城阙辅三秦，风烟望五津。

与君离别意，同是宦游人。

海内存知己，天涯若比邻。

无为在歧路，儿女共沾巾。

初唐四杰——王勃、杨炯、卢照邻、骆宾王在中国文学史上是有一定地位的。他们虽然还不能完全摆脱六朝竞尚浮华的文风，但是却不肯随风而靡，像上官仪之流的只在"宫体诗"的泥潭中打滚。他们敢于用自己的创作实践，反对当时贵族宫廷文学的没落倾向，给诗坛带来一股清新健康的空气。虽然成就并不特别巨大，却正如黑夜中初现的一线曙光，依然值得人们珍视。

王勃这首五律所以为后代的读者所注意，正是由于它

①少府——唐代县尉的通称。之任——上任。蜀川——泛指蜀地。

无论在思想内容上或文字风格上，都是和统治着当时诗坛的贵族宫廷文学处于相反的一面。众所周知，贵族宫廷文学——在诗歌上则以"宫体诗"为代表——都是一些失掉生命的尸体，它们除了竭力借助于金碧辉煌而又庸俗不堪的外表之外，已经再也没有别的出路了。然而由于它们还占着统治地位，要打破它是需要有先驱者的勇气和付出艰苦的创作劳动的。王、杨、卢、骆已经开始尝试着探索新的道路。像王勃的这一首诗，就是通过创作实践向它们作出了否定的一例。（当然，同一时期还有其他的类似作品，这里只是举例。）

这首诗从思想内容看，歌颂了人间真挚的友情之可贵，说明这种友谊并不会因为形迹疏远而减弱，诗里洋溢着真实的、深挚的感情，对于那些意识低下、感情虚伪的宫廷作家和宫廷文学来说，客观上起了揭露和排斥的作用。从文字风格上看，则是壮阔开朗，朴实严整，使人自然地觉得它有一种健康壮实的艺术上的美。

本来，从格律来说，王勃这首五律还不是定型了的。律诗八句，开头两句一般不讲对仗，而三、四两句却非要讲求对仗不可。这一首诗却正好相反，开头一联使用了严整的对仗，三、四两句却又不然。这是因为在初唐，"近体诗"的格律还没有定型化（从唐代开始，称律诗、绝诗为近体诗），作者们还在探索的缘故；不过，可以看出它已出现一个雏形。例如这首诗虽然在对仗上面还有参差，而平仄、押韵和"粘"②的运用都是标准的"近体诗"，便是证明③。

②律诗上联的对句和下联的出句，平仄要靠近，这叫"粘"。如七律第二句若是仄仄平平仄仄平，则第三句须是仄仄平平平仄仄。

③到宋代，有些诗人喜欢弄些"破格"的律诗。例如一、二两句对仗，三、四两句反而不对仗，他们就称之为"偷春格"。意说有如梅花的先春而开。

读这首诗，先要看诗人怎样落笔。他一开头使用了严整的对仗，是有道理的。"城阙辅三秦"，点出送别的地点；"风烟望五津"④，再点一句行人要去的地方。先交代出送友人去蜀川的主题，使它眉目清楚。这是第一点。其次，一句写"三秦"，用"城阙"来显示长安的一派气势，一句写"五津"，又用"风烟"来显示远处的满眼迷蒙。这样，就传神地摹画出两个朋友恋恋不舍，时而仰头看着长安城阙，时而翘首远方想象蜀川的神态。所以这两句又不限于交代一下地点，而且还带出了人物分手时的神情动作了。

"与君离别意，同是宦游人。"这两句承上而来，是诗人先用一种理由去安慰他的朋友。那意思是说，你为了做官的缘故，远去蜀川，我也是为了做官来到长安，同属"宦游"之身。远离乡土作客他方的感触，彼此都是一样的。这是用两人处境相同、情感一致来安慰朋友，借以减轻他孤身远行所引起的悲愁情绪。

④ "城阙辅三秦"，意思是长安城宫阙嵯峨，险要的"三秦"从四面卫护着它。"三秦"相当于现在陕西省中部和北部一带地方。"风烟望五津"，"五津"指白华津、万里津、江首津、涉头津、江南津，都是四川省岷江上的津口。这里用来代表杜少府要去的蜀川。

⑤ 儿女——《后汉书·来歙传》："故呼巨卿，欲相属以军事，而反效儿女子涕泣乎！"儿女子是指情感脆弱的孩子。有人认为此诗"儿女"是指青年男女。因青年男女之间的爱恋私情，别离时总不免哭泣。今按，青年恋人临歧分手固然不免哭泣，但临歧分手的"儿女"，也应包括姊弟、兄妹等在内，他们分手时同样会哭泣。弟妹也不一定已成为青年。追溯此词的源头，还是以泛指情感脆弱的孩子较妥。

转入五、六两句，诗人再进一步申明自己的看法："海内存知己，天涯若比邻。"这十个字应该做一句读。意思说，朋友分手，固然不免黯然神伤，可是一想到在自己的生活中仍然有个知己，而知己是绝不会因为形迹的疏远而使感情从此淡薄的。那么，即使彼此分隔在天涯地角，从思想感情的交融来说，还不是和隔邻相处一样吗！

于是在结联里，诗人奉劝他的朋友："无为在歧路，儿女⑤共沾巾。"在临别的时候，像情感脆弱的孩子那样哭着是没有必要的。

　　整首诗写出了两人友情的真挚不移，并且还表露了诗人胸怀浩阔，自有远大的志向，不肯作儿女之态。这样来劝勉远行的人，自然会使他精神开朗，意气高昂，慷慨而别，鼓舞而去。这样的送别诗，自然显出气象壮阔，不落俗套。无怪它能够成为历代传诵的名作。

陈子昂

（659—700），字伯玉，梓州射洪（今属四川）人。开耀进士，拜麟台正字，转右拾遗。其诗标举汉魏风骨，强调兴寄，反对柔靡之风。是唐代诗歌革新的先驱，对唐诗发展颇有影响。有《陈伯玉集》。

酬晖上人秋夜山亭有赠

陈子昂

皎皎白林秋，微微翠山静。
禅居①感物变，独坐开轩屏②。
风泉夜声杂，月露宵光冷。
多谢③忘机人，尘忧未能整④。

陈子昂，唐代第一个在理论上提倡"汉魏风骨"⑤，反对齐梁以来的委靡诗风的杰出诗人。他不仅在理论上而且在实践上和当时的"宫体诗"逆流进行了斗争，在唐代灿烂的诗歌发展史上起了重要的先驱作用。他不仅是一位诗人，而且是一位有抱负、有才能的爱国忧时的人物，胸中一股发愤报国、不甘下游的雄心壮志，时常从他的笔底流露出来，可惜他一生始终受到排斥

①禅居——僧房。
②轩屏——这里作门扇解。屏读上声。
③多谢——与一般的多谢不同，是作者的谦词，惭愧的意思。
④整——原意是整治，这里作扫除解。
⑤汉魏风骨——指汉末三国时期的一种刚健清新的诗风。这个时期许多作品都具有反映社会现实的内容和真实的思想感情。

和打击,无从施展抱负。

在陈子昂现存的诗篇中,《感遇》三十八首自然是他的重要作品。在这些篇章里,作者比较直截地抒述了自己对许多问题的想法和看法。这对于研究陈子昂来说,自然是很重要的材料;可是,就其他一些看来不大重要的诗篇上,在作者偶然透露的思想闪光中,也未尝不可以看出作者对社会、对人生的基本态度,并且不失为评价作者生平为人的参考材料。这里选取他的《酬晖上人秋夜山亭有赠》,就是从这个角度出发,并且借此窥看作者在抒情小诗中的艺术造诣。

诗是酬答一位叫晖的和尚而写的。晖和尚赠给他一首诗,大抵写的是秋夜山亭的景色(诗已失存)。诗人于是回答了一首。看来那时候诗人也是住在僧寺里面。

开头两句便已是一幅很美的秋夜景色。“皎皎白林”,写出寒林的萧瑟以及它在月光照射之下反映出来的一片皓白。再用“秋”字点出节令。——这是画图中的近景。第二句“微微翠山”则是画图中的远景了。因为是在月光底下,所以远山才显得轮廓朦胧,看上去不十分真切,所以句中下了“微微”二字。最后一个“静”字,又不仅表达出远山之神,而且还烘托出夜里的气氛。这两句写山中的秋夜,写秋夜有月,形象幽美,耐人体味。

三、四两句转到自己身上。自己住在山寺里,看见满眼秋色,感到节气已经变换了。但第三句包含的感情内容并不如此简单。从整首诗来看,可以体会出诗人由于景物的变化,产生了许多感想。因为想得很多,心情有点烦乱,后来索性打开门扇,独个儿坐在那里,呆呆地看,呆呆地想。第四句的“独坐开轩屏”,便是在这种烦乱的感想底下,像有目的又像没有目的的一种行动。

进入五、六句,又是一种境界。它看来还是写景,不过,已经更多地渗进了诗人的主观感情在内。上面说过,诗人开门独坐,目的并不在于欣赏眼前的景色,所以这时候,耳畔的风声和泉声,忽起忽落,有时两种声响又交织成一片,很杂乱,听起来就仿佛同自己心里的思潮混合在一起,很不容易分别开来。至于满地的月色和草上的露珠,又朦胧,又闪烁,看上去使人平添一股寒意。这寒意,在诗人心上也特别感得敏锐。这些,都和诗人无可奈何的隐居生活所带来的复杂心情有一定程度的应和。所以说,这两句写景是更多地带有诗人主观方面的色彩,同开头两句写景并不完全一样。

正因为自己虽然僻处山中,仍然未能忘怀世事,对于晖和尚在诗中表露的"忘机"(淡然忘情,与世无争)的襟抱,就有不同的看法。诗人最后这样说:"多谢忘机人,尘忧未能整。"由于自己未能扫除作为尘世中人的种种忧虑,读了晖和尚的佳作,只好感到惭愧了。点出了酬答的意思,也表示了自己不同的态度。

从上文的分析可以看出,诗人虽然幽居山中,并且也和一些方外的人往还,可是,这颗心却没有因此就变得宁静,许多所谓"尘忧"(包括对于国家的、社会的和个人身世的种种想念)仍然盘绕胸际,摆脱不开。因此就在一首酬和的诗中,也不期而然地闪露了出来。这是一种热爱社会、热爱生活的积极入世的态度,应该值得肯定。

这首诗在艺术处理上也有相当高的技巧。写景的精练,造句的秀整,以及情景的穿插、融汇,比起后来的盛唐名家,并不见得逊色。诗人在创作实践上力追"汉魏风骨"

所取得的成就，从这首诗也可以窥见一斑。

登幽州台歌

陈子昂

前不见古人，
后不见来者。
念天地之悠悠，
独怆然而涕下。

　　提起陈子昂，人们自然会想起他这首《登幽州台歌》。你看诗人那种百感茫茫的复杂心情，那种伤时感遇的沉郁情调，那种俯视一世的孤高抱负，都从寥寥四句中喷薄而出，何等深沉，何等悲壮！再三吟诵，仿如在白茅萧萧、天低云暗的旷野，听到嗷然长吟的画角；仿如在阵云深拥、万幕不哗的战地，听到骏马的几声悲鸣；也仿如在深山穷谷，踽踽独行，忽闻万木怒鸣，千林振响。此中是悲是愤？是爱是恨？是激烈还是低徊？是狂歌还是痛哭？纠结缠绵，很难分解。但觉四句之中，触绪无端，既不知从何而来，亦不知从何而去；忧怀杂沓，既不知何由而起，亦不知何由而止；浑沦莽苍，竟不知是个人之感，时代之恸，还是摒尽今兹，压倒千古。

　　这四句诗很难演绎，也很难解说，诗人胸中包罗广阔，笔下弃尽町畦，无来无去，无首无尾。勉强解说，势必如浑沌凿窍，七日而死①。然而我们必须知其时代背景，必须探其写作动机，尽力去接近它，才有可能设法去了解它。

这不是个人牢骚的迸发。在这短短的四句中，跳动着强烈的时代脉搏，反映出先驱者的苦闷与渴望。

陈子昂在二十九岁的时候，曾向武则天上过《答制问事八条》，主张减轻刑罚，任用贤才，延纳谏士，劝功赏勇，减轻徭役等，其中许多都是符合人民愿望的。但是事实说明，推行贤良政治并没有他想的那么简单。武则天当时忙于称帝改号，有她一套施政计划，对于这个文学小臣，当然不会重视。不久，他又因母丧去官(一说因为他上疏议论时政，武则天不喜欢他，因而罢职)。过了几年，再回到朝廷，却又因牵入"逆党"之事，陷入狱中。出狱后，在洛阳任右拾遗，到次年(万岁通天元年，公元六九六年)参加武攸宜的军事参谋。不料他一片为国的忠诚，反而招来了意外的打击，不能不使他十分愤慨。

①这句话出自《庄子》，是个寓言。它说：南海的帝王名叫倏，北海的帝王名叫忽，中央的帝王名叫浑沌。倏和忽常常在浑沌的国土上会见，浑沌待他们很好。倏和忽商量报答浑沌的美意，说："人都有七窍，用以看、听、饮食、呼吸，唯独他没有。我们试着给他凿开七窍。"一天凿一窍，到了第七天，浑沌就死了。

当时，东北边境住着契丹族，此时势力虽然并不甚大，仍是边境上的潜在威胁。武则天时期，镇守东北的松漠总督李尽忠忽然叛变，朝廷派兵镇压。恰在此时，契丹乘机起兵南侵，攻陷幽州、冀州和营州。武则天派武攸宜北上抵敌。

武攸宜不谙军事，才一接仗，先锋王孝杰等全军覆没。陈子昂正在幕中参谋军事，曾向武进言，不纳；又请分军万人为前锋，以遏敌势，武亦不听。其后更将他降职处分。子昂满腔爱国热情，受到打击。有一次，他登上幽州台(唐幽州治蓟，故城在今北京市西南)，放眼河山，忽发无穷感慨，便写下了这四句。

"前不见古人",不是前无古人,而是我既不见古人,古人亦不及见我。"后不见来者",也不是后无来者,而是后人我不及见,后人也不及见我。见我和我见的,本是这个时代,而偏偏在这个时代,既无古代英雄,亦无将来俊杰,沉迷惨澹,生气寂然,"天地悠悠",人生有限,谁能免于"怆然涕下"? 这正是纵临千载、旷视四海的有志之士的一段沉重的悲痛。

后来如清代的思想家和诗人龚自珍有诗云:

九州生气恃风雷,万马齐喑究可哀。

我劝天公重抖擞,不拘一格降人材。

千载遥遥,同怀此感,也不妨作为陈子昂此诗的印证。

唐初,以帝王提倡而风靡的"宫体诗",承接齐梁余波,依旧弥漫在朝廷上下。眼看已经过了六七十年了。正如陈子昂在《修竹篇序》中指出的:

文章道敝五百年矣! 汉魏风骨,晋宋莫传;然而文献有可征者。仆尝暇时观齐梁间诗,采丽竞繁,而兴寄都绝,每以永叹,窃思古人。常恐逶迤颓靡,风雅不作,以耿耿也。

这番话无异直斥当时朝廷上恶劣的诗风。他大声疾呼,要恢复"汉魏风骨"。也就是主张诗歌要有健康积极的内容,关心社会现实,抒发真实感情。他反对片面追求形式,唯美是尚。他表示要用自己的诗歌实践同后者进行不调和的斗争。

可是,当时的同调者实在没有多少人。

稍前于他的王(勃)杨(炯)卢(照邻)骆(宾王),根本没有提出自己的诗歌观点。卢、骆固然不曾完全摆脱齐梁余风，王、杨则一个早死，一个远宦(杨任盈川令，地在今四川筠连县境)。历史前进的脚步如此姗姗，还轮不到他们转移诗坛的风气。

那时诗坛上一伙把头式的人物，正是沈佺期、宋之问、李峤、苏味道、阎朝隐之流，他们都曾是宫廷幸臣，尽写些奉和应制、吟风弄月之作，以此作为献媚取宠的手段。

诗坛上这一片污浊，陈子昂也是十分愤慨的。

然而愤慨也罢，大声疾呼也罢，他不能不感到异常孤独。王维、李白、杜甫、高适、岑参这些盛唐诗坛上的支柱，那时还一个也不曾出生。"两间余一卒，荷戟独彷徨。"这种难堪的滋味，陈子昂先就深深地尝到了。

这也不能不使他发出"念天地之悠悠，独怆然而涕下"的悲痛之声。

然而，转机毕竟快来了。从开元年代开始，诗坛突然涌现一群灿烂的巨星，仿佛天空里的天狼、织女、大角、河鼓……全都聚集到一起来了。那时，陈子昂虽然已经寂寞地逝去，他的影子却依然存在，正如一颗曾经强烈爆发过的新星，在长空中永远留下作为印证历史的痕迹。

张若虚

(约 660—720)，扬州(治所在今江苏扬州)人。曾官兖州兵曹。以"文词俊秀"而"名扬于上京"，与贺知章、张旭、包融并称"吴中四士"。生平事迹不详。所作诗亦多散佚，《全唐诗》仅录存《代答闺梦还》《春江花月夜》两首。

春江花月夜

张若虚

春江潮水连海平，海上明月共潮生。
滟滟随波千万里，何处春江无月明！
江流宛转绕芳甸，月照花林皆似霰；
空里流霜不觉飞，汀上白沙看不见。
江天一色无纤尘，皎皎空中孤月轮。
江畔何人初见月？江月何年初照人？
人生代代无穷已，江月年年望相似。
不知江月待何人，但见长江送流水。
白云一片去悠悠，青枫浦上不胜愁。
谁家今夜扁舟子？何处相思明月楼？
可怜楼上月徘徊，应照离人妆镜台。
玉户帘中卷不去，捣衣砧上拂还来。

此时相望不相闻，愿逐月华流照君。
鸿雁长飞光不度，鱼龙潜跃水成文。
昨夜闲潭梦落花，可怜春半不还家。
江水流春去欲尽，江潭落月复西斜。
斜月沉沉藏海雾，碣石潇湘无限路。
不知乘月几人归？落月摇情满江树。

　　闻一多先生曾经写过一篇《宫体诗的自赎》。其中一大段是谈张若虚这首《春江花月夜》的。有几句话值得在这里引用一下：

　　在这种诗面前，一切的赞叹是饶舌，几乎是渎亵。

　　这是诗中的诗，顶峰上的顶峰。从这边回头一望，连刘希夷都是过程了，不用说卢照邻和他的配角骆宾王，更是过程的过程。至于那一百年间梁陈隋唐四代宫廷所遗下的那分最黑暗的罪孽，有了《春江花月夜》这样一首宫体诗，不也就洗净了吗？向前替宫体诗赎清了百年的罪，因此，向后也就和另一个顶峰陈子昂分工合作，清除了盛唐的路——张若虚的功绩是无可估计的。

　　诗人毕竟是诗人。这些赞美的话未免洋溢过分带上夸张的色彩。夸张些本也不妨；但是，闻先生把这首诗径称之为"宫体诗"，并且是"宫体诗的自赎"，似乎就颇有商榷的余地。

《春江花月夜》这个题目,据说是创始于陈后主——也就是被称为"全无心肝"的那个陈叔宝。但他到底在这题目下写了些什么?因为诗已失传,我们无从知道。如今最早看见的是隋炀帝的两首,每首仅有五言四句,宛如五绝。再说曾与《春江花月夜》并提的陈后主的那首《玉树后庭花》,还没有失传,倒是七言诗,但只有六句。诗写得非常肉麻;隋炀帝那两首也好不了多少。它们当然都是"宫体诗",但连形式都不是张若虚那种七言长篇巨制。

张若虚这首《春江花月夜》,虽然用的是同一个题目,是不是可以称之为"宫体诗"?我的看法是否定的。

宫体诗——以宫廷为中心的艳情诗,主要应该看它的内容。它是淫荡下流的,甚至有些是变态心理的表述。稍好些的也只有那么一点点形式的堆垛,勉强撑持着空虚与无聊的内容。

在形式上,宫体诗固然也多少吸收了齐梁以来讲求骈俪工整、追求谐律和声的某些成果,但这是非常次要的。至于研求声律者在诗学形式方面的探索及其进步作用,当然不能与宫体诗的出现混为一谈。

南北朝时期出现了大量民歌,它分成南北二支。北方民歌粗犷劲健,南方的则以婉转细腻、活泼姿媚见长,各有各的风格。而就内容来说,尽管我们所能见到的不过是十一之于千百,却明显可以看出它们同宫体诗正处在一个对立面上。

江南的山川气候和风土人情,影响着南方民歌的内容。从《乐府诗集·清商曲辞》所载的来看,大部分是情歌;它们又都带上南方水国的特有气息,同"健儿须快马,快马须健儿。""天苍苍,野茫茫,风吹草低见牛羊"的北方情调截然不同。

南方民歌还有"续续相生,连跗接萼,摇曳无穷,情味愈出"的形式美(沈德潜《古诗源·西洲曲》评语),而北方民歌是不兴这一套的。

寻源溯流,假如要探究张若虚《春江花月夜》之所以产生,我以为,与其说它是"宫体诗的自赎",毋宁说,它既吸取了南朝民歌内容和风格上的长处,更发挥了齐梁以来讲求形式美的成就,它把这两者都加以丰富了;而又有意于清洗宫体诗的污浊——它和宫体诗的关系仅仅如此。

然而成就是巨大的。自从这首《春江花月夜》诞生以后,人们才算是获得了一个范本。这个范本证明,齐梁以来开始酝酿到唐初接近完成的新的格律,南方民歌色彩的风调,七言中以小组转韵结合长篇的技巧,这三者可以糅合得极其完美。虽然他提出的是范本中之一,但他其实已登上一个高峰了。我们应该同意闻一多的估价:他"和另一个顶峰陈子昂分工合作,清除了盛唐的路"。

这正是这首名作之所以受到人们特别重视的原因。

离人思妇哀怨思忆的内容,应该从历史的角度上去加以估量。尽管说,这首诗不可避免地暴露出诗人的伤感情绪。但是在封建社会里,离人思妇不正是大量存在的现实吗?而且正是大量出现在社会底层的男女之间。我们不能苛责诗人为什么要选择这样的题材。

现在,让我们先逐段逐段仔细欣赏一番,然后再研究它在形式方面有哪些与众不同的特点。

海,是广阔而浩荡的,潮水,也是广阔而浩荡的,因此,江水也是浩荡的。江和海已经分不开来,连成一片了。

跟随潮水涌起来的,是一轮又圆又大的月亮。它那光亮闪烁动荡,随着波浪的涨涌,闪烁动荡的幅度越展越阔,越阔越远,仿佛飘到无边无际的远处。

呵!在这美丽的春夜,哪一条江流没有你的光华在翻腾飞跃呢!

(这四句的最后七个字,是对以下整篇的内容先安顿了伏笔。)

江水曲折地绕着开满香花嫩草的土地,月亮照在这座花的林子上面,看上去就像缀满了一颗颗的雪珠。

月亮已经在高空升起了。整个天空一片白茫茫的,恍如铺开了凝滞不飞的白霜。再看那沙滩呵,只有一片雪亮的月光,哪里还有沙砾的影子!

(这四句是极力描写明月。写出铺天漫地的光亮,也带出了花甸、花林。)

如今,江水和天空是一样颜色,再也分不开了。天上连微尘也不复存在。月是更加光明皎洁。它孤悬在空中,仿佛就是这世界唯一的主宰。

"唉!在这漫漫的历史长河中,是谁首先站在江岸上发现你的存在呢?而你,又是在哪个年代第一次把你的光华给予人类的呢?"

(早在远古的时候,就有那些喜欢思索的人,对着皎皎月轮,提出许多问号。有些,他们作出了自以为是的答案;有些,他们却无从解答。然而,大自然是光景常新,而人生却非常短暂这一客观事实,无论如何是引起许多人的感慨和迷惘的。这好像是永恒而又无法回答的题目。一代代的诗人哲士,不怕重蹈故辙地再三再四把它提出来,而又付之于无可如何。所以,先前既有刘希夷的"年年岁岁花相似,岁岁年年人不同。"后来又有李太白的"青天有月来几时,我欲停杯一问之"。)

人是一代一代过去了,江月依然是那个样子。它好像要等待什么人而又永远落空似的。千万代的人都过去了,它到底打算等待什么人呢?只有长江永远送走滔滔的流水。

(就这样,诗人通过江月长明、人生短暂的感喟,一线飞渡,向离人思妇的主题滑翔过去了。)

有时,人生就像白云那样,忽然给一阵什么风一下子远远飘开了。他来到一个叫青枫浦的地方,人地生疏。生活的鞭子迫使他不能不离乡他往。伴随他的只是使人忍受不了的苦闷。

同样是一个明月之夜,是哪个游子还飘荡在一叶扁舟之中;又是哪家的女儿在楼头想念她的远地飘零者?

(这是就离人思妇两方面合写一笔。)

楼头的明月总是在思妇的心头眼底徘徊。它也许一直要照射到她的妆台旁边吧!任凭她放下帘子还是卷起帘子,它总是不肯走开;任凭她把捣衣石拭抹了再拭抹,它的光华仍然不断地重现。

既然月华是无所不在的,远行的人也一定笼罩在月华之中。我难道不可以把自己的相思之情让无所不在的月华带到他身边去么?

(但这是痴想,因为……)

连鸿雁那样会远翔高飞的家伙也没有可能把相思连同月华带到远地去,至于那些大大小小的鱼儿更不用说,它们只晓得在水面上撩起几道漩涡儿。

(以上八句,先派出一支,写的都是楼头思妇的一片幻想和怅惘。下面再派出一支,转到游子身上了。)

他连夜做着美梦。梦见花落春残，该是回家的时节了。不料一觉醒来，自己依然身在远地。尽管江水不断地奔流，好像要连春天也带走似的，但其实，不过是月亮向西倾斜下去，到了该退潮的时候罢了。

月亮淹没在海雾之中，逐步落下去了。这一夜，到底有多少相思的人呵！他们有些远在碣石，有些隔着潇湘，道路是如此遥远。有几个人能够乘着月色归家去呵！眼前看到的，不过是残月余晖带着那人间离别之情，摇曳着，散落在江边的树林里罢了！

（这样就收束了全诗。真是笔花摇曳，余情袅袅，是结束，又不曾结束。）

看了上面的译述，我们就知道这首诗非常注意艺术形式的美。可以分开几个方面去分析它。

整首诗的结构，是以整齐作为基调，以错综显示变化。它是这样来处理整首的章法结构的：以每四句作为一小组，四句之中押三个韵；一组完成，一定转用另一个韵。就像用九首七言绝句(当然不是最标准的绝句)串联起来。这就给人以一种整齐稳定的感觉。

但是又有错综变化的一面。在九个小组之中，韵脚有用平声，有用仄声。开头四组韵脚是平、仄、平、仄，随后又变为平、平、平、平，最后一组却用仄韵结束。这样，诗中所着力的声调就显得既有整齐，又有变化，错落穿插，毫不呆板。

句子的运用又是怎样的呢？

它大量使用了排比句和对偶句。像"江畔何人初见月？江月何年初照人？""江水流春去欲尽，江潭落月复西斜。"像"谁家今夜扁舟子？何处相思明月楼？""玉户帘中卷不去,捣衣砧上拂还来。"……反复穿插在全诗之中。排比句在重叠中显变化,对偶句在变化中见整齐。它们都是同中有异,异中有同,深得相反相成的艺术效果。

这是句子的形式美的一个方面。

在诗里,春、江、花、月、夜、人这几个密切与主题相关的特定的词,通过单词或词组的伸缩变化,错落层叠,交替出现,构成了令人目迷五色的奇幻形象。这些形象的开展、糅合、分离、出没,一步一步地加强"春江花月夜"的复杂而又统一的印象,让人从一种印象、一组印象逐步进入到浑然融化的境界。

请看,开头四句就是两现"春江",两现"明月",两现"潮"又两现"海",它们的交错复叠迅即把人引进一个特定的意境之中。然后,诗人进一步紧紧扣住"江"和"月"作为主题中的主题,予以充分的渲染。我们终于惊讶地看到:春江、江流、江天、江畔、江月、江水、江潭、江树这些纷繁的形象,把春江不断烘染,不断挪展,而明月、孤月、江月、初月、落月、月楼、月华、月明、月照这些不同光色、不同形状、不同内容、不同感情的月,通过那反复的交错的和春的结合、和江的结合、和花的结合、和人的结合、和夜的结合,奇妙地构成了一幅色调优美、情感丰富,而又迷离变幻、光彩斑斓的夜月春江的图画。

这是它运用形式美的又一个方面。

还可以看到诗人从南朝民歌中吸取的特有的技巧,像开头的"海平""海上"紧紧相接,中间"照人""人生"紧紧相接,"月楼""楼上"紧紧相接,后面的"西斜""斜月"紧紧相接。不妨参考《乐府诗集》里的《子夜歌》:

……冶容多姿鬓,芳香已盈路。

芳是香所为,冶容不敢当……

还有《子夜四时歌》:

春风动春心,流目瞩山林。

山林多奇采,阳鸟吐清音。

这种技巧,往往可以显示断而复续的音节美,以及飞丝相接的意境的跳跃。

这也可以说是诗人在形式上的有意安排吧。(后来,这种形式还发展为散曲和民歌中的"顶针续麻体"。)

以上都是从形式方面着眼。我们分析一首作品,思想内容自然应该放在第一位,然而这不等于不要注意第二位。艺术形式的美,正如绿叶之于春花,是不应该被排斥的。

我们刚才谈到诗中江和月反复出现,现在,我们还可以着重谈一谈诗中那一轮明月在整个境界中的作用。

这一轮明月,在全诗中构成了四种不同的景色。开头,月亮由海面涌起,"滟滟随波千万里",转眼之间,它照遍了春江,照遍了芳甸、花林,也照在芳洲白沙之上,连满天白茫茫的,如霜似霰的,都尽是月的光华。这是初月。

跟着是"皎皎空中孤月轮"。它孤悬高空之中,若远若近,欲语无言,使人对着它不禁引起许多奇怪的疑问和感想。

再后,是西斜的月。它逐步变得暗淡,逐步隐藏在海雾的迷茫之中。

然后是落月。是带着无限感情把它的余晖散落在所有江树之上的落月。

在一夜之间，自然界这个寂寞的天体就有如许的变化，真是淋漓尽致地写透了，写活了。

然而更值得我们去欣赏的，却是诗人突出这一轮皓月的用意。他主要目的不是在于客观地描写一夕的月色如何如何，而是在于充分写出人的思想感情。那月景的出现，处处都是带上人的感情色彩。不管是初月的明媚，高月的皎洁，斜月的迷离，落月的缠绵，以及楼上月的徘徊，镜中月的清影，珠帘内的流照，砧石上的幽光，以及晨雾里的余晖，都是月与人互相渗透，彼此交融，使景与情浑然成为一体了。

似乎用不着多饶舌了。请让我再强调一下：南朝民歌和齐梁以来的声律学，在前后一百多年的诗坛上起着发酵酝酿的作用，到了张若虚手里，恍似道家说的金丹成就，猛然迸射出万丈奇光——渐变达到了突变的阶段。

然而张若虚毕竟只从形式方面做出了卓越的成绩。跟他差不多同时的陈子昂，则在另一面拿出他的理论和实践来，弥补张若虚所未曾致力的另一个方面。

于是，诗国中盛唐的灿烂局面，随着这两位先驱者的步伐，赫然展示在我们的眼前了。

王 湾

生卒年不详，洛阳（今属河南）人。玄宗先天年间进士，仕终洛阳尉。《全唐诗》录存其诗十首。善刻画乡愁，写景诗句颇有特色。"海日生残夜，江春入旧年"两句，对盛唐诗坛产生了重要的影响。

次北固山下①

王 湾

客路青山外，行舟绿水前。
潮平两岸阔，风正一帆悬。
海日生残夜，江春入旧年。
乡书何处达?归雁洛阳边。

王湾是初唐末期的诗人，李隆基(玄宗)即位那一年(公元 712 年)他就中了进士，可是最高只做到洛阳尉，是个下级官僚。据说他辞章华美，为当时人所赞誉。现存诗仅十首。《次北固山下》算得上是他的名作，为历代诗选家所注意。

①诗题，《河岳英灵集》作《江南意》。文中第一、二、七、八句都完全不同。《河岳英灵集》起二句作"南国多新意，东行伺早天。"末二句作"从来观气象，惟向此中偏。"意境相差很远，但是可以作为参考。

北固山在今江苏镇江之北，下临长江，山峻水阔。江南的俊秀景色使这位诗人感到意外似的惊叹。诗的开头，就是从江南的绿水青山写起。

第一句说，旅客往来的驿路，从山中绕出，又远远伸出青山之外。第二句说,在水上迅疾地飘行的小船,也好像一直开到绿水的前面去了。这两句看来泛泛,其实起了点题的作用。它写出诗人是泊舟山下,而不是在沿江驶行(诗题中的"次"字,是旅途中小住几天的意思),所以才留意到客路伸出青山,行舟前于绿水。如果自己坐的船也在行走,这种景色就很难领略了。但是诗人在写这两句的时候,似乎又透露出微微焦灼的心情:你看,他们陆上的水上的都各奔前程去了,而我还是待在这儿,明天还不知道能不能继续进发呢!这种寓情于景的写法,由于感情只是轻轻地触动了一下,所以表面上几乎不着痕迹。

事实上,诗人更大的注意力也是放在欣赏景色这方面,所以三、四两句就极力摹写长江。"潮平两岸阔,风正一帆悬。"真是一幅绝妙的图画。它的好处是写出人人眼中之景,道出人人心里的话。寥寥十个字,这一带长江的最主要的色彩就勾勒出来了。手法干净明快,使人感到谢玄晖的名句:"澄江净如练",到诗人手里又有了进一步的发展。

五、六两句,是这首诗最吸引人的警句。《河岳英灵集》的撰集者殷璠说:"'海日生残夜,江春入旧年。'诗人以来少有此句。张燕公(按,即唐初与苏颋并称为燕许大手笔的张说)手题政事堂,每示能文,令为楷式。"可见很早就已受到人们的注意。这两句是经过诗人反复锻炼的。"海日生残夜",写江面的开阔,可以一眼看到地平线,因此,残夜未尽,太阳就已经从海上涌现,好像残夜带来了太阳,而不是太阳把早晨带来似的。"江春入旧年",是说江南的春天来得特别早,春天的根芽,仿佛从旧年年底就埋伏下来了。这十个字,构思和炼句都脱尽旧套,翻出新意,而又异常自然,没有刻意雕琢致成晦涩的毛病,并且写出了一个从北方初到江南的人的惊奇喜悦的感受，所以实在是好句。诗人如果不是亲身体验过这种生活，是没有办法锤炼出这种句子来的。[2]

②清人沈德潜认为："江春入旧年"的意思是指立春在岁末。这是另外一种解释。附在这里给读者参考。

然而，这两句又不仅仅是为了写景。他是运用了形象思维方法，所以含意又高出于景色之上。我们分明看出：诗人面对眼前的景物，对于自己的异乡漂泊生活，终于不能不发生感触。旧的一天又消逝了（"海日生残夜"），旧的一年也轻轻溜走了（"江春入旧年"），而自己却仍然远役江南，到底什么时候才能够回到家乡洛阳呵！这样，这首诗终于归结到下面两句："乡书何处达？归雁洛阳边。"只有希望在春光中北归的鸿雁，替自己捎一封信回家去了。

从整首诗看来，语句是精警的，音节是响亮的，充满刚健清新之气，已经完全脱尽齐梁以来宫体诗的影响。我们如果把它放在盛唐的现实主义诗歌巨流中，也丝毫不觉得逊色。

王之涣

(688—742)，字季凌，晋阳(今山西太原)人。官衡水主簿、文安县尉。其诗善写边塞风光，意境雄浑，多为当时乐工制曲歌唱，名动一时。传世之作仅六首，《凉州词》和《登鹳雀楼》尤有名。

登鹳雀楼

王之涣

白日依山尽，
黄河入海流。
欲穷千里目，
更上一层楼。

近代的王国维，在《人间词话》里，把谢灵运的"明月照积雪"，谢朓的"大江流日夜"，杜甫的"中天悬明月"，王维的"长河落日圆"，认为是"千古壮观"的名句。在词人方面，他举出清代纳兰性德的"夜深千帐灯"和"万帐穹庐人醉，星影摇摇欲坠"，认为也接近这种境界。这话自然是不错的。自古以来，许多诗人都追求着运用高度概括而又饶有诗意的手法让大自然的壮丽景色在自己手中焕发异彩。上面所举的不过是几个例子罢了。

王之涣这首诗也是对大自然的壮丽景色描画得比较好

的一例。

河中府(现在的山西省永济县)的鹳雀楼,本来就建在高阜上面,地势已经很高,何况还有三层,这就使得周围的景物都伏在它的脚下。登楼纵目,地平的远处高高耸立着著名的中条山,而眼底就是滔滔不尽、一泻千里的黄河。在这里,可以看到晋南一片山连岭重的奇观,也可以欣赏黄河千里奔腾的异景。再远一些,也许还可以依稀想象渭河两岸的秀丽风光吧。因而鹳雀楼在唐代就成为著名的登临胜地。

有人说,文章越短越难写,这话有一定道理。假如你面临一幅异常壮丽的景色,自然心里有许多话要说,你也许要洋洋洒洒,写几千字来表达它,也许想用极概括的几句把它勾勒出来。比较地说,后者是要更费一点心思的。"白日依山尽,黄河入海流"十个字,不能说不是花了不少力量才概括起来的句子。我常觉得南宋爱国诗人陆放翁用"三万里河东入海,五千仞岳上摩天"十四个字,描写当时沦陷在金人手中的北部中国的山河壮伟,是一种形象生动的高度概括。而"白日⋯⋯"这两句,的确能抓住鹳雀楼景色中最主要的东西,并且显出气势。

你看,太阳斜斜落在山角,反照着河水,飞溅出万点金光,而黄河滔滔汩汩,从西北方的天际,奔过脚下,一直倾向东南,仿佛就要和大海拥抱在一起。气象的昂扬开阔,已经是使人惊叹了。然而光是这两句,而没有"欲穷⋯⋯"两句作结,这首诗也难于脍炙人口。正因为作者不肯把意境仅仅局限在眼前景物上,而是更进一步地要把读者带上一个更开阔、更高远的境界,要求读者和他一起"更上一层楼",看更远更广的天地,让胸襟更加开阔。于是,我们也仿佛随着诗人的脚步,把我们的想象力伸得更高、更远了。正因为这首诗不限于给客观景色作出描述,而且注进了诗人昂扬向上的激情和热力,所以读者的感受是深刻的。

我们不妨比较比较看。在唐代同样题目的诗中,诗人畅当也是写得较好的:

迥临飞鸟上,高出世尘间。

天势围平野,河流入断山。

然而我们觉得不满足。为什么呢?因为四句都是景,尽管也写得不错,但是读完之后,我们好像只看到一些片段的画面,对于诗人自己的精神面貌却一点也不能理解。他是高兴吗,还是有点感慨?他要告诉我们一些什么心事呢?都不够明确。因此我们也就很自然地和他疏远了。

王之涣的诗,现在只存六首;关于他的生平,书上记载也极为简略。幸而近年发现了他的墓志铭,才知道诗人卒于玄宗天宝元年(公元742年),终年五十五岁。按我国过去年龄计算方法,推知他生于武则天垂拱四年(公元688年),比王维、李白大十三岁,比王昌龄大十岁。诗人名之涣,字季凌。本家晋阳,祖上徙居绛郡。可见《唐才子传》说他是蓟门人,不确。诗人是王昱的第四子。墓志说他"不盈弱冠,则究文章之情;未及仕年,已穷经籍之奥。"是个自幼好学的人。他一度做冀州衡水县主簿,不久被诬解官,家居十五年,复出任文安郡文安县尉,卒于任内。墓志还说他有堂弟名之咸,主持他的丧事。可见《全唐诗》说之咸是诗人的哥哥。也是失实的。

诗人在生前就颇有诗名。墓志上说:"尝或歌从军,吟出塞,嗷兮极关山明月之思,萧兮得易水寒风之声。传乎乐章,布在人口。"这说明诗人吟咏关山边塞的诗章,当时就流传在人民中间。然而除了《全唐诗》刊载那六首之外,其他都无法再看到了,这是非常可惜的。

凉州词

王之涣

黄河远上白云间,
一片孤城万仞①山。
羌笛②何须怨杨柳,
春风不度玉门关③。

关于这首诗,有一段很有名的"旗亭画壁"故事。据说王之涣和王昌龄、高适有一次同到旗亭(大抵是卖酒的地方)喝酒,座中有歌伶十数人,也在会宴。三位诗人就私下约定,看歌伶唱的最多是谁人的诗,就证明谁的作品最受欢迎。结果,王昌龄的"寒雨连江夜入吴"和"奉帚平明金殿开"两首给唱出来了,高适的"开箧泪沾臆"也唱出来了,最后,轮到一个最漂亮的女孩子,她一发声,唱的就是这首《凉州词》,这使得王之涣非常得意。

对于这段流行的传说,我们很难确定它的真实性到底有多少④。不过,通过这个故事

① 仞——古代计算长度的一种单位。或说八尺,或说七尺,或说四尺。诗中只是形容山的高峻,不必硬扣。
② 羌笛——古代羌族的一种乐器。
③ 玉门关——在今甘肃省敦煌县西。
④ 胡应麟《少室山房笔丛》卷四十一,对"旗亭画壁"的故事加以否定。他说:高适如果和王昌龄、王之涣在酒店里喝酒赌胜,一定是少年时候的举动,可是高适五十岁才学作诗。这是其一。假定是高适五十岁以后的事情吧,那么,这时王昌龄已经死了,又怎能和他一同喝酒。这是二。白居易的《郑胪墓志》,只说到昌龄和之涣互相唱酬,并没有说和高适唱酬,高适的诗集里也没有给之涣的诗。这是三。因此认为这个故事是后人虚构的。但高适五十岁才作诗一说,早被推翻。白居易也不必一一列举彼此唱酬的人。

却可以证实一点,王之涣这首《凉州词》,的确是传诵一时的名作。

有人说,"黄河远上",应该是"黄沙直上"之误。并且认为"黄河远上白云间"很费解,黄河明明在平地上,怎么可以说"远上白云间"呢?只有"黄沙直上"才是塞外的景色。对于这种说法,我是不敢同意的。理由很简单,凭高望远的人都会看到远处的景物与天相接。比如游居庸关附近的长城,登上最高处,就分明看到山外的官厅水库和云头接在一起。诗中这七个字并不曾夸张过分。再则"黄沙直上白云间",从意境上说,比起"黄河远上白云间"七个字,也差得实在太远。"黄河远上白云间"七个字,莽莽苍苍,浩浩瀚瀚,给人的是"黄河之水天上来"的壮美的感觉,把人的思想感情引到辽远高阔的境界。反复吟味,我们眼前出现的不但是祖国河山的无限壮伟,而且也会联想起我们民族的源远流长,以及丰富文化的艰辛缔造。如同一切崇高美好的艺术形象所具有的魅力一样,这七个字的艺术效果,绝不是"黄沙直上白云间"的景象所能比拟的。甚至可以武断地说:假如"黄河"原来真是"黄沙",这首诗一定不会受到当时的人和后人如此热烈的赞赏。

还须再看到一层,"黄河远上白云间"一句,在诗中并不是一枝独秀的,它和第二句有不可分割的关系。试接读第二句,我们就会发觉,唯有"黄河远上"这种境界,才正好和"一片孤城万仞山"这另一种壮阔的气象相联相配,从而显得"铢两悉称"。在文章的技巧上说,就是有"两峰并峙,双水分流"之妙。而漫天黄沙虽然也是一种景色,在意境上却差得太远。至于说,黄河和玉门关在地理上距离很远,那也是事实。不过诗贵意境,光从地理上找印证,有时是未必恰当的。比如王昌龄有两句诗："青海长云暗雪山,孤城遥望玉门关。"青海这个大湖和玉门关也是远不相干的,诗人却不妨把它们拉在一起。这种例子,在唐诗中是屡见的。(按王之涣此诗,又收入唐人芮挺章辑的《国秀集》中,但一、二两句互调,句中亦作"黄河远上白云间",可以参考。)

在这首诗里,诗人开头两句极力摹写了祖国西北河山的壮丽,然而接下去却是"羌笛何须怨杨柳,春风不度玉门关。"这是什么意思呢?明代文学家杨慎在《升庵诗话》里说:"此诗言恩泽不及于边塞,所谓君门远于万里也。"说得很有点意思。在开元年代,唐王朝的统治自然还是相对稳定的,然而由于以唐玄宗为代表的最高统治阶层的荒淫纵乐,日夜忙于斗鸡走马,笙歌沸天,已经忘记了玉门关外,还有守卫着祖国边疆的远戍征人。面对这种情况,诗人是不能没有感触的。因此,他在极力摹写了关山景色之后,忽然语气一转,说出如此意味深长的话:"守边的军士呵!你们何必老是吹奏着幽怨的《杨柳曲》(古曲中有《折杨柳》),好像在埋怨这里的荒凉,连青青的杨柳也没有一棵,因而好像努力要把春风吸引到边塞来似的,其实,皇帝那边的'春风'是不会度过玉门关的。"如果说,高适写的"战士军前半死生,美人帐下犹歌舞",暴露了封建军队中尖锐的阶级矛盾的话,这一首诗就是从唐代封建王朝阶级对立的角度,为戍边战士的责任之重、生活之艰苦而作不平之鸣。不过在语气上较为含蓄一点罢了。

王　翰

　　字子羽，晋阳(今山西太原市)人。景云进士。开元中任秘书正字、通直舍人等职。其诗善写边塞生活，《凉州词》颇有名。原有集十卷，已佚。

凉州词

王　翰

葡萄美酒夜光杯，
欲饮琵琶马上催。
醉卧沙场君莫笑，
古来征战几人回！

　　唐代诗人写了不少边塞诗，从数量上说，恐怕比任何一个封建朝代都要多。这和唐代屡次对外用兵自然有密切的关系，但却不是唯一的原因。因为这种战争并非唐代所专有，像宋代就一直被纠缠在对外防御的重担之中，但是宋代诗人就拿不出多少有分量的边塞诗来。唐代诗人有一个时期，似乎对边塞风光很感兴趣，有不少人也真的老远跑去，亲自领略那里的景色，并且把它写进诗里。没有去过的人，也往往要借些乐府古题，点染一下塞外风光，才觉得满意。这种风气的出现，原因比较复杂，这篇短文也没有必要作详细分析。但是有一点我愿意说明，就是唐代在国力上升的时候，国家强盛，民气昂扬，诗人自然不能不受到时代的影响。他们对于边疆戎马的生活，往往抱着欣羡、幻想和渴欲一试的心情。反映在诗歌上面，就成为昂扬兴奋的情调，不然就是一片纯真的幻想。当然除此之外也还有悲哀的慨叹和反战的呼吁，这也仍然是那个时代复杂的客观实际的反映。这种复杂性，有时就在一个诗人的作品中也会同时出现的。

王翰是盛唐诗人，现存作品不多，可是像现引的这一首，却不失为表现那个时代的昂扬向上的情调而又艺术性很高的代表作。

一开头，诗人便把塞上的军中生活描画得像诗一样的美丽。我们看见诗中有一位军人，捧起夜光杯，斟满葡萄酒，正在喧闹嘈杂的人群中欢呼剧笑；忽然，玎玎玑玑的琵琶声，在马上响起来了，它奏着的是行军的调子，还是一支舞曲呢？作者并没有说出来。也许是战士们奏起抒情的曲子，催他们到广场上去跳一个舞罢了。总之，不论怎样，这种军中生活，是丰富多姿、富有浪漫主义的情调的。看来从军的战士们，似乎并没有感到军队的生活有什么单调枯燥，他们毋宁是满足于这种紧张的、热闹的，并且带有朦胧的追求与幻想的生活。

这样的豪情逸兴，也许只是诗人的主观想象；也许他确实看到了，却只是军队生活中的一瞬间的热闹。但是，也实在代表了当时某些人对于边塞军队生活的一些幻想和向往。正因如此，诗人在下面两句里，就进一步用饱满的笔触，淋漓地写下了他的见解：

醉卧沙场君莫笑，古来征战几人回！

这后二句,不小心是容易发生误解的。有人说:后二句"作悲伤语读便浅,作谐谑语读便妙。"(施补华《岘佣说诗》)照他的意思,这两句是悲伤到只好用打趣的话来抒发战士们的思想感情:"反正是回不去了,喝得酩酊大醉,躺在沙场上,这有什么可笑的呢!"还有人认为这只是一首反战诗。其实,这还是一种误解,没有领会到整首诗的基本情调是昂扬向上的,是充满了对军中生活的幻想的。葡萄酒和夜光杯,都是西域地方的本色,当然不是写离家出发时离筵别宴的风光,所以诗的开头就没有什么离家远行的愁情;而"醉卧沙场",也不是战士觉得有家归不得而借酒浇愁。诗人下这两句话,其实是壮语,说它是悲壮的也无不可。而悲壮却是消沉伤感的反面。它不是什么嗟叹,也并非无可奈何的谐谑。中唐诗人戴叔伦有两句诗:"愿得此身长报国,何须生入玉门关。"写战士们忠勇爱国的气概,自然很明白;而"古来征战几人回",也同样是这个意思,不过用笔曲折了一些,并且带有悲壮的情调罢了。

读这首诗,要从它整个基调来看,似乎不应该只看到最末一句,就以为它纯粹是反战的诗歌。这是个人的一点粗浅的看法。

王昌龄

(？—约756)，字少伯，京兆长安(今陕西西安)人。开
元进士。有"诗家夫子王江宁"之称。尤擅长七绝，多写
当时边塞军旅生活，气势雄浑，格调高昂。后人辑有《王
昌龄集》。

从军行 (录一)

王昌龄

琵琶起舞换新声，
总是关山旧别情。
撩乱边愁弹不尽，
高高秋月下长城①。

在王翰那首《凉州词》的分析中，我曾说
过，唐代的边塞诗是内容复杂的，有意气昂
扬的一面，也有情绪沉郁的一面，也有反战
的呼声。这些都是那个时代复杂的现实生活的反映。王翰
的《凉州词》反映了意气昂扬的一面，而王昌龄这首《从军
行》则反映了另外一面。

王昌龄的七绝，明代批评家称为"神品"，认为可以和
李白的并驾齐驱。他是盛唐的著名诗人，七绝的成就很高。
历来的诗选家，不选七绝便罢，要选唐人的七绝，王昌龄的

① "旧别"一作"离别"，
"弹"一作"听"，"下长城"
一作"照长城"。此据《全唐
诗·乐府》。

作品是不会落选的。他尤其善于写作边塞诗。像这一首七绝，只是抓住守卫边塞的军士生活中的一个片段，一个镜头，而当时边塞军士生活的枯燥乏味和思想上的苦闷无聊，就在人们的眼底跃然活现，实在不愧为高超的手笔。

边塞上的景色是动人的。"大漠孤烟直，长河落日圆。"称得上千古名句；然而在久戍的军士眼中，它又是使人厌倦的单调的色版。每天都是那么的一带长城，一群乱山；白天是太阳自东向西，晚上是月亮从圆到缺。"高高秋月下长城"，这种景色真是又奇丽(在我们看来)，又乏味(在久戍者眼中)。于是，一个秋天的夜晚，军士中间有人奏起新的调子，跳起新的舞蹈来了。大抵是企图打破这种难堪的寂寞吧！可是，新的调子还是离不开旧的内容，在银甲轰鸣、朱弦幽咽中，"总是关山旧别情"，人们一转眼就又想到别离已久的家乡……多恼人呵！越是一路弹唱，越是引起久戍塞外的哀愁。而这又有什么办法呢！徘徊四望，高高的还是一丸秋月，蜿蜒而去的也仍旧是一脉长城。这美丽而又乏味的景色呵，难道真的与你终古？

诗人就是从边塞军士生活中抽出了这么一个片段，轻轻地下了二十八个字；但是，你看它的内涵多么丰富。它告诉了我们，在封建王朝统治下的军士生活是多么愁苦；遣戍时间又多么悠长；人们思乡之情何等迫切；那种无可奈何的心情又何其使人同情。而这些，诗人并不曾直接向读者进行说教，他只是轻轻地下了二十八个字，里面有的是动作，是音响，是边塞景色，好像一节生动的电影片段，而且色彩异常斑斓。新的声，旧的情，缭乱的音响，婆娑的舞影，头上的秋月，脚下的长城……这些，又都织进了人们旧有的、缭乱的、萧索的、延绵无尽的思乡之感。情景交融到使人很难分别开哪句是写景，哪句又是言情的地步。我们不能不感到，诗人"陶融万汇"的手法，的确是十分超卓的。

王昌龄这首诗有它的社会现实意义。

唐初实行府兵制，是一种寓兵于农的兵制。平时府兵大部分人从事农耕，小部分人轮番到京师宿卫，或到边疆戍守。可是后来这种兵制逐步变质了。开元年间，边镇的戍兵虽说经常有六十多万人，可是给有些将军作为私人的奴仆来使役，既不起保卫边防的作用，又久戍无法回家。所以张说曾在开元九年奏请"罢边兵二十余万，勒还营农"。这二十余万人归农以后，根本没有影响国防力量。因为正如张说当时对唐玄宗指出的："军将但欲自卫，及杂使营私。若御敌制胜，不在多拥闲冗，以妨农务。"

府兵制不能不改变。到玄宗开元二十六年，就改为招募丁壮来充边镇戍兵了。这些募兵是长期性的和职业性的。于是兵又成为一种专门职业，久戍不归。因为社会制度本身的重重矛盾依然存在，改变一下招兵的方法毕竟无济于事，而且又孕育了新的祸端。

诗人就是在这种时代背景之下写这首诗的。他没有申述多少道理，只是抽出戍边士兵生活中的一个片段加以描写。不管诗人的主观意图是怎样，实际上，他已经隐隐点出了唐王朝在军事上存在的危机了。

出　塞 (录一)

王昌龄

秦时明月汉时关，
万里长征人未还。
但使龙城飞将在[1]，
不教胡马度阴山[2]。

明代有两位诗人兼诗评家，一位是李攀龙，另一位是王世贞。这二人论诗的观点颇有分歧，后来甚至因论诗分歧而导致友情破裂了。这些事在文学史上也并不算罕见。

[1]汉武帝时，车骑将军卫青北伐匈奴时，曾到达龙城。但李广并未到过龙城，此句不必死扣。也有人认为，龙城应作卢城，即卢龙县。

[2]阴山——横亘内蒙古境内的一条大山脉。诗里不过泛指北方的有战略意义的地区。

要举这两人分歧的例子的话，王昌龄的《出塞》就是其中之一。

李攀龙评论唐人七绝，认为这首"秦时明月汉时关"是"压卷之作"。王世贞知道了，就不无讽意地说：

李于鳞言：唐人诗句当以"秦时明月汉时关"压卷。余始不信，以为《少伯集》中有极工妙者。既而思之，若落意解，当别有所取；若以有意无意可解不可解间求之，不免此诗第一耳。

——《艺苑卮言》卷四

他竟认为这首诗好就好在"有意无意可解不可解之间"，这种艺术鉴赏力实在令人莫测高深。

也许他以为"秦时明月汉时关"这句就是在可解不可解之

间吧!然而事实又并非如此。

许多人都解释过这首诗。对于第一句是怎样领会的呢?随手举几个例看:

诗言秦时明月,仍照沙场;汉代雄关,犹横绝塞。

明月临关,秦汉一样。乃今日唐家亦复同之。

首句是说此地在汉是关塞,明月犹是秦时。时代虽变,形势亦非从前可比,有今不如古之叹。

言"秦"言"汉",文义错举互见,并非专属。

彼此虽然并不完全一致,但是也并未觉得是在"可解不可解之间"。

写诗本来就和写文章不同。构思、造句往往同文章不一样,甚至可以很不一样。没有人会在文章里说:"我的白头发有三千丈长。"但李白却可以拿来写诗。就连标点的打法有时也不同。王翰的"葡萄美酒夜光杯,欲饮琵琶马上催。"宋人楼钥的"久之不动方知是,一搭碎云寒不飞"在文章里岂能七个字七个字来打标点?

写诗有写诗的艺术手法,有和其他艺术形式不同的特殊规律。它是经过整千年、甚至不止千年的不断探索、实践逐步积累下来并且为大众所承认的。拿衡量文章的尺子去量度诗歌,诗歌会向你发脾气。

正因如此,当我们看到"秦时明月汉时关"七个字的时候,就不能把它看成文章里的一句话:明月是秦时的,关城是汉代的。因为这样一分开，事情就不好办了。难道汉代就没有月亮，秦时就没有关城？还是秦时的明月特别些，汉代的关城坚实些？

对于这七个字，假如用诗的艺术眼光去分析它，就很简单。

它是一幅典型的关城夜月图。你试化身做唐代诗人，在明月之夜登上塞外一座关城。脚下踩着关城，头上亮着明月。这时候，你就会想起一连串著名的历史事件：秦代是怎样在北方修筑长城的，汉代又是怎样在边塞建立城堡的，北朝到唐代又是怎样继续增修补筑的。……为了防守边境，为了监视敌人，为了保卫国土，我们的祖先拿出了多么惊人的力量！

然而，头上这一轮明月，却是亘古如斯，并没有多少变化。秦代是这样，汉代是这样，直到如今还是这样。这明月呵！从秦汉到现在，照见过多少征人，又有多少征人仰望过这一轮明月。这关城呵！从秦汉到现在，洒下了多少征人戍卒的血汗，又留下了多少往来驻边者的脚迹……

你一定会想得很沉，很远。

这时候，你何暇去分辨这是秦城，还是汉关，是秦月还是汉月呢！

诗人在写这首诗的时候，他不过从这种景色所引起的情感中，选出他认为是典型的字眼，来表述他的感想罢了。

唐代开元天宝之间，对西北、西南的战争是时起时伏的。在这当中，由于玄宗的轻易用武，和边廷上一些将领追求战功，边疆经常维持着庞大军队，也经常发生或大或小的战斗。其中有些边将还使用恶劣手段去邀功。例如安禄山，当他做"捉生将"时，就常带领数骑出外，用诈计诱捕契丹人,算作"战功"。后来逐步被提升为节度使。为了进一步讨好主子,他甚至诱骗奚、契丹的酋长来宴会,用毒酒灌醉来人,割下酋长头颅上献朝廷,诈称"大捷"。这就投合了玄宗李隆基的心意。

不过,同时也有深知大体、不愿意轻启边衅的人。王忠嗣就是一个。他几次击败吐蕃入侵,但仍以持重安边为主。有一次,玄宗命令他攻取石堡城(今青海西宁市西南),王忠嗣认为石堡形势险要,强攻一定引起重大伤亡,建议等候有利时机然后行动。这使玄宗很生气,再令他分兵数万,交另一将领董延光攻城。王忠嗣勉勉强强执行了。那时,名将李光弼还是他的部将,觉得事情不好办,劝他还是讨好董延光,免得日后朝廷怪责。王忠嗣却说:"我不愿拿几万条生命来保我的官职,上面怪罪下来,罢官也就罢了。"王忠嗣不久果然受坏人的陷害,逮捕问罪,被判极刑。幸赖哥舒翰力保,才免了一死。

两个将领,一正一反,很足以说明诗人的感叹是有来由的,即使并不定是由于上面说的两桩事。

但使龙城飞将在,不教胡马度阴山。

有了好的士兵,还要有好的将领。假如朝廷上任用的是有勇有谋、公忠为国的"龙城飞将",那么,敌人是不敢狂妄行动,轻易进侵的。汉代就有不少这样的例子,为什么不吸取历史教训?

"龙城",我们不必实指便是汉代将军卫青到过的龙城(在蒙古塔米尔河岸)。"飞将",固然用了李广被匈奴号为"飞将军"的典故,也不必实指就是哪一个。

诗人的目的只是把自己对边防的关心和朝廷应如何

用人的意思表达出来。但因为它的概括力很广,能把历史上经常出现的现象加以典型化,因而它又有深刻的社会意义。它的所以著名并不是偶然的。

闺　怨

王昌龄

闺中少妇不知愁,
春日凝妆①上翠楼。
忽见陌头②杨柳色,
悔教夫婿觅封侯③。

> ①凝妆——打扮得整整齐齐。
> ②陌头——路边。
> ③觅封侯——这里作从军远征解释。

　　不知道读者读了这首诗的开头两句是怎么想的,也许会照着字面去解释,认为这位闺中少妇,是个不知离愁为何物的天真得有点傻气的人物吧。可是,实在说来,这里面是隐藏着作者的狡狯的。

　　为了便于说明,先从汤显祖的名著《牡丹亭·惊梦》那一出说起。

　　细读《惊梦》之前那几出,应该说,读者是能够隐约地体会到杜丽娘对于美满生活的追求,也如同一般少女那样,是异常强烈的;可是由于严父——也就是封建礼教势力的严加约束,这种强烈的愿望并没有明显地表露出来。从表面看,杜小姐遵守家教,规行矩步,也从来不说"春愁"。然而,当她一旦进入花园,目睹明艳的春光,那感情却突然发生了异样的迸发：

原来姹紫嫣红开遍，似这般都付与断井颓垣！良辰美景奈何天，赏心乐事谁家院？朝飞暮卷，云霞翠轩，雨丝风片，烟波画船。锦屏人忒看得这韶光贱！

通过景物的诱发，她藏在内心、压得紧紧的对美满生活追求的欲望，一下子像火山喷发似的倾泻出来：

没乱里春情难遣，蓦地里怀人幽怨。则为俺生小婵娟，拣名门一例里神仙眷。甚良缘，把青春抛的远。……想幽梦谁边，和春光暗流转。迁延，这衷怀那处言？淹煎，泼残生除问天。

可以看得非常明白，在这以前，杜丽娘绝不是没有什么"春愁"的。否则，一座小小的花园，尽管春光灿烂，也绝不会如此强烈地撼动她的情怀。在这里，可以看出"外因是变化的条件，内因是变化的根据，外因通过内因而起作用"。没有杜丽娘本身追求幸福美满生活的强烈愿望，仅仅游一下花园，绝不会引起以后一连串的变化。对此，应该是谁也不会否认的。

说到这里，我们就可以回过头来吟味王昌龄这首诗了。

假如说，《惊梦》中"姹紫嫣红"这一段大致上等于"忽见陌头杨柳色"；而"春情难遣"这一段从感情的触发上说，又大致等于"悔教夫婿觅封侯"的话，那么，非常明显，这个闺中少妇其实并不是"不知愁"的，只是由于封建礼教的重重枷锁，使这个可怜的少妇只能把内心的感情——对远征不归的丈夫的怀念埋藏到心灵深处，极力不让别人知道，避免对封建礼教的触犯。这样做的结果,有时候,仿佛连她自己也觉得没有什么了。因此从表面看来,她好像和别的人一样,没有半点离愁别恨;然而当陌头的杨柳春色突然闯进眼帘,这位"不知愁"的少妇就像从什么地方打开了心灵里的一个缺口那样,平日极力压抑下来的满腔愁绪这时都骤然倾泻出来了。("杨柳色",这里可以作为春色种种的代词,不一定只看到杨柳;但也许杨柳是赠别之物,当年在此折赠行人,由此触起怀念。)从这里,我们看出诗人在开头布下了一个疑阵,他分明看出深闺少妇的愁,却偏要说她"不知愁",偏要说她"凝妆",还偏要说她"春日上翠楼",要等到下面一转,才转出真正用意。我们粗心大意的读者,就差点儿给他瞒过去了。

诗人对于处在封建道德观念统治底下,连自己的思想感情也不敢吐露半点的封建时代的妇女,是表示同情的;但是他并没有正面说出来,只是通过这个深闺少妇在翠楼上的形象,她看见陌头春色的一刹那的感情迸发,巧妙地抒发了对她们的同情,同时也让读者自己进行思索。

孟浩然

(689—740)，以字行，襄州襄阳(今湖北)人。诗与王维齐名，并称"王孟"。其诗清淡幽远，长于写景，多反映隐逸生活。有《孟浩然集》。

望洞庭湖赠张丞相

孟浩然

八月湖水平，涵虚混太清①。
气蒸云梦泽，波撼岳阳城。
欲济②无舟楫，端居③耻圣明。
坐观垂钓者，徒有羡鱼④情。

在唐代森严的门阀制度底下，一般的知识分子要在政治上找出路，常常只好向达官贵人伸手求助，他们写一些诗文(后来还加上传奇小说)呈献上去，希望获得赏识而被荐引、提拔。投考科举，也需要有这种"内线"。据说诗人王维能够少年得志，就全靠他借岐王的力和某公主拉上了关系，这才一举成名，高中解头(赴京应试考上第一名的举子)。李商隐得中进士，也全靠有势力的令狐绹帮了一把力，后来受到令狐绹的冷落，他就在吏部考试时落第了。陈子昂甚至要运用"碎琴"的伎俩，把贵族公子们的注意力吸引到自己身边，然后一日之间，名溢都下。所以唐代干谒的文

字极多。孟浩然这篇也是属于这种性质。他写这首诗,目的
是想这位张丞相(一说就是张九龄)给他帮一点忙,只是为
了保持一点身份,才写得那样委婉,好像要极力泯灭那干
谒的痕迹。

　　秋水盛涨,八月的洞庭湖装得满满的,和岸上几乎平
接。远远看去,水和天空已经湮没了界线,就好像洞庭湖和
天空合成了完完整整的一块。开头两句,写得洞庭湖极开
朗也极涵浑,汪洋浩阔,与天相接,润泽着千花万树,容纳
了大大小小的河流。

　　三、四两句是实写了湖。云梦泽在上古是一个大泽(在
今湖北省南部和湖南省北部,后来逐步涸为平原田野,但
是仍然留存下来无数湖泊)。"气蒸"句写出
湖的丰厚的蓄积,仿佛广大的沼泽地带,都
受到湖的滋养哺育,才显得那样草木繁茂,
郁郁苍苍。而"波撼"两字放在"岳阳城"上,
衬托湖的澎湃动荡,也极为有力。人们眼中
的这一座湖滨城市,好像瑟缩不安地匍匐在
它的脚下,变成异常渺小了。这两句被称为描写洞庭湖的
名句。但两句仍有区别:上一句用一个宽广的平面来衬托
湖的浩阔,下一句用一个窄小的立体来反映湖的声势。因
而使我们看出洞庭湖不仅广大,而且还充满活泼的生命
力。

　　下面四句,转入个人的抒情。"欲济无舟楫",是从眼前
景物触发出来的,诗人面对浩浩的湖水,想起了自己还是
在野之身,要找出路还没有人接引,正如想要渡过湖去却
没有船只一样。"端居耻圣明",是说自己不甘心吃闲饭,要
出来做一番事业,尤其是在这个"圣明"的朝代。这两句是

①太清——天空。
②济——渡水。
③端居——闲居无事。
④羡鱼——《汉书·董仲舒传》:
"古人有言曰:临渊羡鱼,不
如退而结网。"意思说,与其
徒然羡慕别人的成就,不如
自己努力去干。

正式向张丞相表白心事，说明自己目前虽然是个隐士，可是并非本愿，出仕求官还是心焉向往的，不过还找不到门路而已。

于是下面再进一步，向张丞相发出呼吁。"垂钓者"暗指当朝执政的人物，其实是专就张丞相而言。这最后两句，意思是说：执政的张大人呵，您能出来主持国政，我是十分钦佩的，不过我是在野之身，不能追随左右，替您效力，只有徒然表示钦羡之情罢了。这几句话，诗人巧妙地运用了"临渊羡鱼，不如退而结网"的古语，另翻新意；而且"垂钓"也正好同"湖水"照应，因此不大露出痕迹，但是他要求援引的心情是可以体味的。

像这种干谒的诗，自然说不上有多大可取的地方。不过，它反映了像孟浩然这样的知识分子在寻找个人出路中仍有如此苦恼心情，却足以说明唐代门阀制度之下，曾经压抑了多少有抱负有才能的人才。此外，我们也可以由此知道唐代有这样的一种专为干谒而写的诗，以及它那表现手法的特点，对于我们了解唐诗，也是不无用处的。

王　维

（701？—761），唐朝诗人、画家，字摩诘，太原祁（今山西祁县）人。开元进士，后官至尚书右丞，故世称王右丞。其作品以山水诗最为后世所称，通过田园山水的描绘，宣扬隐士生活和佛教禅理；艺术上极见功力，体物精细，状写传神，具有独特成就。有《王右丞集》。

渭城曲①

王　维

渭城朝雨浥轻尘，
客舍青青柳色新。
劝君更进一杯酒，
西出阳关无故人。

在唐代，这是一首非常有名的送别诗。所谓"此辞一出，一时传诵不足，至为三迭歌之"。成为唐代流行久远的名曲。唐代诗人经常提到它。如刘禹锡《与歌者》诗云："旧人唯有何戡在，更与殷勤唱渭城。"白居易《对酒》诗云："相逢且莫推辞醉，听唱阳关第四声。"当时影响之大，可以想见。后代更把"阳关三迭"作为送别的代用词。但是很奇怪，我们今天读了它，却并不觉得有什么特别了不起，假如不知道它在唐代那段烜赫的历史，也许会认为是一般作品罢了。这里面的

① 诗题原作《送元二使安西》。《乐府诗集》作《渭城曲》。

道理,是值得很好探索的。

先说它那段烜赫的历史:唐代势力极盛的时候,西面的边疆远远伸到亚细亚西部,长安和西域的交通是频繁的。那时候,西方边防经常有十多万军队戍守;安西都护府和北庭都护府都设在如今新疆维吾尔自治区境内。不仅来往西域的商贾要走这条"阳关大道"(阳关在甘肃敦煌县西南百余里),军士的出戍与归来走的也是这条路,外交官员和在都护府幕下工作的人,也要艰苦地穿过这座关口,奔向自己的目的地。当他们离开长安西上的时候,有些人就不免要在渭水岸边的渭城,和亲友作一番话别。会作诗的,就少不得写几句来饯行。一部《全唐诗》里,这一类的赠别作品数量委实不容易统计。但是,为什么王维这四句诗能够独擅一代之名呢?还是让我们驰骋想象,回到中古时代的渭水河边,看一看当年饯行的情景吧:

坐落在渭水南岸的渭城,当中一条宽阔的驿道,路的两旁尽是高大的杨柳树,旅舍和酒馆茶店一间挨着一间。从长安向西出发,或者从西边回到长安来的人,都免不了在这里歇一歇脚。在绿叶柔条的柳树荫下,搭起一座座的布篷,布篷下面摆着桌椅,陈着食盒。出发的旅人和送行者就在布篷下面一边喝酒,一边反复着那套老话——彼此珍重。直至最后的时刻,行人要出发了,于是送行者把折下来的杨柳枝,亲手送给行人,并且拿起酒壶,再满满地给对方斟上一杯酒。这个时候,再也没有旁的话可说了,只好这样安慰远行者:"老兄!再干一杯吧!过了阳关那边,就没有老朋友陪你喝酒了!"于是行人也就不管已经喝下了多少,还是举起酒盏,一饮而尽,然后依依不舍地向送行人挥手告别,向西去了。

　　这样的情景,在渭水河边不知重复过多少次。到了诗人手里,就提炼成为一首词意兼美的绝句来。

　　诗一开头就选择了一个十分能够增强离情别绪的特定气氛:是早晨的阴雨天气,路上的灰尘给雨点沾住了,飞不起来;旅舍前面的柳树,在蒙蒙细雨中更加鲜绿了;微凉而清新的空气带给人一种凄冷的感觉。人们就在这个时候分手,这就增强了惜别的气氛。加上后二句情景交融的高度概括,于是这首绝句很快就传唱开了,并且谱入管弦。当人们同样坐在柳荫下面话别的时候,卖唱为生的乐工们就弹唱起来:

　　渭城朝雨,一霎浥轻尘。

　　更洒遍客舍青青,弄柔凝千缕柳色新。

　　更洒遍客舍青青,千缕柳色新。

　　休烦恼,劝君更进一杯酒。

　　人生会少。自古富贵功名有定分。

　　莫遣容仪瘦损。

　　休烦恼,劝君更进一杯酒。

　　只恐怕西出阳关,旧游如梦,眼前无故人。

　　只恐怕西出阳关,眼前无故人。

　　据说这就是有名的《阳关三迭》(见《词律拾遗》无名氏《古阳关曲》)。可以想见,在话别的筵席上,奏出了这样一首乐曲,会使人们受到多么强烈的感染!它的能够如此著名,正是有着当时的社会生活作为基础的。

　　然而,随着时代的推进,客观条件变化了,人们的思想感情也不同了。这首诗就像一件古代铜器,它日渐失掉了原有的光泽。因而这首诗的思想感情,对我们来说就变得相当陌生,不容易引起我们像前人那样的强烈的共鸣了。

但古铜器毕竟也有它标识时代的意义。正如人们对待一件珍贵的文物那样,对于这首曾经起过强烈感人作用的诗,我们还是应该另眼相看,并且推究它当时之所以如此烜赫的缘由的。

山居秋暝

王　维

空山新雨后,天气晚来秋。
明月松间照,清泉石上流。
竹喧归浣女,莲动下渔舟。
随意春芳歇,王孙自可留。

王维的山水诗有个很突出的特点,用热闹的字面不是写出热闹的境界而是写出幽静的境界。我说它是"寓静于动"或"动中显静"。同样是水飞、云起、鸟啼、花发,在别的诗人笔下,也许只能是热闹的铺排,而在王维笔下却恰好就是幽静的意趣。你看:

飒飒秋雨中,浅浅石溜泻。
跳波自相溅,白鹭惊复下。

木末芙蓉花,山中发红萼。
涧户寂无人,纷纷开且落。

人闲桂花落，夜静春山空。

月出惊山鸟，时鸣春涧中。

这一类的小诗，画面上充满了动态，有些还是十分热闹，然而境界却是异常幽静的。这些在纸上看来又吵又闹的家伙，完全没有破坏作者所企图创造的意境，反而是构成这种意境的主力。你能说不是有点奇怪吗？照我看来，这就是人们把王维的写得好的山水诗和那些冷漠枯寂的作品区别开来，认为他的诗"丰缛而不华靡"，甚至错认为是诗中具有"禅理"的原因之一。

这首《山居秋暝》，通过对于秋色的描写，说明山中仍然是一片美丽和平的恬静，从而作出人们可以继续在山中隐居的结论。开头两句，容易明白，不用多说。这里要着重谈谈的是中间那四句。

中间四句，作者全力描写秋天的晚景，亦即题中点出的"秋暝"。写秋，前人很容易写得一片衰颓肃杀：

庭风吹故叶，阶露净寒莎。（雍陶）

听雨寒更尽，开门落叶深。（僧无可）

花酣莲报谢，叶在柳呈疏。（司空曙）

都不免罩上一层黯淡的色彩。比较豁达的是：

大暑去酷吏，清风来故人。

微雨池塘见，好风襟袖知。（杜牧）

可是王维在这里却把"空山"的秋暝写得如此热闹："明月松间照，清泉石上流。"上一句是所见，下一句是所闻。"竹喧归浣女，莲动下渔舟。"上一句是所闻，下一句是所见。错落地把当时的景色、人物勾画得如此幽美，又如此绚丽。看起来，这里洋溢着一片热闹；可是，这些明月、清泉、浣女、渔舟的热闹，和作者所要表现的幽静基调并不抵触，反而是相反相成地紧密地结合在一起。正如"蝉噪林逾静，鸟鸣山更幽"这两句脍炙人口的诗句，写出事物的动态不是为了破坏这个幽静的境，而是为了烘托它。人们从这些看来是喧闹的景物中，很自然地体味出一种和平恬静，体味出恬静中的一片活泼生机，因而它给人的感觉，就不是枯寂阴森，荒凉可怕。它和那些写幽静就必然是寂寞凄清的寒瘦诗人有着截然不同的风格。

被称为"四灵"之一的南宋诗人翁卷(字灵舒)，他游雁荡山时，曾写出他的观感：

背日山梅瘦，随潮海鸭寒。

平途迷望阔，峻岭疾行难。

岚蒸空寺坏，雪压小庵清。

果落群猴拾，林昏独虎行。

我不知道作者当时的心情如何，也许他认为这样才算是"真实"地写出雁荡山的景色。然而，他未免把幽静看得过分死板了，以为只有使用瘦、寒、迷、难、空、昏、坏、独等类字样，才显得出幽静，因而他不能不堕入了枯寂的一途。许多山水诗人也打不破这个圈子，把幽静通向冰冷，甚至通向死寂。有些人则惊异于王维的成就，以为他运用了什么"禅理"的法宝，是学佛有得之故，只好望洋兴叹。

只有知道幽静并不等于枯寂冰冷(假如不是有意描写

枯寂冰冷的话),知道幽静与热闹之间既对立而又统一、相反而又相成的关系,才不难理解王维的比较好的山水诗何以与众不同,也就不会对它作出种种唯心主义的解释。(如明人胡应麟说王维的五言绝句"却入禅宗"。清人沈德潜说他"不用禅语,时得禅理"。此外类似的解释还不少。)

在诗的结末里,诗人用"随意春芳歇,王孙自可留"来点出自己愿意留在山中的意思。翻成现代汉语就是说,春夏两季的许多花花草草,如今都已经衰谢了。由它去吧(所谓"随意")! 山中的隐士(所谓"王孙",是泛指,但也包括作者在内)完全能够欣赏这些迷人的秋景,用不着出山去的。收束了上文,并点出作者作诗的用意。

祖　咏

洛阳(今属河南)人。开元进士。与王维、储光羲等友善。其诗多写田园隐逸生活，善状景绘物。明人辑有《祖咏集》一卷。

望蓟门

祖　咏

燕台①一望客心惊，箫鼓②喧喧汉将营。
万里寒光生积雪，三边曙色动危旌③。
沙场烽火连胡月，海畔云山拥蓟城。
少小虽非投笔吏④，论功还欲请长缨⑤!

　　这首诗通过"望蓟门"这一主题，表达了作者英年奋发、立志报国的抱负。全诗紧紧环绕题目中的"望"字，极力渲染，一层进入一层，逐步深化，然后以"请长缨"作为结束。把题旨挥写到淋漓尽致、饱满酣畅的程度。

　　蓟门，又名蓟丘，旧址在今北京市德胜门外，唐时是北面一个重镇。写这首诗的时候，诗人自然是第一次来到。但在来此之前，又早是闻名已久的。虽然闻名已久，总还是一个模糊的概念，只知它是个军事重镇罢了。及至真正来到蓟门，放眼一望，那景象却是出乎意想之外：

　　"嘿!好一幅动人的景象呵!"

这就是"燕台一望客心惊"的"惊"的感情内容。句中着一"客"字，说明自己是远道而来，正好把"惊"字落实在这个特定人物的身上。这一落实，便使下文的一切情和景都带上这个特定人物的色彩了。

为眼前雄伟景色所震惊之后，接着自然是定神细看：

"箫鼓喧喧汉将营"七字，既是耳中听出，又是眼中看出。细分之下，诗人却更着重于看。因为这里"汉将营"是整首诗"望"字的焦点，下文种种都由此带起；而"箫鼓喧喧"，无非使眼中的"汉将营"加倍显出神采罢了。

进入三、四两句，诗人的眼光便从"汉将营"这个焦点散射开去，纵目观察它四周的环境。如此雄伟的层层营垒究竟是放在什么样的环境之中。

①燕台——战国时燕昭王建筑的黄金台。这里用来代表蓟门地区。
②箫鼓——一作笳鼓。
③三边——泛指我国北部边疆。危旌——高耸的旌旗，指军中大旗。
④投笔吏——东汉班超曾为小吏，有一次投笔长叹说："大丈夫当立功异域，安能久事笔砚间乎！"后来从军，因功封侯。
⑤请长缨——汉武帝时，终军奉使往南越，在武帝面前说："愿请长缨（绳子），必羁南越王而致之阙下。"

向下看，"万里寒光生积雪"；向上看，"三边曙色动危旌"。寒光生于积雪之上，眩神射目，仿佛连绵万里之外；高高的大旗飘动于曙色之中，又分外鲜明，有如俯视着北部边疆。

这二、三、四句都是"望"中之景；写这许多景又正是要说明"客心惊"之所以然。也不妨这样认为：诗人连续下了这三句动人心目的句子，目的同时在于用力烘托出一个"惊"字。

转到五、六两句，看来也还是在望，仍未脱离眼中之景。而仔细寻味，却又与三、四句不尽相同。因为前面是在吃惊之下四面观看，这里却是在观看之中还用心去想。细分是有区别的。你看：

"沙场烽火连胡月"，分明是眼看沙场，心存烽火。想到这儿是防卫北部广大地区的军事重镇，那烽火是连同边地的月亮一齐升起来的。原来唐代制度，边戍地区每天在初夜的时候，放火烟一炬，一戍一戍地传递，称为平安火，也叫夕烽。杜甫就写过一首《夕烽》诗："夕烽来不近，每日报平安。"

"海畔云山拥蓟城"，又分明一面眼看蓟城云山，一面忖度它的形势——山环海抱，可攻可守，是个重要的战略据点。这就无怪有许多军队在驻扎了。这是进深一层的"望"，又从"望"中显出诗人的内心活动。

原来先只是惊诧，再后才去想，从望与想之中陡然激动了诗人立功报国的豪情壮志。所以在结联里就急转直下，揭出自己的志愿：

少小虽非投笔吏，论功还欲请长缨。

"投笔吏"用班超的典故，"请长缨"用终军的典故。意说，自己身份虽不同于投笔之吏，然而立功域外，为国争光，那还是要仿效前人的英风胜概的。以此来最后结束一个"望"字，真是笔墨淋漓尽致，感情饱满酣畅。

从上面的分析可以看出，全诗描写"望蓟门"有五个层次。先是放眼一望，陡然一惊；随即目光直注到箫鼓喧喧的营垒，再从汉营移到四周，观察这里的环境；然后又从这种环境想到这里的整个形势，和它在国防上的重要意义；最后，归结到抒发自己的志愿，仍不脱那个"望"字。这一层一层的"望"，无不跃动着诗人思想感情的起伏变化。形象密切与感情交融，而又层次分明，脉络清楚。它之所以受到许多诗选家的注意，是有道理的。

终南望余雪

祖　咏

终南阴岭秀，
积雪浮云端。
林表明霁色，
城中增暮寒。

　　《唐诗纪事》有一段关于祖咏写这首诗的故事：有一年，朝廷考试举子，试官出的诗题是《终南望余雪》。祖咏参加了这次考试，才写了四句，就交卷了。试官一看，不符合规定，问他为什么，祖咏答说：意思都写完了。

　　这段记载虽然简单，仍然不难使人看出这位诗人是如何忠于创作规律，尽管试帖诗由朝廷规定格式，限用官韵，而且一般至少要写四韵(八句)，才算成篇(中唐以后，则规定为六韵)。但是当诗人发觉只用两韵四句已经把意思写完的时候，就坚决放下笔杆，不肯多添一个字了。在当时，像这种"不合规格"的诗是要受到摈斥的。可是，历史证明了祖咏做得非常正确。同他同时应试的"合乎规格"的诗早已为人所遗忘，而这寥寥的四句却至今为人所称道。我们从这里不难体会出一些道理。

　　鲁迅先生教导写文章的人，"写不出的时候不硬写"。"竭力将可有可无的字、句、段删去，毫不可惜。"他说的是写文章，而且作为规则提出来，的确很重要。文章如此，何况是诗!

诗应该是最精练的语言。有人做过比喻,它有如从大量矿石中经过反复提炼才得到的镭。一首好诗放在读者眼前,不论从内容还是从形式看,都应该是光芒四射,莹洁无瑕。它和可有可无的字、句、段完全绝缘。

历代诗评家对于不够精练的诗都曾经作过不算苛刻的指摘。当然,像试帖诗这种老八股,诗评家就懒得去动口舌了,他们要求的是一些名家或大家的作品。比如,许浑的《金陵怀古》,算得上是有名的一首诗:

> 玉树歌残王气终,景阳兵合戍楼空。
> 松楸远近千官冢,禾黍高低六代宫。
> 石燕拂云晴亦雨,江豚吹浪夜还风。
> 英雄一去豪华尽,惟有青山似洛中。

明人谢榛(茂秦)的《四溟诗话》就指摘说,这首诗中间四句是可有可无的,如果删掉这四句,"则气象雄浑,不下太白绝句。"他这个意见是不是有道理呢?是有道理的。因为中间四句的确显出了拼凑的痕迹。"松楸远近千官冢",早已有人指出它不像是零落的故都的景象(见方回《瀛奎律髓》);"禾黍高低六代宫",又有点熟套(李白诗:"吴宫花草埋幽径","亡国生春草,王宫没古丘",此类很多);"石燕……"一联,从整首诗看,也缺少内在的联系,看不出是怀古,显得可有可无。这些议论,近似苛求,其实对诗来说,应该是要严格一些的。

又如,白居易的《晚岁》诗:

> 壮岁忽已去,浮云何足论。
> 身为百口长,官是一州尊。

不觉白双鬓，徒言朱两辐。

病难施郡政，老未答君恩。

岁暮别京洛，年衰无子孙。

惹愁谙世网，因苦赖空门。

揽带知腰瘦，看灯觉眼昏。

不缘衣食系，寻合返丘园。

　　诗共是十六句，看来他把自己的许多境况和感想，包括家庭、仕宦、年龄、疾病、儿孙、甚至眼昏、腰瘦以及学佛、思乡等等，都一一罗列出来了。是不是非要这样写不可？颇有幽默感的纪昀(晓岚)肯定这当中有许多累赘，给它狠狠地开了刀，剩下来这样的八句：

不觉白双鬓，徒言朱两辐。

病难施郡政，老未答君恩。

岁暮别京洛，年衰无子孙。

不缘衣食系，寻合返丘园。

　　一删以后也未见得很好。那是因为它原来就是这些话。但他这样删节是有道理的，因为诗中既有"不觉白双鬓"，那么"壮岁……"两句就成为多余的。既有"病难施郡政"，又何用"官是一州尊"？既写了老病无子等，那么"惹愁""因苦""腰瘦""眼昏"，自然不在话下，删掉了反而干净利落，对于原意也并无损害。

　　诗人应该严格要求自己，不但可有可无的字、句、段必须竭力删掉，绝不可惜，就算并非可有可无，而是非有不可的字、句、段，也应力求再三提炼，务使达到精纯的地步。至于内容本来不多，却硬要掺沙掺水，自然更加不可为训。

话要说回来，祖咏这首诗之所以为人所称道，也不是仅仅因为它能尽意而止。这首诗本来就写得很成功。别的不说，我们试看他如何去表达题旨(试帖诗不可无题，这是科举时代的规定，所以作者也从这方面着力)：

第一句"终南阴岭秀"，用"阴岭"二字点明从北面看终南山(山的北面叫"阴")。"秀"字则贴切地写出终南山在严冬之中石骨嶙峋的神采。第二句"积雪浮云端"，既点出了积雪的高厚，又带出了山势的高峻。两句已经把题目的"终南望雪"四字都写到了。剩下"余"字还有待于发挥。于是作者再下十个字极力写出"余"字的精神："林表明霁色，城中增暮寒。"它是说，在傍晚的时候，雪已经停了，天色开霁，树林顶上反射出明亮的阳光。可是在这个时候，城里的人反而觉得雪威更加凛冽了。住在北方的人都知道，正在下雪时天气不算冷，最冷还在雪晴的时候。句中的"霁色""暮寒"，正好从眼前的景色和人们的感觉两方面烘托出"余"字的精神。这样看来，四句诗已经把试题的意思都写圆满了，不多不少，正到好处，倘要增加一些什么，大抵也只能在枝节上面添添补补罢了。而这些枝节加上去以后，未必便增添了诗的境界，恐怕反而会画蛇添足，变成累赘的。

二十个字，在一般的文章里有人认为微不足道；读一读祖咏这首诗，推究它的所以然的道理，还是不无好处的。

刘慎虚

字全乙，亦字挺卿，号易轩。新吴(今江西奉新县)人。开元二十一年(733)进士。其诗题材、体制以及意境与孟浩然颇近似，而清微淡远之中，有幽深拗峭之趣。《全唐诗》收其诗十五首。

阙　题

刘慎虚

道由白云尽，春与青溪长。
时有落花至，远随流水香。
闲门向山路，深柳读书堂。
幽映每白日[1]，清辉照衣裳。

唐诗里面写景的句子是多得无法计数的。古人把这些句子叫做"景语"，可见它是诗句中的一个大类，是随时都可以碰上的。

"景语"就是描写风景的诗的语言。这个"定义"固然一般说来不错，但未免简单化了些。从前也有人说过："一切景语，皆情语也。"[2]这话比较中肯了，但又嫌它过分笼统，不够具体。因为仔细分析起来，"景语"不但有风景，有风景的感情；而且又藏有人物，有人物的行动、神态、感情、心理

① 这句的"每"字作虽然解。《诗·小雅·常棣》："每有良朋，况也永叹。"朱熹注："言当此之时，虽有良朋，不过为之长叹息而已。"
② 清末王国维论诗词的话。见所著《人间词话》删稿。
③ "景语"的问题牵涉很广，这里不能详论。

活动乃至身份、地位等等。真可说变化无方，不拘一格。有些"景语"是风景、人物、感情交织在一起；有些"景语"揭开一层，还有一层；有些"景语"就像宝石那样，从四面八方放射出虹彩，从这个角度去看和从另一个角度去看，会大不相同。唐代诗人尤其善于掌握"景语"，手法多式多样，值得做一专题研究。

诗中的"景语"，给读者带来了直觉的美感，也给读者带来了形象之外的趣味。因为它既是景物，又不仅仅是景物；它既有具体形象，又高出于单纯的形象。它使我们产生了要深入一层或升高一步去探索它的兴趣。面对着它，我们除了接受诗人所给予的，还要发掘诗人所暗示的。这似乎是"景语"能够产生不一般的艺术魅力的原因[3]。

在本书中，收有几篇文章从不同方面谈到"景语"的艺术问题。如今就先谈刘慎虚这首五律。

这首诗原来应是有个题目的，后来不知怎样失落了，人们在辑录的时候只好给它安上"阙题"二字。虽不是作者有意不安上题目，却也给我们理解这首诗时增添了一些困难。幸而诗本身是通过一连串画面引导我们进入诗中境界的。我们由此来寻味题旨，似乎还不至于离题太远。

这首诗八句都是写景(落后两句虽带有叙述性，基本上还是景色)。它是描写深山中一座别墅及其幽美环境。至于这别墅是诗人自己的还是他朋友的？我们却无从知道。如果别墅是诗人自己的，这诗就是写他日常所见的景色；否则，它就不单纯是描画风光，烘托诗人对自己别墅的惬意，而是带有一定的情节性的了。因为缺了题目，不好武断。现在姑且定为别墅是属于诗人的一个朋友的。这样来领略这首诗，似乎情趣会更多一些。

诗人的朋友住在一座深山的别墅中——不是什么豪华的别墅,一间读书堂罢了。诗人这一天兴致勃发,不辞跋涉,登山探访。诗一开头就已是进入深山的情景了。

"道由白云尽",是说通向别墅的路是从白云尽处开始的,可见这里地势已经相当高峻。这样来开头,便已藏过前面爬山一大段文字,省掉了许多拖沓。因为是写律诗,字数限在一定范围以内,不这样剪裁是不行的。其次,我们说"景语"中藏有情节,这句便是情节的发端。它暗示诗人已是走在通向别墅的路上,离别墅并不太远了。

"春与青溪长",现在诗人继续沿着山路前进。但伴随山路却有一道曲折的溪水。其时正当春暖花开,山路悠长,溪水也悠长,而一路的春色又与溪水同其悠长。为什么春色也会"悠长"呢?因为沿着青溪一路走,一路上都看到繁花盛草,真是无尽春色源源而来。青溪不尽,春色也就不尽,当然可以说春色也是悠长的了——这是情节的进一步发展。

三、四两句紧接上文。写青溪,写春色,又写出了诗人自己的喜悦之情。

"时有落花至"这句,要特别注意"至"字。它表达出落花是在动的,诗人也正在行动之中。这个字还可以体味出诗人遥想青溪上游一片繁花似锦的神情。此时,水面上漂浮着花瓣,诗人一面走着一面欣赏,慢慢觉得流水也散发出香气来了。句中用了"远随",可见他还是沿着青溪走。远远走了一段路,还是时见落花飘来,于是"流水香"的感觉不期而然地产生,甚至可以肯定必然如此了。

总括上面四句:开头是用粗略的笔墨写出山路和溪流,往下就用细笔来特写青溪。仿佛是把镜头里的景物从远处拉到眼前,让我们也看得清清楚楚,还可以闻到花香水气。

终于来到别墅门前。抬头一看,"闲门向山路"。这里是没有多少人来打扰的,所以门也成了"闲门"。主人分明爱好观山,所以门又向山路而设。

进门一看,院子里种了许多柳树,长条飘拂,主人的读书堂就深藏在柳影之中。这位主人是在山中专心致志研究学问的。

写到这里,诗人去拜访朋友的一路经历——从登山到进门,都曲曲折折地描述下来了。但他不过把几件景物摄进镜头,并没有叙述经过,仅仅给你以几种不同的变化着的形象。

结末两句,诗人还是运用"景语"。他没有交代和朋友见面以后那一番酬酢应接是如何如何,仍然只就别墅的光景来描写。

"幽映每白日,清辉照衣裳。"意思是说,因为山深林密,所以虽然在白天里,也有一片清幽的光亮散落在衣裳上面。那环境的安静,气候的舒适,真是专志读书的最好地方了。

这两句也还是暗寓了情节。说明自己在这座别墅内外盘桓,亲自体验到一种清幽恬静的气氛。

十八世纪末英国的威廉·赫士列特在《泛论诗歌》里指出:"诗的光芒不仅是直射的,而且是反照的光芒:它将事物呈现给我们的时候,在那个事物的四周投下灿烂的光彩。"又说:"在描写自然事物的时候,诗歌赋予感官印象以幻想的形式,使它们与激情的最强烈活动以及自然的最突出的表现融合起来。"我们读了这首诗,很自然就会想起这段话。

　　景中自寓情节，这仅是唐代诗人运用"景语"的技巧之一。这种技巧虽不始于唐人，但只有到了唐人手中，才运用得异常灵活和熟练。

孟云卿

（约725—？），唐诗人，河南(今河南洛阳)人。代宗时官校书郎。其诗反对声病、藻绘，语言朴素，颇能反映当时的社会现实，为杜甫、元结、韦应物诸人所推崇。《全唐诗》收其诗一卷。

伤 情

孟云卿

为长心易忧，早孤意常伤。

出门先踌躇，入户亦彷徨。

此生一何苦，前事安可忘？

兄弟先我没，孤幼盈我傍。

旧居近东南，河水新为梁。

松柏①今在兹，安忍思故乡？

四时与日月，万物各有常。

秋风一以起，草木无不霜。

行行②当自勉，不忍再思量。

杜甫在夔州的时候，曾经写了十二首《解闷》诗，其中有一首是这样写的：

李陵苏武是吾师，孟子论文更不疑。

一饭未曾留俗客，数篇今见古人诗。

诗里的"孟子"，是杜甫的老朋友孟云卿。这首诗正是忆念孟云卿的。从诗中我们知道，孟云卿很推崇李陵、苏武的五言诗。不过据我看来，"李陵苏武"其实是汉魏五言诗的代号。孟云卿同陈子昂一样，也是主张"建安风骨"的，从他仅存下来的很少量的作品中也可以看到。

①古人习惯在墓上种上松柏等植物，因此诗中拿"松柏"作为坟墓的代词。

②《论语·先进》："子路，行行如也。"朱注："行行，刚强之貌。"

孟云卿流传下来的诗只有十七首。这是非常可惜的。他其实是盛唐时代一个值得注意的流派创始者。善于苦思冥索，内容精练深刻，常有警辟的奇句。从风格看，近似孟郊，不妨说他是开孟郊一派先河的诗人。仅仅因为流传下来的作品太少，所以名气不大罢了。

不妨寻味一下下面这些句子，并且留意它的风格：

朝日上高台，离人怨秋草。

但见万里天，不见万里道。

——《古别离》

思妇登台忆念远人，望到的只是满眼不尽的秋草。她是多么希望看得更远，看她所忆念的人是不是正在起程回来。可是……接下去那两句，刻画人物此时此地的心理难道不可以说得上"入木三分"吗？

秋成不廉俭，岁余多馁饥。

顾视仓廪间，有粮不成炊。

——《田园观雨兼晴后作》

假如把自己家里的粮食吃光了，官家的米仓当然还藏有不少,但不是自己可以随便拿来煮吃的。语气不算激烈吧!那含义却真能使人深思。

他描写一位公子哥儿在郊外打猎,有两句就更妙了:

所发无不中,失之如我仇!

——《行行且游猎篇》

这个少爷认为自己的箭术百发百中,不料一箭射了个空。于是他暴跳如雷,把过失都推到别的人身上,连制弓造箭的匠人(虽然不在他身边)也都给他痛骂了一顿。活活画出一个轻佻浮躁家伙的神态来。

我们对他的诗只能"窥豹一斑",这不能不是一件憾事。如今还是谈一谈他这首《伤情》。它似乎可以多少印证唐代诗选家高仲武的话:"当今古调,无出其右者,一时之英也。"(见《中兴间气集》)

孟云卿早年的生活似乎很贫苦。在家里他是大哥,父亲却很早逝去。一家的重担一下子落在少年人的肩膀上。没有这种经历的人恐怕很难设想是什么一种味儿。"为长心易忧,早孤意常伤。"这两句还不算很出人意外,可是,"出门先踌躇,入户亦彷徨。"如果不是亲历其境的人无论如何是写不出来的。这里面藏有多少焦虑、忧疑、犹豫、畏缩,又有多少希冀侥幸、患得患失、腼颜向人以至伤心失望。出门时,已是一片忧心忡忡;入门后,又是一副无精打采。然而对着幼小的弟弟还得考虑怎样去安慰、劝导和鼓励。……这真是不容易挨过的日子呵!

好容易待到安史之乱平定了,弟弟们也长大了,成家立室。自己的担子该可以减轻了吧!不料大小弟弟忽然相继去世,剩下来的又是一群更弱小的孤儿们。

写到这里,他实在不忍再写下去。缓一口气,他提起另外一些事情。

孟云卿原籍是河南人(今河南洛阳市)。不知是为了出外谋生还是逃避安禄山的乱兵,一家人早就离开家乡。他已经定居在长江边上的荆州(今湖北江陵县),时间也不短了。因为是在山上他弟弟的墓地附近凭吊,触景伤情,追念了以上一段往事。其实时间过得很快,墓上种的松柏都已长大。再看远些,山下东南角便是自己住的那座破旧房子,一条小河盘绕山脚而过。为了方便来往,新近还搭起一道桥。看到这一切,回洛阳故乡去的念头早就断绝。本来,流寓他乡老死不归,在古人看来是不幸也不光彩的,但又有什么办法?他只好替自己开解。于是提笔写了下面这一段话:

天上四时八节,日月五星,地上世间的一切,都各有自己的活动规律。人当然也逃不过规律的支配。你看秋风一到,花草树木都纷纷凋零了。但人到底同草木不一样,还是应该坚强起来,勉励愤发,在困难之中杀出一条路来,不要让"秋风"和"寒霜"压倒自己。至于那些伤心的事情就不要再去想它了。

他到底是个意志坚强的人。他下了"行行"两字,是想到在老师面前也显出一副倔强不驯的神气的子路 (仲由),觉得自己也不是个软弱者。

孟云卿的晚年有点儿像杜甫。杜甫流落西川,他却是漂泊在东南一带。他们对天宝末年那场杀人如麻的战乱都抱着深沉的悲痛,往往结合个人的身世吐露出来。难怪杜甫会引为同调,赞他是"数篇今见古人诗。"大历二年(公元767 年)还趁妻弟崔漠到荆州去的机会,托他问候薛据和孟云卿。在送别的诗里说:"荆州过薛、孟,为报欲论诗。"还想听听孟云卿对诗的意见呢!

唐末,诗评家张为写了一本《诗人主客图》,称孟云卿为"高古奥逸之主",而且把韦应物、李贺、杜牧这些著名诗人都归入他的门下。为什么呢?可惜我们如今无法体会出更多的所以然来。孟云卿在盛唐诗人中,本来是应该特书一笔的。

高　适

(约700—765)，字达夫，渤海蓨(今河北景县南)人。天宝中举有道科，授封丘尉。所作边塞诗对当时的边地形势和士兵疾苦均有所反映；《燕歌行》为其代表作。和岑参齐名，并称"高岑"。有《高常侍集》。

封丘①作

高　适

我本渔樵孟诸②野，一生自是悠悠者③。
乍可④狂歌草泽中，那堪作吏风尘下！
只言小邑无所为，公门百事皆有期。
迎拜长官心欲碎，鞭挞黎庶令人悲。
归来向家问妻子，举家尽笑今如此。
生事应须南亩田，世情尽付东流水。
梦想旧山安在哉？为衔君命且迟回。
乃知梅福徒为尔⑤，转忆陶潜归去来。

盛唐诗人中，除李白、杜甫和王维、孟浩然之外，高适、岑参也是并称的。两人生活在同一时期，同有诗名，同样到过边疆部队中工作，各写下一批反映边塞生活的诗歌。但两人却又各有所长。岑参的边塞歌行雄阔奇崛，光彩四射，自成一家;而高适的作品则苍凉郁勃,多同情人民疾苦之作,又不是岑参所能企及的。从诗歌的成就来说,"春兰秋菊,各擅胜场"。高岑并称是无愧的。

高适出身比较贫寒,早年曾在封丘度过十多年的耕渔生活,其间也曾漫游过北方和东南一带。由于较长期接近群众,对人民疾苦有较多的了解,也有建功立业的抱负,是一位颇有清醒头脑的诗人。你看他一来到北方重镇的蓟门,就翻腾起种种忧国忧民的心事:

> 策马自沙漠,长驱登塞垣。
>
> 边城何萧条,白日黄云昏。
>
> 一到征战处,每愁胡虏翻。
>
> 岂无安边书?诸将已承恩。
>
> 惆怅孙吴事,归来独闭门。

——《蓟中作》

他看到由于连年战争频繁,边城都变成一片萧条了;地近塞外,北方胡人会不会乘虚而入呢?他还看出了当时掌握边防大权的是平卢、范阳、河东三节度使安禄山。这是一个骄横跋扈而又包藏野心的家伙,却正在受到唐玄宗的信任和宠爱,自己即使要提出安定边疆的意见,看来也是不会被接纳的。纵然有孙武、吴起的谋略的人,也只好回家闭门闲坐罢了。可以看出,他对当时局面观察得何等深刻,仿佛是在预告"安史之乱"快要爆发了。

①封丘——古地名,在今河南商丘县。
②孟诸——在河南商丘县东北,古代是一个沼泽地区。《书·禹贡》作"孟猪"。《周礼·职方》作"望诸"。
③悠悠——一般平庸的人。《后汉书·朱穆传》,"悠悠者皆是,其可称乎!"
④乍可——只可。
⑤徒为尔——仅仅是为了这个原因。

这里选录他一首《封丘作》,是从一个下级官吏——县尉的身份,反映当时政治局面的动乱和个人心情的苦痛的,在高适的作品中有一定的代表性。

这首诗,有人说是写于开元二十三年(公元 735 年),也有人认为是写于天宝六载(公元 747 年)。它是高适被朝廷委任为封丘县尉后写的。

一开头,诗人就以失望的情调写出一种无可奈何的心情。

他说,我本来在孟诸野以捕鱼樵采维持生活,自然是所谓平庸无用的人。只应在山野草泽之间放声歌唱,哪有资格在城市风尘之中做一员县尉呢?

县尉是掌管一县治安的基层官吏,职责主要是向老百姓追租催赋,办理刑狱,搜捕"盗贼"。一个有志向有理想而又头脑清醒的人,要他亲自去干这些事,心情的苦恼是可想而知的。

他起初以为,封丘是个芝麻大的地方,不会有很多事务纠缠。古人不是也有所谓"吏隐"吗,姑且当它是隐居也未尝不可。谁知道一进了公门,什么事情都要按期限刻赶着办。什么大官员路过此地啦,马上得准备人夫车马。什么新官员上任啦,马上要恭恭敬敬出城迎接。什么豪贵的家中失窃啦,马上得亲自到现场办案。还有什么租(田税)啦,调(土产交纳)啦,庸(无偿服役)啦,役(兵役)啦,各色各样向老百姓敲诈剥削的事,县尉都得亲自办理。天天都有无辜的可怜的老百姓给捆绑到衙门来,打得皮开肉绽,血流满地。看到这些场面,实在令人心里难过极了。

可是回家去问家里人的时候,一家人都笑起来,说如今到处都是这个样,你一个人发牢骚也没用。何况人要生活下去,除非家里还有可耕的田,否则,你只好把天真的"合理的想头"抛到东洋大海去。

这段叙述，行文虽然简单，内涵却是很不简单。它从一个侧面揭露了唐王朝深刻的阶级矛盾和社会危机。一个有理想的同情人民疾苦的人是不能在这样的腥风血雨中立足的，除非你甘心同流合污，归到他们那一伙去。

可是一提起故乡，他又感到丧气了。他原是沧州渤海（今河北沧县附近）人，那儿根本没有他的田产，实在说不上是自己的家乡。"南亩田"既然没有，这个使人不能忍受的职务也就一时摆脱不开。只好托词说是接受了皇帝的委任，欺骗一下自己了。

但这种自欺连自己也觉得荒唐可笑。

他想起，西汉那位做过南昌尉的梅福，宁可辞掉官职去当一名吴门的市卒。东晋的陶渊明"不为五斗米折腰"，终于弃官归家，宁肯向邻居乞食，也要赋他的《归去来兮辞》。

后来他当真辞掉这个县尉，转到河西节度使哥舒翰幕下当了一员掌书记。不过此后他的官运很好，一直做到西川节度使，散骑常侍。梅福、陶潜云云，就变成一时的牢骚话了。

但他虽然是盛唐著名诗人中名位最显达的一个，他的政治理想却终于不能实现。晚年的时候，他写诗给杜甫，慨叹"身在南番无所预，心怀百忧复千虑。"仍然是相当苦闷的。

在"安史之乱"前夕，朝廷中有李林甫、杨国忠等奸佞之臣在弄权作恶，边疆上又多是骄横不法的武臣。广大农民受着沉重的租赋征戍的重压，阶级矛盾逐步激化了。这些大乱前夕的景象，在盛唐诗人的笔下曾经不断反映出来。这些诗人是尽了作为诗人的责任的，他们毕竟无愧于时代。

岑　参

（约715—770），江陵（今属湖北荆州）人。天宝进士。官至嘉州刺史，卒于成都。长于七言歌行。对边塞生活有深刻体验，善于描绘塞上风光和战争景象。其诗气势豪迈，情辞慷慨，语言变化自如。有《岑嘉州诗集》。

白雪歌送武判官归京

岑　参

北风卷地白草折，胡天八月即飞雪。

忽如一夜春风来，千树万树梨花开。

散入珠帘湿罗幕，狐裘不暖锦衾薄。

将军角弓不得控，都护铁衣冷难著。

瀚海①阑干百丈冰，愁云惨淡万里凝。

中军置酒饮归客，胡琴琵琶与羌笛。

纷纷暮雪下辕门，风掣红旗冻不翻。

轮台②东门送君去，去时雪满天山路。

山回路转不见君，雪上空留马行处。

许多人都赞美岑参的《白雪歌》《天山雪歌》等一组边塞诗，觉得他描写我国西北地区的风光真是雄奇壮丽，色彩缤纷，变化开合，惊心骇目。这些作品在唐代诗坛中，别树一帜,与众不同。不但内容是新奇瑰异的,风格是豪健犷野的,而且笔下的形象又是如此变幻动荡,有一股强烈的吸引力,使人神往。十年的边塞生活,冰天雪地、风沙碛石的亲身阅历,使这位诗人开拓了诗国新的境界,登上了前人还未涉猎过的奇峰。

但是除此以外,我还发现岑参创造了一种与别不同的艺术手法。那就是,对于当时已成风气、一般诗人都免不了的送往迎来的题材,他能大胆加以革新。题目虽然还是送行赠别,他在诗里却以大量篇幅来描绘山水的雄奇或塞上的风貌,只是临到末了,才轻笔一点,点出送行赠别之意。这种手法,一方面,既不至于丢掉了题中应有之义;另一方面,又避开了那套老八股。从自己来说,是写了一首好诗;从朋友来说,既接受了友情的抚慰,又满足了欣赏的愿望。

① 瀚海——指沙漠。又唐瀚海军,开元中盖嘉运置,治所在北庭都护府城内。见《旧唐书·地理志》。
② 轮台——唐贞观中置县,治所在今新疆自治区米泉县境。显庆二年(公元六五七年)置都督府于此。

试想想吧,行人在遥遥征途之中,无聊得很,当然想尽情欣赏朋友们写给自己的诗文。假如翻来覆去都是差不多的千篇一律,实在未免扫兴失望。如果读到的竟是闪烁夺目的篇章,心里的那份高兴,不就像发现珍宝那样带劲吗?又何况连后世的读者读到了也要表示感谢呢!

在岑参的诗集中,像《白雪歌送武判官归京》《热海行送崔侍御还京》《敷水歌送窦渐入京》和《天山雪歌送萧治归京》,等等,用的都是这种手法。可见他并不是偶尔拾来或无意中巧合而已。

自然,岑参仍然写了不少"应酬八股",和《白雪歌》一类古风风格迥然不同。那些都是规规矩矩的律句。其原因,或则他还没有到边疆去开拓眼界,生活的局限使他摆脱不开陈旧的笔墨；再则运用的体裁又是束缚性很大的五律，短短四十个字，不容易放笔挥洒。即便已从边塞回来，有了上面说的创作经验，但应酬经常难免，而好诗却不是随手可得的。我们倒是应该珍重诗人开创诗境的精神，尽管从数量上说还不算太多。

③判官——唐代特派担任临时职务的大臣，都可自选中级官员奏准充任判官，作为佐理。

④北庭都护府——唐六都护府之一，长安二年（公元702年）置。

这首《白雪歌》是天宝十三四载之间，岑参在北庭都护、伊西节度、瀚海军使封常清幕下当安西北庭节度判官③，驻军轮台时，为一位姓武的判官送行而作。诗里把西北边疆的大雪和严寒，用生动的语言和夸张的手法，突出了一幅奇丽绚烂的景色。

还仅仅是农历八月，北风已经卷地而来，其势之猛，把塞外能抗风沙的特有白草全都刮倒了。跟着，一场大雪铺天盖地而来，一夜工夫，所有树上的枝枝桠桠都沾满了雪。抬眼看去，恍如千万株梨树经过春风的吹拂，一下子绽开了满树梨花似的。

它是先写那茫茫的原野。风力的强劲，雪势的威猛，景色的陡然变幻，便把读者带进了一个冰天雪地的世界。

跟着，笔锋转到戍守部队的戍地。

大雪飞进了垂着珠帘罗幕的中军帐内，转眼又化成一汪汪冰水。尽管燃着熊熊的炉火，室中人还披上狐裘或盖上锦被，仍然敌不过严冬的寒威。在这极度苦寒的天气里，将军们双手冻得连弓也扯不开，主帅的铁甲也难以穿到身上了。

然而武判官却就在如此酷寒的天气中出发。这可不是一站短路。轮台离长安有多少路程呢？按照《旧唐书·地理志》的记载，北庭都护府④在京师西北五千七百二十里。真不是一次轻松的旅行！诗人预先给这位判官设想了这段艰苦无比的旅况：

瀚海阑干百丈冰，愁云惨淡万里凝。

像海一样浩阔无边的雪地，纵横交错高低不平的雪谷，恍如百丈奇峰欹危欲坠的雪崖，冻得化不开的阴云，阴阴惨惨，不知伸展到什么地方才算是尽头。

然而武判官为了公事，还是不能不走。同僚们只好置酒为他送行。

炉火熊熊的中军帐里，军中的乐队来了。他们演奏着各种乐曲。乐器之中有胡琴，琵琶，还有羌笛。异邦情调和中原本色的乐声合成一股暖和的洪流，回旋在热闹的营帐之中。筵席上夜光杯盛着葡萄美酒，在灯光炬火的晃动下闪闪发出各种奇辉。同僚们都为远行的朋友举杯祝福，祝他旅途顺利。

可是外面的雪下得更大了。

当他们一行人走出辕门的时候，风雪交加，天色越发暗了下来。辕门插着的红旗，让冰雪紧紧地冻住了，尽管北风使劲地吹打，旗子也还是翻卷不起来[⑤]。

⑤隋虞世基《出塞》诗已有"霜旗冻不翻"句（《全唐诗》作虞世南）。但不及岑参写的生色。

在这样一幅瑰奇而严伟的景色中，我们分明看到戍守的将士们在无比艰苦的条件下如何警惕地守卫着祖国的边疆。他们把艰苦的生活视为当然。你看武判官为了把边防和部队的情况向中央报告，还是冒着特大的风雪毅然出发。路途的艰苦根本不曾放在他的眼里。

武判官带着一队卫士走了。诗人一直送他到轮台城的东门。眼看着一行人在渺无人烟的路上顶风冒雪前进，渐渐隐没在山角的那一边。这时候,雪地里什么都没有,只留下他们一行人走过的马蹄印迹。

这真是动人肺腑的一幕！边地的苦寒,戍守的艰重,行人的勇毅,都在冰光雪色中充分烘托出来了。

然而它毕竟又是一首送行诗,不过没有应酬的老套,乏味的庸言。它给予我们的是感动、振奋,还加上耐人寻味的艺术享受。

虢州后亭送李判官使赴晋绛得秋字

岑 参

西原驿路挂城头,
客散江亭雨未收。
君去试看汾水上,
白云犹似汉时秋?

在岑参的七绝中,这首诗颇为选家所注意。但是我们要读懂这首诗,却至少要打开两重障碍,其一,是诗的写作年代及其时代背景;其二,是判断最后一句话的语气。不解决这两点,我们只能徒然欣赏它词藻之美,却无法明白它的思想内容。

看题目,自然是送行之作。"得秋字"是临时在席上抽到的诗韵。当时的虢州城,在今日河南灵宝县城南数十里,大抵依山建筑。西原是城外一个地方。可以想见,北出黄河的驿路是由城外绕山而去的。所以诗的开头,才有"西原驿路挂城头"的话。这句点出送行题目,在艺术处理上也有可谈之处:它骤看是写景,城堞现出了一角,远处有重重叠叠的山,驿路在山上穿行,看来就像挂在城头似的;但其实它已经是在叙事了。如果胡诌一联作为说明,那就是"驿路绕山间,行人向此去。"这样写当然笨拙得很,作为释诗,却也不妨。我们再把这第一句和次句连起来读,还可以看到一幅雨中送客的场景。除了城堞耸峙,远山一抹,驿路蜿蜒之外,江边还有送客亭;在雨景中又可以看见行人上路,主人殷殷相送的动作。纯然以写景来叙事达情,却又达到情景交融的艺术效果,这是作者在摄取、提炼、表现三方面都下了力量的最好说明。

然而,仅仅这样,这首诗的思想价值就谈不上什么了。其实,作者在诗中倾注的思想感情,要比单纯的送别友人深广得多。但要了解这一层,我们先得谈谈诗的写作年代及其时代背景。

根据考证,我们知道岑参于乾元二年至上元二年(公元 759 至 761 年) 出任虢州长史 (闻一多:《岑嘉州系年考证》)。这几年里,唐帝国的局面是十分不妙的。天宝之乱还没有结束,759 年,郭子仪等九节度使之师大溃于相州(今河南安阳市),李光弼弃东京(洛阳)退守河阳(今河南孟县)。次年,西北的党项人入侵,吐蕃又攻陷廓州(今青海化隆县南黄河北岸)。又次年,党项继续侵入,掠宝鸡、好畤(今陕西乾县附近)等地;李光弼再败于邙山,河阳、怀州皆陷。唐帝国的封建政权正处在风雨飘摇之中。岑参所在的虢州和这位李判官所去的晋、绛(晋州治今山西临汾县,绛州治今山西绛县),虽然还没有发生战事,但是地方秩序动荡,军事征发烦扰,人民生活困苦,都是可想而知的。

就在这样的背景上面,我们看到诗人感慨遥深地写下了这两句话:

君去试看汾水上,白云犹似汉时秋?

话里隐藏着一段典故:有一年,汉武帝刘彻到河东(今山西地区)去,祭了后土之神,又坐船在汾水上游览、饮宴,高兴起来,作了一首《秋风辞》。有"秋风起兮白云飞,草木黄落兮雁南归"的话。汉武帝在位时,是中国国力强大的时代,不仅领土比前扩大,边境的安全得到确保,而且打开了中国和中亚细亚、南洋等地的交通,使中国成为世界上强大的国家。唐帝国有一段时期,国力之盛,比起两汉有过之而无不及。然而,安史之乱一来,却突然落得如此可悲的局面,诗人自然是不能不深有感触的。恰好李判官要到晋绛去,诗人于是想起了汉武帝这个代表人物。他含蓄地向他的朋友提出这样的探问:"李判官呵!你到汾水的时候,看看那里的云光山色,可还像汉武帝那个时代那样雄伟壮丽么?"很明显,隐藏在这两句话后面的,是诗人对于唐帝国衰落的深沉的叹息。汉武帝的豪情胜概已经不可再见了,唐帝国的声威功业难道也是这样结束吗?这是对祖国命运抱着深切关怀的感情流露,它产生在像岑参这个长久在西北边防军队中工作的诗人身上,是特别使人觉得感情激荡的。有了这两句,就给这首送行诗平添许多光彩,我们喜爱它,就不仅仅因为它在艺术上的成就了。然而,假如把末后一句标成一个句号,变成为直叙的语气,这首诗的深刻含意却是难以看出来的。读诗要注意语气,这便是一例。

有什么理由说岑参这两句一定是慨叹呢?

武则天在位时,有一位宰相李峤,曾写过一首《汾阴行》。最后四句说:

山川满目泪沾衣,富贵荣华能几时?

不见只今汾水上,唯有年年秋雁飞!

据说,当安禄山的队伍快要攻入长安,唐玄宗决定出走,在花萼楼听见歌伶演唱这首诗,听到"山川满目"这几句时,大为感叹,不等曲终就起座离去了。

李峤的诗和玄宗这个故事,岑参当然是知道的。那么,"白云犹似汉时秋",不是慨叹"开元盛世"一去不返,又是什么呢?

春 梦

岑 参

洞房昨夜春风起,
故人尚隔湘江水。
枕上片时春梦中,
行尽江南数千里。

用对于梦境的描写,来抒发自己的某种思想感情,在诗歌里是常见的。杜甫的《梦李白》是借梦来表示对朋友的强烈怀念;李白的《梦游天姥吟留别》,是借梦来表述自己对名山胜景的热烈向往;还有白居易的《中书夜直梦忠州》

则是对忠州旧游的追怀。他们的描写手法各自不同。杜甫的情意深挚，李白的热情奔放，都各各显示着本人的独特风格。岑参这首《春梦》，表面看来，句子是比较平淡的，但是在平淡之中却具有醇厚的情致。

诗中的主人(也许就是一个女子吧)是在腊尽春回、春风开始轻轻飘进人家屋子里的季节，突然想起了离别很久、并且说定了要在这个时候回来的远人，却并没有随同春风一起回到自己的身边。她于是推开窗子，望着已经凝望过不知多少次的远方。在烟云掩映中，隐隐约约的仍然可以看出前面是雪练似的湘江，而故人正是渡过这道河流，向南方远远去了的。

在这里，我们惊奇地看到诗人惊人的想象力和艺术技巧：他在"枕上片时春梦中"一句底下，突然接上"行尽江南数千里"七个字。那真是像古代的术士施术于他的水晶球一样，我们也仿佛和诗中的主人一起，同时进入了梦境。

我们看到她的梦魂从躯体中飘然而起，穿出窗外，迎着料峭的春风，从乱山的头上飘过，从滔滔的湘江飘过，从莽莽的原野上飘过，一路上，她忽而焦急地徘徊四顾，忽而匆遽地继续前行。起初，她以为她的故人是在归途之中，希望在半路上就迎住了他，然而走到湘江的尽头，仍然不见踪影。可是，前面已是高耸的南岭和茫茫的大海，她只好失望地折回头来，继续穿过波涛汹涌的东海……为了渴欲相会的强烈愿望，她不惜冲寒犯露，不惜数千里长途奔涉。——我们就是通过诗人这种形象性的描写，看到一个感情真挚、意志坚强的灵魂，正在和她的不幸的命运进行着顽强的搏斗。

唐代诗人往往敢于大胆驰骋他的想象，而又有能力把这种大胆的想象陶融为诗的语言,为美丽的形象,并且驯服地受着格律的规范。这里"枕上片时春梦中,行尽江南数千里"的浪漫主义手法,在文艺作品中,我们从南朝宋刘义庆的《幽明录》所记杨林的故事,以及唐人小说《枕中记》《樱桃青衣》等,可以看出类似之处。然而小说所写,无非在于说明人生的飘忽,劝人们对生活不必过于执著,是消极出世的;而这首诗却与之相反,整个调子是向上的,昂扬的。尽管诗中的忆念之情是如此强烈,但是诗人并没有下一个忆念的字眼,但它比写上千百个忆念的字眼还要来得感情深厚。正是因为诗人树立了令人目夺神摇的艺术形象——一个性格顽强感情真挚的灵魂,不但不甘心于为一角小楼所关锁,也不是千里途程所能阻限的。对于这种对美满生活顽强追求的坚强意志,我们体会了以后,自然不能不受到强烈的感染,并且深深地激动。

宋代词人晏几道有一首《蝶恋花》说:"梦入江南烟水路,行尽江南,不与离人遇。"深情婉转,意味无穷,正是从岑参这两句诗点化出来的。

李　白

(701—762)，字太白，号青莲居士。祖籍陇西成纪(今甘肃静宁西南)。诗风雄奇豪放，想象丰富，语言流转自然，音律和谐多变。善于从民歌、神话中汲取营养和素材，构成其特有的瑰玮绚丽的色彩，是屈原以来最具个性特色和浪漫精神的诗人。有《李太白集》。

金陵酒肆留别

李　白

风吹柳花满店香，吴姬压酒唤①客尝。
金陵子弟来相送，欲行不行各尽觞。
请君试问东流水，别意与之谁短长？

李白要离开金陵(今南京)，临走的时候，一班朋友给他饯行，在酒店他写下了这首诗，作为临别纪念。从诗的内容来看，给诗人饯别的是一班年青朋友，这首诗也应该是李白青壮年时代的作品。

①压酒——用粮食酿酒，到熟时把酒压取出来。具体操作情形待考。唤——一作"劝"。

留别的对象既是一班朋友，也就同留别一两个朋友有所不同。这是我们读这首诗的时候首先要注意的一点。明代诗评家钟惺似乎也注意到这点，他评此诗说："不须多亦不须深，写得情出。"对这句话应该这样去理解：因为既是一班朋友，彼此交情新旧不一，各人身份也不尽相同，话说得太具体，或作过分刻画，未必都切合各个人的交情和身份,然而假若含糊笼统,来一番熟套,感情又难免流于浅伪,朋友们难免怀疑自己不重视交情,所以又必须"写得情出"。在下笔的时候便要费一番斟酌。

我们且看诗人是如何下笔的:

开头两句,诗人先点出送别的时间和地点。风吹柳花(柳絮),自然是春末;吴姬压酒,自然是酒店。两句构成一幅很美的扬子江边的画图,不但写出送别的环境气氛,似乎还透露出金陵风物很美,自己舍不得离开的惜别之意。

"金陵子弟来相送,欲行不行各尽觞。"——一班金陵的年轻朋友,听说自己要离开了,都纷纷前来送行,彼此临岐惜别,"欲行"(要走的人)"不行"(不要走的人)双方都尽情地干杯。诗人通过这两句,道出了金陵朋友对自己的友谊,同时道出自己要离开时,也舍不得这班朋友。下字虽然不多,包含的感情却并不浮浅。

留别的情意在这四句里已经点出来了,可是还不能说已经写得足够饱满,因此下面就要加重笔墨,把大伙儿此时的惜别之情淋漓地挥洒出来。这里只用了十四个字:

请君试问东流水,别意与之谁短长?

滚滚长江,无穷无尽地向东流去。咱们大家的惜别之情,比起长江流水,到底谁短谁长呵!悠扬跌宕,一唱三叹,惜别的主题,至此才抒发得饱满酣畅。长江流水,切合金陵景色,拿它来比喻彼此惜别之情,形象的丰富生动,自然不在话下,而又能把所有送别的朋友和远行者自己的共同意念一齐包括在内,使人仿佛看到那浩瀚的江水便是这一伙朋友深厚友谊的体现,所以使人只觉其感情之真,涵盖之广,而绝不感到浮泛。

整首诗感情饱满,风采华茂,唱叹而不哀伤。可以窥见诗人青壮年时代才华发越的一斑。

也许会有人说,首句中的柳花,指的既是柳絮,哪里来的"满店香"?说不定是从下句"压酒"而来的。应该解作满店是酒香才对。

这里牵涉到艺术上的虚与实、真与不真的问题。柳絮并没有香味,这是事实;但是一则柳絮本来就有点像花,容易引起香的联想;二则从诗人此际的感受来说,即从诗人对金陵风物的留恋所引起的感情来说,却不妨承认柳絮也是香的。中国的水墨画,常有不似之似,或初看不似而熟视甚似的例子,在诗歌中也可以取得一些例证。正如苏东坡咏杨花词:"似花还似非花",是似又是不似。宋人曾公亮在甘露寺投宿,从窗中下望长江,写出了"要看银山拍天浪,开窗放入大江来"之句,是似还是不似?恐怕好处正在似与不似之间。他如"黄河之水天上来""月明如水浸楼台""孤舟蓑笠翁,独钓寒江雪"不胜枚举。这里的"风吹柳花满店香",也是乍看不似而细思甚似的一例。至于下文接着写了"吴姬压酒",说满店的香与此有关亦可,却无需加以科学分析,反正"满店香"是事实,"风吹柳花""吴姬压酒"同样也是事实,三者已经融成一片。诗人不妨说"柳花"有香,读者也毋宁承认这种诗的现实,不去破坏它那完美的意境。这样,这两句诗就好解释,而不必硬说"满店香"只能源于"吴姬压酒"了。

静夜思

李　白

床前明月光，
疑是地上霜。
举头望明月，
低头思故乡。

　　清代有一位词选家，曾经推崇北宋秦观和晏几道二家的词，说他们的长处是"其淡语皆有味，浅语皆有致"。评价是很高的。因为能够做到淡语有味和浅语有致，不仅是个艺术技巧问题，更主要的是思想感情问题。浮浅的思想，虚伪的感情，尽管也有技巧作为粉饰，淡毕竟只是淡，浅也毕竟只是浅。自然，完全缺乏艺术技巧，要求有味和有致，也是不可能的。

　　深挚的感情藏在表面的平淡之中，往往要读者耐心寻味它的好处。正如橄榄要细嚼才能领略它那特有的芬芳，又如醇酒不是在口里使人陶醉。要这样的平淡，才经得起咀嚼和回味，受得住时间的磨洗。

　　并非只有绚烂或雄奇才足以打动人心。火炭蒙上一层白灰，乍看好像已经熄灭了，只要用火棒轻轻一拨，火就熊熊地燃起来。这一拨岂不平淡！同样的道理，要拨动一颗具有和自己的思想感情相通的心，固然也要讲究手法，可是高明的艺术家能在平淡中显出实在的力量，轻轻一拨，便能产生强烈的共振。

李白这首《静夜思》，不是字面上有什么惊人之处，构思也不特别新奇。然而动人的正是那种平淡。此中的道理是值得艺术家深思的。

诗人看到明月，引起对故乡的怀念。这是通过一种联想。他是在早年还居住在故乡的时候看过一轮明月，看过月光照进屋子里，并且曾经忽然产生过地下结了霜的怀疑。印象深深印在自己的脑子里。如今虽然年纪大了，也已不在故乡，可是还是一轮明月，还是地上反照的月光。在这一刹那间，故乡的往事突然涌上心头，而且恍如历历在目。怀乡的感情给强烈地拨动了。

不同生活经历的人有不同的联想。一个老战士，在工厂里忽然嗅到一股特殊的硝烟气味，别人并不觉得什么，他却会联想到从前他参加过的某一场战役。不是有过一篇小说，开头写主人公在街头闻到一股木樨花的香气，陡然回忆起儿时一段往事吗！类似的经验我们也常会有，只不过不一定是硝烟的味儿或木樨的香气罢了。

每个人在看见明月的时候，可能都会有一些联想，儿时的，少年时候的，或者是在家乡，或者又是在别的地方。具体的情况不会完全相同。但假如是离开家乡的人，他对家乡又有难忘的感情的话，因明月而想起家乡，这种联想却是许多人都会有的。听说早些时候有一位华侨特别留意打听新编的唐诗选本有没有选上李白这首诗。即使他没有说出多少理由，我们也不难推想，为什么对于这首诗的感情共鸣，会如此强烈地产生在一个旅外华侨身上。不妨想想，他曾经度过多少个"举头望明月，低头思故乡"的夜晚呵！

所以,假如彼此的思想感情是有共同基础的,平淡的语言也就并不觉得平淡。深交的朋友,往往在平淡中见出深挚之情,这是许多人都有的感觉。陶潜的诗,有人说是"以平淡见胜"。但如果不是有和陶潜相近似的思想感情和生活环境,我看是未必会认为这种平淡就是很了不起。

李白这首短短二十个字的诗,如此脍炙人口,深入人心,我看还有一个原因,那就是许多人初步接触唐诗时就遇上了它,或者简直就是双亲给自己口授的,所以印象特别深刻。影响晚清思想界很大的诗人兼思想家龚自珍就说过,他自己有三种特殊的爱好,其中之一就是吴梅村的诗。因为在他只有几岁的时候,他母亲就在床前教他念梅村的诗了。后来虽然年纪大了,但一种依依膝下的情景,仍然常常通过这些诗而重现眼前。这也是一种情感的纽带,把自己和诗人拴在一起的无形的纽带。

请轻声念一念"床前明月光……"吧,你脑海里浮现的是什么样的情景?

玉阶怨

李 白

玉阶生白露,
夜久侵罗袜。
却下水晶帘,
玲珑望秋月。

　　宫闱里的悲剧，即所谓《长门怨》，是封建社会永远也演不完的悲剧之一，因此它又是在封建社会里反复出现的诗歌的主题。虽说很久以来，《长门怨》的主题内容便已不限于宫闱之内，而是连君臣之间的关系也包括了进去。许多逐客羁臣，常常借以发挥，使它的社会内容进一步扩大了。但也正因如此，《长门怨》这诗题便很像聪明的考官出的题目，不断吸引着诗人前来应试，并且应试者总是愿意通过它把自己的思想感情毫不忸怩地坦示出来。

　　当然，我们很难一一具体地指出哪一个应试者只是写宫闱之事，哪一个又是在写君臣关系。不过有一点却可以看得出，就是他们对于封建帝王的态度，的确各有不同。翻开《全唐诗》，我们就仿佛看见有这么一群"举子"，他们想象着、模拟着被禁闭的女子的心情，七嘴八舌地说着各种不同的议论。"妾妒今应改"，这是一种悔罪的哀鸣；"妾心君未察"，这是另一种表示委屈的叹息；也有人妄想"圣明天子"有一天回心转意，只须"将心托明月，流影入君怀"，便会出现奇迹了。当然，除此之外，也还有表示愤懑不平的。例如刘皂的"珊瑚枕上千行泪，不是思君是恨君"。说得十分激烈，也十分坦率。总之，在这个题目前面，仿佛有一面大镜子，照出诗人媸妍异态，各各不同。

　　李白的《玉阶怨》，写的也是这么一件事。很明显，诗人是同情这些被抛弃并且被禁闭的女子的。他不愿意替她们装出一副可怜相，说什么"天上凤凰休寄梦，人间鹦鹉旧堪悲"。更不愿意说出"君王嫌妾妒，闭妾在长门"这些颠倒是非的话；但是他也没有把自己的思想倾向明白地宣说出来，而是巧妙地勾画了一幅有着典型环境的《永巷望月图》。在这幅画图里，诗人隐寓了自己的思想倾向。

通过诗里的二十个字，人们可以看到一个异常阴冷的场景：长夜无人，四周静寂如死，只有一个孤独的少女，久久地悄立阶下。她也许在想些什么，也许什么也没有想。直到夜色已深，白露冷冷，侵入罗袜，她才忽然醒悟过来。然而当她返身回到屋子里，把水晶帘子放了下来，却还不愿意回到房间去，仍然痴痴地站在帘前，透过玲珑的疏帘，凝望着眼前的秋月。

这样一幅情调异常凄冷的图画，我们一读之下，就觉得有一股阴森的气息扑人而来。一个被压迫者的形象，非常强烈地敲打着我们的心扉。就凭着这样一个形象，我们自然而然地就对她产生了同情，为她不平，并且不禁涌起许多问号。比如，为什么她会这样，是谁使她这样？这种悲剧是怎样产生的，等等。

值得注意的是，使我们的感情如此激动不安的原因，并不是作者在向我们说了一番什么大道理。作者分明同情这位少女的不幸，并且分明要批判这种现象，可是既没有说"不是思君是恨君"，也没有说"君恩如水向东流"，他只是运用灵巧的笔，像雕刻家雕塑一件含蓄而又富于表现力的作品一样，把要写的人物和她的精神状态，通过人物一两个细微动作，有力地勾勒出来，让读者自己去寻味，去解答。一件好的作品，的确用不着附加什么说明，用不着作者自己跑出来讲话，欣赏者只通过作品所显示的人物形象动作，唤起了想象，通过了联想，就能够分明了解作者所要说的语言，并且了解的程度比附加的说明还丰富充实得多，也深刻得多。这正是运用了形象思维所产生的力量。

萧士赟评这首诗:"无一字言怨,而隐然幽怨之意见于言外。"自然说得中肯,但是,只有看出作者高妙的艺术技巧,即艺术思想是蕴藏在艺术形象之中,是通过形象的作用来透出作者的思想。这样,我们才能深入地了解"无一字言怨而幽怨见于言外"之所以然。

乌栖曲

李 白

姑苏台①上乌栖时,吴王宫里醉西施。
吴歌楚舞欢未毕,青山欲衔半边日。
银箭金壶漏水多,起看秋月坠江波。
东方渐高奈乐何!

《乌栖曲》原是乐府古题,属于《清商曲辞·西曲歌》。一般是一首四句,两句一转韵,但也有六句构成一首的。多数是七言,也偶然有人在开头两句用五言。题目虽然是《乌栖曲》,并不一定以"乌栖"为主题,甚至不必带上"乌栖"字样。不过,作者使用这个题目,大多数都是用在抒述夜间(或涉及夜间)的情与

①姑苏台——春秋时吴王夫差所筑,遗址在今江苏省苏州市。

景。(郭茂倩《乐府诗集》所收二十四首中,仅有一首没看出是夜间的情景。)可见借用这个乐府古题,仍然有一定的规范要遵守。李白这一首写的也主要是夜景,不过句法很特别,在六句之后,再加了一句,打破了旧有格式。

前人说，这首诗意在暗讽唐玄宗的荒淫，是有道理的。玄宗宠幸杨妃，和吴王夫差的迷恋西施，有很多相似的地方，他们的下场也差不了多少。所以这首诗一开头就表露出作者对他们荒淫享乐的鄙弃之情。

"姑苏台上乌栖时"这句，先点出时间和地点，但这还是次要的。这句的重要之处，乃是在于暗示吴王夫差整整一个白天都沉浸在缓歌曼舞的享乐之中，直到暮色降临，乌鸦都回到巢里歇息了，他还不愿意停下来。可见这种荒淫酒色已经到了什么程度。

第二句"吴王宫里醉西施"，正面点出主题。"醉西施"，不只是说西施喝醉了，更主要是说吴王醉于西施的美色。诗人特意提出西施来，显然是带有讽喻的意思，和杜甫的"昭阳殿里第一人"同样，指的都是玄宗所宠爱的杨妃。

三、四两句，进一步指出他们荒淫的无厌。他们这样瞎闹不是刚开始的，吴歌楚舞，已经闹了一整天了，还在继续着没有个停呢！"青山欲衔半边日"句，描写黄昏日落，他不说太阳下山，而说青山快要吞掉太阳的半截身体，很新颖，也很形象。（句里的"欲"字，不是表意的助动词，而是副词，和"欲饮琵琶马上催"句中的"欲"是一样的。）

五、六两句，意思说，很快一夜又过去了。这里，诗人已经不屑再给吴歌楚舞多着一笔描画，也不屑去写吴宫中的醉生梦死生活，他只是写那个寂寞地记录着时间的银箭金壶（古代计算时间的用具，即铜壶滴漏；箭是指示时间的标尺，壶是盛水用的。）以及默默地横过长空的秋月。可是用笔稍为曲折。十四个字，表面一层意思是说，这一夜过得好快呵！其实深一层的意思却是勾出这位吴王在无厌的淫乐中的反常心理状态，他恨不得永远拖住沉沉的黑夜，好让他在明灯华烛的光影下，像幽灵一样永远过着荒淫无耻的生活！"起看"两字，画出吴王对于长夜已逝的那种又惊愕又惋惜的神态，是相当尖刻的。

诗人最后加的一句，破坏了旧的格律，但是破坏得很好。增加了这一句，不但使整首诗的旋律发生了变化，显出悠然不尽的味道，更重要的是用单句来收束上面那六句，既收束得紧凑，又使平板的偶句因此都变得灵活起来，整首诗便有错综变化的美。全句的意思是：东方已经渐渐发白了，应该歇一歇了吧！无奈吴王还没有尽兴，他还要继续玩乐下去呢！诗人对于这个昏君的鄙夷与讽刺，于是达到了顶峰。

（"东方渐高"的"高"，和"皜""皓"是一个意思，就是发白或发亮。）

从整首诗看，着墨不多，内涵却很丰富，一句一转，一转一奇，真使人有应接不暇的感觉。仔细寻味全诗，我们既看出它一气呵成的妙处，而每一片段又都各有不同的奇观。这正是作者艺术技巧超卓的地方。

古　风 (第十九首)

李　白

西上莲花山，迢迢见明星①。
素手把芙蓉，虚步蹑太清。
霓裳曳广带，飘拂升天行。
邀我登云台，高揖卫叔卿②。

恍恍与之去，驾鸿凌紫冥。
俯视洛阳川，茫茫走胡兵。
流血涂野草，豺狼尽冠缨。

天宝十四载(公元755年)安史之乱发生，李白正在宣城(在今安徽省)一带过隐居生活。江南虽然幸免战祸，可是这一场震撼全国的大动乱，不能不引起诗人的深切关怀。次年，安禄山在洛阳称大燕皇帝。从远地传来了敌人残暴、人民受害的消息，引起诗人的愤慨与痛苦。本诗是在这种时代背景下写成的。

李白于天宝三载(公元744年)离开长安，曾漫游黄河南北及两湖、江、浙各地。由于封建政治的更趋腐败，个人在政治上找不到出路，心中充满郁抑，于是又热心于求仙访道，流露了比较明显的消极情绪。但是，他同王维的"晚年唯好静，万事不关心"又有所不同。他在求仙访道、企图追求解脱之中，并未能忘情世事。他一方面说"人生在世不称意，明朝散发弄扁舟"，一方面却极叹于"弃我去者昨日之日不可留，乱我心者今日之日多烦忧"(《宣城谢朓楼饯别校书叔云》)。一面说，"五色粉图何足珍，青山可以全吾身"(《当涂赵炎少府粉图山水歌》)，一面却又向人表示："君看我才能，何似鲁仲尼"(《书怀赠南陵常赞府》)。可以看出他在这个时期心情的复杂。

安史之乱带来了国家局面的极大变化，也在李白的心

①明星——《太平广记》卷五十九引《集仙录》："明星玉女者，居华山，服玉浆，白日升天。"
②卫叔卿——传说中的汉代仙人，有一次汉武帝见他降落在殿中，问他是谁，他说我是中山卫叔卿。武帝说，你是中山人，那就是我的臣子了，请近前来说话。卫叔卿默然不答，忽然隐去。李白提出这位仙人，大抵因为他那"天子不得而臣"的性格，和自己傲视权贵相似。

头掀起了巨大波澜。还能继续消极遁世吗?祖国的苦难向他提出了严峻的质问,他不能不严肃地思考这个问题。而这首诗,正好反映出李白此时在严肃地思考着,思想矛盾在激烈地斗争着。

诗人在开头幻想自己游身于西岳华山的莲花峰上,碰见仙人明星玉女。诗人先是把明星玉女的神态举止描写了一番:手里拿着一束荷花,凌空而行,衣裳的飘带像彩虹那样,迎风飘拂。跟着,他继续描述这位仙人的来意:为了邀请诗人登上华山的云台高峰,同另一仙人卫叔卿相见。而诗人也恍惚随在仙女身后,跨在鸿鹄的背上,向青霄飞翔了。

③这四句原文是:"陟升皇之赫戏兮,忽临睨夫旧乡。仆夫悲余马怀兮,蜷局顾而不行。"

就在这一瞬间,诗人忽然看到洛阳地面,遍山漫野地驰走着胡兵。他们凶残嗜杀,人民的鲜血涂满了野草。豺狼们(指安禄山手下官员)都穿戴着冠服,耀武扬威,神气十足……

诗至此突然中止。以后怎么办?没有说下去,其实也用不着说下去,很明显,寻仙访道、追求解脱的幻想,诗人已经发觉碰上了现实的坚壁,很难穿过去了。

这里,我们不妨回顾一下伟大的爱国诗人屈原在种种矛盾纠结中最后的一场思想冲突:

> 在皇天的光耀中升腾着的时候,
>
> 忽然间又看见了下界的故丘。
>
> 我的御者生悲,马也开始恋栈,
>
> 只是低头回顾,不肯再往前走。③
>
> ——《离骚》(用郭沫若译文)

在屈原苦痛欲绝、最后幻想着要离开父母之邦、远适仇敌之国的时候,他仿佛已经驾龙驭气,凭虚凌空,快要脱离苦难的现实了;不料偶然下顾,发觉那是自己的祖国土地,深厚的血肉情谊立刻粉碎了巧妙安排的幻象。

可以看出两位诗人在思想本质上有着共通之处,在幻想逃避现实与终于不能不回到现实的思想斗争的结果上,也是彼此类似的。其后,李白毅然参加永王璘的军事行动,和他这次激烈的思想斗争不能说没有关系。

敬亭独坐①

李 白

众鸟高飞尽,
孤云独去闲。
相看两不厌,
只有敬亭山。

在文艺作品里描写自然景色,一般来说,活动的、变化比较显著的容易写,静止的、没有显著变化的不容易着笔。以山水来说,你可以摹写水的流动、飞溅的形状,奔腾、潺湲的音响,蜿蜒、高下的变态,以及深蓝、浅绿各种各样的颜色,尽多发挥的余地。山就比较单调些,除了写它的形态之外,可以驰骋想象的领域是不多的。因此,诗人在描写山的时候,除了从山势的

① 李白在五十三岁到五十六岁的几年间,经常在宣城(今安徽省宣城县)盘桓,敬亭山在县城北郊,颇饶丘壑之胜,是李白常游的地方。据清人黄锡珪《李太白年谱》考证,此诗作于天宝十三载(李白五十四岁)。

高峻，山岭的连绵，山态的奇诡发挥想象之外，有时还得借助于旁的事物，如云烟变幻，鸟语蝉鸣之类，作为衬托，使山的精神易于显露，情态也更多样一些。宋代寇准形容华山的高峻："只有天在上，更无山与齐。举头红日近，回首白云低。"就是运用青天、红日、白云来作不可缺少的映衬，如果把它们一齐抽走，这首诗也就算是完了。当然，有本领的作者，正是能于难中见巧。写山写得极好的诗人，古今还是不乏的。

这位被誉为"谪仙"的诗人李白，他写敬亭山就有独树一格的特点，不但不用旁的事物做衬托，而且反过来把所有可以衬托的东西统统抽掉，然后单独去写山的精神。而他的确能把山的精神写得独具一格。

诗一开头，"众鸟高飞尽"，摒尽众鸟，不留一点踪迹。接着又是"孤云独去闲"，连点缀山头的一抹闲云，也掉头而去(请注意这两句并不是为山添增景色)，剩下来的，就只有一座不声不响的、轮廓粗硬的山了。这实在不像我们在诗里面常见的山，倒像是在地理教科书里面所看到的。多么奇怪! 我们也许要为诗人焦急了："你呀，到底是怎么搞的?"可是，再往下读，看到诗人写的却是"相看两不厌，只有敬亭山"，我们这才猛然醒悟，原来诗人要写出一座有感情、有性格的山，要写出山的精神，山的品格。

为什么这样说呢?因为"相看两不厌"五个字，写的是这样一种情景：敬亭山默默不言然而又是情意悠长地在那里欣赏着诗人，仿佛它完全懂得诗人的精神面貌，了解诗人的性格品质。而诗人也以同样的了解面对着对方。他们之间似乎早已谈过许多话，彼此感情融密无间，此时只是"相对无言坐若忘"，但觉得感情是在互相交流，表面上却看不出形迹。这种只有极亲密的朋友才达到的境界,诗人把它寄予敬亭山,而敬亭山也把它寄予诗人了。这样,敬亭山的精神品貌就有棱有角地显示出来了。

古代文艺批评家对一些作品的评价,说是"皮毛脱尽,精神独存"。我看这首诗正好抵得上这八字评语。因为尽管禽鸟争鸣,云霞掩映,在高才的诗人笔下足可成为山的精神性格的组成部分,但是抛开这些附着物,直截地揭出山的品格,又何尝不好!"相看两不厌",不但把山人格化了,更重要的是把山的品格提得与诗人李白同其清华绝俗。这样写山,自然不愧高手。

不过我们还应该看到诗里更深的一层。诗人不仅仅写出敬亭山,同时还深刻地写出他自己。由于李白在政治抱负上的失意,也由于他在和现实接触中看到封建统治集团的腐朽没落,使他产生了清高拔俗的自异感;但又由于他和人民仍然保持着一段相当大的距离,使他不能不感到精神上的孤独。因此在重游宣城的时候,诗人对于敬亭山才产生了如此特殊的感情,给予敬亭山以"相看两不厌"的精神寄托。其中第一、二两句,也许还有所指喻呢!

由此看来,这首诗的主题,从主要的方面说,就不在于写山,而是借此来吐露自己对现实生活的看法了。

早发白帝城①

李 白

朝辞白帝彩云间,

千里江陵②一日还。

两岸猿声啼不住，

轻舟已过万重山。

对于李白的五七言绝句，历代诗评家不知说过多少赞美的话。所谓"神品"，所谓"绝唱"，没有比这个更高的评价了。但它们之所以成为"神品"或"绝唱"的原因，不少评论家却说得玄之又玄。像什么"天才纵逸，轶荡人群"。(高棅《唐诗品汇》)"天实生才，岂易言哉"。(应泗源《李诗纬》)以及"心得而会之，口不得而言之"。(屈绍隆《粤游杂咏序》)实在已经陷入不可知论了。

世界上没有从天上掉下来的天才。某个人可能在某一方面比别人聪明些，接受能力强些；但是他要不是认真地学习，努力地汲取，不倦地磨炼、实践，要真正写出最好的作品来，只能是一种空想。

许多人看见李白一生大部分时间在漫游中度过，而又好击剑、饮酒、挥霍、求仙，总以为他绝不是一个苦学的人，往往忽略了一个关于李白的极普通的故事。那就是《潜确类书》里说的，李白少年时碰见一个老婆婆，正在磨一根捣米用的杵。他问她在干什么。她答：拿它磨一根针。李白大受感动，回去马上再拿起书本。这个故事出在李白身上，当然不是偶然的。它正好说明李白曾经在学问上下过很艰苦的工夫。

民歌作为诗歌的一个分支，那是后来的事。其实民歌

① 白帝城——古城名，在今四川奉节县白帝山上。城居高临江，形势险要。三国时，刘备征吴失败，退守此城，在其旁筑永安宫。

② 江陵——今湖北江陵县。

恰是一切诗歌的唯一远祖。在文人诗歌或庙堂诗歌出现之前,它早就流传在人民大众之中。它的历史可以同我们开始进行劳动的祖先同其久远。它那淳朴自然的风貌,韵味浓郁的情调,悠扬动荡的音节,生动活跃的形象,丰富多彩的比喻,神奇美丽的想象,灵动变化的手法,以及强烈浓厚的生活气息,像大地母亲的乳汁一样,哺育着诗国的儿女。可惜由于种种原因,能够流传下来的只是亿万中之十百,以致我们远远不能领略它那惊人的伟大。

作为盛唐的准备,在初唐末期,许多诗歌创作者都经历过一段向民歌学习的阶段。尽管各人的成就不同,但只要看看刘希夷、张若虚、王维、崔国辅、崔颢、李白、王昌龄这些名家的脍炙人口的佳作,特别是其中一些人的绝句,就清楚地看到彼此之间的源流关系。

李白绝句的成就,也离不开他向六朝民歌的学习。不论是五言还是七言。

但问题还必须深入一步。对于李白(也包括像王昌龄这些佼佼者)那些绝妙的绝句,仅仅拿"向乐府民歌学习"一句话是不够具体的,也是不够完全的。我们应该把触角伸得更远一点。

我觉得要进一步探讨这些诗人在绝句方面的成就,不能不注意下面这几个问题。

其一,他们是怎样吸收民歌的精华的?是生吞活剥地模仿,还是吸取它的精神营养,化为自己的血肉。

其二,应当怎样提炼生活中的素材,赋予它诗的意趣,而又在取舍素材之间做到恰如其分,恰到好处。

其三,怎样稳而又准地掌握绝句这种特定的诗歌体裁,不使它和别的体裁混在一起,或掺杂不清,变成半截律诗。

其四，由于它主要是从民歌来的，因而在选词用字，寻声赴节方面，如何保持绝句本身的特有风味。

最后，怎样处理主观与客观的关系，也就是诗人怎样衡量对象——包括你所描写的和你的读者的问题。

只要其中有一个问题处理不好，我认为都要影响作品的成就，降低它的感人的力量。

我们看李白那些美好的绝句，都是那么淳朴自然，语言生动，想象奇妙，基本上摒弃了文人诗中最容易犯的毛病——雕镂字句，搬弄书本，炫耀学问，故作艰深曲折和显出一副很有知识的神气。它是那么浑然天成，精光闪烁，言浅意深，语短情长，句尽而意不尽，极得民歌的意趣。这就是善于学习的结果。

有人一拿起笔来，就企图把尽可能多的东西塞进诗里去，以为这样内容才够丰富，还可以显示自己的学问不凡。这在某些文艺体裁来说，未尝不可以(汉代的《西京赋》《东京赋》《两都赋》就是这样)。可是绝句却正好不能够这样。李白难道不可以在诗中显出更多的学问吗?试拿他的绝句同《蜀道难》相比，在运典、修辞、下字方面，你看有多大的区别。

因此，怎样准确地把握绝句的艺术特点，充分发挥它的长处，让它在短短的篇幅中，构成完整的内容，体现优美的意境，包含饱满的情感，透出悠然的韵味。特别是要像一两个优美的电影镜头似的，让人看到最需要看的、最耐于联想寻味的一点。这就显然不同于长篇巨制，甚至也不同于文字仅仅比它多一倍的律诗。我们看到李白的《黄鹤楼送孟浩然之广陵》《陪族叔及贾至游洞庭》《苏台览古》《越中览古》《长门怨》等,不正是很好地掌握了这一点吗!

因此,就又要涉及诗人所企图描写的对象和企图表达的情感与内容的问题。为了让读者获得最佳的感受,应该运用绝句好呢还是别的体裁更好?先要考虑清楚。不同的体裁有它不同的容量,不能把负担不了的硬加在某一体裁上面。就连李白也不是没有失败之作,他那十一首《永王东巡歌》和那十首《上皇西巡南京歌》恰就是明证。

有关绝句的问题,还可以牵涉很多。历代的情况也不尽一致。比如宋代以后的绝句,和民歌的关系就少得多了。这里只能暂时打住。且谈谈李白的《早发白帝城》:

"安史之乱"初期,李白参加永王璘的军事行动,永王璘失败后,他被扣上"附逆"的罪名,初被囚在浔阳(今江西九江市),后来又被流放到夜郎(今贵州东部)。他沿着长江西上,先到西蜀,然后折入夜郎。不料第二年春天(乾元元年,公元七五八年),肃宗宣布大赦,李白也在赦免之列。消息传来时,李白正在巫山附近的白帝城。他忽然觉得自己像一只脱出樊笼的飞鸟,再没有旁的考虑,立刻回身从白帝城乘船东下,赶返江陵了。

不妨设想一下李白当时的心情:本来他带着刑徒身份,一步步走向荒僻的远处。加上满怀枉屈,无从申说,心情真是坏到极点。想不到一声大赦,恢复了自由人的身份。他多么渴望回到朋友和家人身边,共同庆祝重获自由的欢乐呵!而长江的滔滔流水,似乎也乐意帮助诗人早日完成心愿。它就在诗人的脚下,突然"踩大了油门",以从来没有的速度猛烈地向三峡冲去。浮在它上面的一叶扁舟,似乎比箭还快,白帝城刚才还站在云端——因为城是建在山顶的——一眨眼就脱出视野之外,只见两岸青山一排一排飞快后退,山上猿声此起彼落,宛如为诗人东归而列队欢送。转眼之间,船已飞过无数参天拔地的奇峰。拦在江心的什么滟滪堆、新崩滩,不过像一团泡沫,还没有看清楚就远远溜掉了。他想起从前书上说过的:"有时朝发白帝,暮到江陵,其间千二百里,虽乘奔御风不以疾也。"这回却真是亲历其境③。

于是,用不着多大的酝酿,一首绝句就在他胸中脱然而出。

③从前有人认为李白这首诗是他早年出川途中作的,其实不对。只要看第二句那个"还"字,就可以知道诗人的心情是急于还江陵而不是初度出西川。

我们试拿轻快的情调来吟诵一下吧!诗人此际之情,江行此时之景,不多不少,二十八个字中,恰好圆满说尽。哪里用得上雕镂文饰,装腔作势,卖弄书卷。真是"行乎其所不得不行,止乎其所不得不止"。天然浑成,一个字挪动不得。它固然是诗人的诗,又宛似一首民谣,高度概括了长江在三峡中的特有气势和人们的亲切感受。

杜 甫

(712—770)，字子美，自称少陵野老。曾做过检校工部员外郎，故世称杜工部。其诗大胆揭露当时社会矛盾，对贫苦农民寄以深切同情，显示出唐代由开元、天宝盛世转向衰微分裂的历史进程，因被称为"诗史"。长于七律，风格多样，以沉郁为主，语言精练。有《杜少陵集》。

房兵曹胡马

杜 甫

胡马大宛名，锋棱瘦骨成。
竹批双耳峻，风入四蹄轻。
所向无空阔，真堪托死生。
骁腾有如此，万里可横行。

凡咏物诗，也如同画花鸟动植物一样，有人力求纤悉毕具，一丝不走，然而往往遗神得形，陷入摄影主义。有人则专门堆砌典故，尽量使用华美空洞的辞藻，其结果陷入形式主义。此外，也有人意在寄托，完全离开物的本身，自说一套，这往往又不成其为咏物诗，只能说是借物托兴而已。

咏物诗很不容易写。既要能在物之内，又要能出物之外。善于把两者的矛盾统一起来，才是高明之笔。画家绘物，不只求其形似，更须求其神似，所谓形神兼备，也就是要使欣赏者在认识生活的时候，不停留在低级阶段，而能通过作者创造的艺术形象来理解生活的意义。这就需要画家和诗人不受物的自然形态或其生物属性所局限，要在形神兼备之中，自然显出自己的思想感情——崇高的理想，高尚健康的情操，并以此来影响读者。

在古人的咏物诗中，自然也有好的作品；但是，写得非常糟糕，甚至是无聊的消闲逗趣的咏物诗，也是很不少的。有些简直就同谜语差不了多少。欣赏前人的咏物诗，我们也必须善于选择。

杜甫的《房兵曹胡马》是写得好的一首，是真正做到了既能入于物又能出于物。说它能入于物，是写骏马就是骏马，不是一般的凡马，形态神采，都栩栩如生。说它能出于物，是在骏马的形态神采之外，还看出作者蕴藏寄托的感情。作者在这里写出了马与人的一种亲切关系，恍如良朋，恍如爱将，恍如可靠的同志，恍如忠实的战友。人们读了"所向无空阔"等句，想到的不仅是马，并且还想到了人——许许多多忠于职守、勇于负责、生死可托、患难可恃的才德兼备的人。诗人通过对马的赞叹，寄托了对朋友的期待，也以此寄托了自己的胸怀抱负。如此咏物，才是上乘，才有较高的思想意义。

大宛(宛，读平声)，是汉代见于记载的西域国家之一，自古出产良马。首句点出房兵曹的胡马的出处并不寻常。次句形容骏马的体格。骏马不在多肉，以神气清劲为佳。故次句特别写出"锋棱瘦骨"。第三句再点染骏马身上特征：马的双耳，好像斜劈的竹筒那样，才符合良马的条件，故说"竹批双耳峻"。第四句说马的善走，"风入四蹄"，恍如足不着地。四句中，一句点马的来历，两句写马的体格，又一句说马的性能。要注意它刻画的洗练、简净。和画相比，活像徐悲鸿画的马，是从形似中透出马的精神，并且确是骏马。这里既不用雕金镂采的字样，更不必堆砌典故。正如高手写生，几笔勾勒，神态即现。看写诗的高手，也要从这些地方着眼。

后四句，"所向无空阔"，是从空间的缩小反衬骏马能耐长途奔涉。"真堪托死生"，是从与人的关系写出骏马的忠实可靠。上句极言马的才力，下句极赞马的"品德"。"骁腾有如此，万里可横行。"归结到房兵曹有这匹骏马，可以驰驱边塞，凭借它为祖国效力。这四句，除了要看作者寄托的感情之外，还要看怎样从高处取马之神。作者没有把马看作仅供奔走的坐骑，而是看成为可以共事业、托死生的战友。这实实在在是骏马的最高"品德"。如此写骏马，才是摄取它的精神，显露它最本质的东西。否则，徒然取马的形貌，尽管千言万语，也是击不中鼓心的。

画　鹰

杜　甫

素练风霜起，苍鹰画作殊。
拟身思狡兔，侧目似愁胡。
绦旋光堪摘，轩楹势可呼。
何当击凡鸟，毛血洒平芜。

"一幅白绢出现在我的面前,略一展眼,风霜惨淡,一片肃杀气氛。定神细看, 原来绢上画了一头苍鹰。嘿!多神气的苍鹰呵!……"

你看,诗人为了显示这幅画的不平凡的技巧(所谓"画作殊"即画得不同一般),一开头就使出浑身气力。应该说,这是画家显示了自己的力量,用自己的艺术感动了诗人的结果。它促使诗人不能不使出相应的力量来和它角逐。这也是诗人对待创作的责任感的表现。因为,面对着一幅真能使自己感动的艺术作品,而自己又要有所议论,不管是赞美还是什么,总不应该不付出气力来的。

在开头一句里,画鹰便已显出真鹰的气势;第二句点出画鹰的卓然不凡,随即用真鹰来作比拟,极力赞颂画家的高明技巧。"㧐身思狡兔,侧目似愁胡",全是真鹰的写照。"㧐"同竦,竦身就是把身体挺起,"思"是"着意在……"的意思,不是说它在沉思什么。全句是说,鹰的挺身姿势使人看出来是意在追捕狡兔。"愁胡",语出孙楚《鹰赋》:"深目蛾眉,状如愁胡。"大抵因为鹰眼的瞳子颜色和有些胡人的相近,所以这样说。

三、四两句已从鹰的身形着笔,指出画鹰的形似;但显然,只说它徒具形似,是不够的,下面就换了一个角度,从画上的陪衬事物再进一步指出画鹰具有真鹰之神。我们可以看看诗人怎样去表达这一层作意。"绦"音韬,是丝绳子,系在鹰的脚上的;"旋"是铜环,用来扣着绳子的。"绦旋光堪摘",意思是绦和旋在画上光彩焕发,逼真得很,好像可以从画上摘(解)下来,让苍鹰展翅飞走。"轩楹"是苍鹰站着的地方。全句说,只要你喊它一声,画上的鹰简直就要直扑出来了。这一联用"绦旋""轩楹"从侧面烘托出鹰的气势，也是一种值得注意的技巧。还须注意，诗人在句中放上"堪"字，又放上"可"字，正要向读者说明这仍然是画鹰，不过画家的高明手法使鹰变得栩栩欲活而已。这样就把画鹰却似活鹰，活鹰原是画鹰这两层意思都照顾到了。试想想，假如这里换掉"堪""可"二字，岂不是从第三句起一连六句都在咏真鹰了么?我们这位诗人是运用虚字的能手，这两个字虽然不算独创，在欣赏的时候还是不应该忽略过去的。

最后两句，诗人又以搏击责任，通过画鹰而寄望于真鹰。("何当"是何时之意，有人解作安得，亦通)也许有人会怀疑:"凡鸟"无非是借指平凡的人，难道平凡的人就应当受到痛击吗?我以为，这里的"凡鸟"并非指一般平凡的人，而是暗喻那些庸懦而无所作为的封建官吏。这些人对国计民生无动于衷，什么也不想动作，看似平庸而实恶劣，正是杜甫所厌恶的。所以有人说这两句诗是有所寓意。如赵仿说:"末联兼有嫉恶意。"我看是对的。可惜我们不知道这首诗到底作于何年，(杜甫诗集的编年者，很多都把此首编进开元二十九年，即公元741年;也只是一种看法，未必是不可以怀疑的。)假如诗人是在左拾遗(谏官)的任上写的话，这两句就不仅有着诗人自己的影像，而且以画上的鹰自比，是颇有感慨的了。但不管怎样，诗人奋发向上的精神，疾恶如仇的性格，仍然可以让我们感觉得到。

同诸公登慈恩寺塔

杜　甫

高标跨苍穹,烈风无时休。
自非旷士怀,登兹翻百忧。
方知象教①力,足可追冥搜。
仰穿龙蛇窟,始出枝撑幽。
七星在北户,河汉声西流。
羲和②鞭白日,少昊③行清秋。
秦山忽破碎,泾渭④不可求。
俯视但一气,焉能辨皇州?
回首叫虞舜,苍梧⑤云正愁。
惜哉瑶池饮,日宴昆仑丘⑥。
黄鹄去不息,哀鸣何所投?
君看随阳雁⑦,各有稻粱谋。

公元752年(玄宗天宝十一载)秋天,长安城内传说着"五诗人高咏慈恩塔"的逸事。

唐玄宗李隆基已经整整做了四十年皇帝了。所谓"开元盛世",正如一杯葡萄美酒,把这位曾经奋发有为的皇帝灌得沉酣大醉,昏聩糊涂起来了。朝廷上,像杨国忠、李林甫之流,奸险诈伪;边庭上又有一批玩弄战争、邀功图赏的武将;窥伺皇位的野心家正在积蓄力量,以求一逞;农民却在沉重的兼并、赋税、征役的枷锁下愁苦怨叹。阶级矛盾和民族矛盾潜滋暗长,逐步激化。这是一个危机四伏的年代。但是,升平景象还在表面上浮荡,特别是帝都长安,仍然是一片繁花错锦、朱门歌舞、内苑笙簧,掩盖着即将敲响的"渔阳鼙鼓"。

① 象教——佛教。冥搜——指佛教的虚无境界。
② 羲和——古代传说羲和是太阳神御者。见《楚辞》(王逸注)。
③ 少昊——古人认为是农历七月之神。《礼·月令》:"孟秋之月,其帝少昊。"
④ 泾渭——二水名。据说泾水清,渭水浊。
⑤ 苍梧——山名。在湖南南部。相传是帝舜的葬地。
⑥ 昆仑丘——昆仑山。《穆天子传》记周穆王西行到昆仑山,会见西王母。《列子》又说西王母宴穆王于瑶池之上。
⑦ 随阳雁——旧说雁春北去秋南来,故称随阳之鸟。

长安本来聚集着不少诗人词客。他们有到此求官的、考试的,有本来就是京畿的富豪子弟,也有出于生活享受迷恋不去的,但也有忍受饥寒而等待荐举的:其中就有求官不遂客居潦倒的杜甫在内。杜甫来到长安一住六年,历尽辛酸,获得的只是官场中的冷眼和贫苦无聊的岁月。生活的苦杯促使他慢慢睁开眼睛,探索着这些使人迷惑的现实。

就在这一年秋天,杜甫约同诗人高适、岑参、储光羲和薛据,前去城东南曲江附近的慈恩寺,登上寺内的大雁塔,眺览长安的大好秋光。

周围七十多里的长安城,是它在历史上最烜赫的时代。它北临渭水,南倚终南,东西是八百里秦川,城中是鳞次栉比的万户人家,楼台堆绣,车马扬尘。登高极目,可以想象是如何繁丽雄伟。五位诗人畅游之余,挥毫伸纸,各撰新词。这就是"五诗人高咏慈恩塔"的逸事。应当说,在中国诗坛掌故中,这段事迹值得大书一笔。

开元年间,王昌龄、王之涣、高适三诗人"旗亭画壁",固然成为历史上的美谈,然而并不能算作决定诗人高下的测验;这一次,却真正带有考试的严肃意义。

五位诗人,除了薛据的诗失传以外,其余四位的慈恩寺塔诗都保存下来了。这五人中,最年轻的是三十八岁的岑参。他曾从军到过西域,塞上风沙,军中笳鼓,磨炼了他的诗笔,毕竟不同凡响。你看一出笔就显得气魄雄伟:

塔势如涌出,孤高耸天宫。

登临出世界,磴道⑧盘虚空。

突兀压神州,峥嵘如鬼工。

四角碍白日,七层摩苍穹。

先把塔的形势、气象用浓重的笔墨淋漓尽致地描绘一番,使人为之拭目。接下去就写他在四顾中的所见所感:

下窥指高鸟,俯听闻惊风。

连山若波涛,奔走似朝东。

青松夹驰道,宫观何玲珑!

秋色从西来,苍然满关中。

五陵⑨北原上,万古青濛濛。

后面再以个人的抒情作为收束:

净理了可悟,胜因夙所宗。

誓将挂冠去,觉道资无穷。

"秋色从西来……"好一幅雄深苍秀的图画!不愧是典型的关中秋色。

储光羲和高适都用了大半篇幅描绘寺塔和眼前景色。比起岑参来,却不免逊色。最后四句,照例也是发抒个人的感慨。储光羲说:

俯仰宇宙空,庶随了义归。

⑧磴道——石砌的梯级。

⑨五陵——原是汉帝陵墓,即长陵、安陵、阳陵、茂陵、平陵,均在长安附近。这里借指唐帝陵墓。

⑩崭岏(zé h)——山势高峻貌。

⑪阮步——指晋朝人阮籍。他曾为步兵校尉。

⑫杜甫此诗题下原注:"时高适薛据先有此作"。

崛岉 ⑩非大厦,久居亦以危。

高适说:

盛时惭阮步⑪,末宦知周防。

输效独无因,斯焉可游放。

杜甫是在读了高、薛二人的作品之后才动笔的⑫。这位谦逊而又自负的诗人,说不定已经意识到是一场考试。但主要的正是由于生活的感受不同,对社会的局面看法不同,因而思想感情也就截然两样。

他一落笔,就揭出了在登临中涌现出来的个人也是时代的感慨:

高标跨苍穹,烈风无时休。

自非旷士怀,登兹翻百忧。

方知象教力,足可追冥搜。

这个塔,像高大的标识凌踞在高天,强劲的秋风不知疲倦地吹来。登临高处,却不像胸怀旷荡的人那样悦目放怀,反而百忧并集,感慨万分。这时才领悟到,佛教之所以建筑这样的高塔,是要使人把思想伸到很深很远的虚无地方的。

这样的开头,那气势便已笼罩全篇了。

仰穿龙蛇窟,始出枝撑幽。

七星在北户,河汉声西流。

羲和鞭白日,少昊行清秋。

转回头才叙述登塔。经过曲曲折折的穿行,才离开枝撑起来的幽暗的下层；升到顶层之后，就仿佛看到北斗当门挂着，银河也好像听得到潺潺的声音了——这自然是出自诗人的夸张想象，因为那是在白天。他之所以这样写，是为了极形塔顶之高，仿佛与天相接了。

"羲和"两句是点出时令。由于太阳神的御者不停地鞭着白日，时光真快，一年的秋天不觉又到来了。

这一节又是六句，把登塔和秋令圆满地交代完了。

> 秦山忽破碎，泾渭不可求。
>
> 俯视但一气，焉能辨皇州？

表面看，这是描写地面的景色。可是拿来同岑参等人的作品一比，我们不禁会发生疑问：他们把四周景物描绘得历历在目，杜甫却说秦山破碎，泾渭难分，连皇城也迷蒙一片。难道杜甫的眼睛不好？有人说，"秦山谓终南诸山，远望大小错杂，如破碎然。泾渭二水从西北来，远望则不见其清浊之分也。"这当然也可以。但诗人实在是借景来做比喻，是对于当时社会和政治局面表示深切忧虑的比喻。只因为借景带出，所以才显得含蓄不露。

> 回首叫虞舜，苍梧云正愁。

"虞舜"，在这里应该是指唐太宗。朱鹤龄引《西京新记》说慈恩寺浮屠前阶立太宗《三藏圣教序碑》，以为由此引出，但却和"云正愁"不合。其实杜甫是向西北角远望，想到云雾迷蒙中有唐太宗的昭陵。句中的"苍梧"是帝舜的葬地，正是借用来指昭陵的。"叫"的用法和杜甫另一首诗"穷途乃叫阍"一样，含有哀急的用意。他想起唐王朝开国的君王，和那时的"贞观之治"，这些如今都不存在了，只能看见愁云一片罢了。

惜哉瑶池饮，日宴昆仑丘。

从前那个周穆王，据说西游到了昆仑山，和西王母在
瑶池中日夜宴饮，国家大事都不管了。现在，玄宗皇帝不就
是像周穆王迷恋西王母那样，同杨贵妃常常到骊山的华清
宫去，沉溺在酒色之中吗！他又向东朦胧地望着骊山，发出
这样的感叹。

黄鹄去不息，哀鸣何所投？

君看随阳雁，各有稻粱谋。

又是从眼前所见的生发开去，而又以此作为结束。前
人解释这四句说："贤人君子多去朝廷，故以黄鹄比之；小
人贪禄恋位，故以阳雁稻粱比之。"这个解释大抵是不错
的。

把几位诗人的作品细心读了以后，我们不妨认为这是
一场严肃的考试。登高作赋，即景抒情，是几位诗人都相同
的；然而思想感情的内容却不一样。岑参在四顾苍茫之后，
忽然觉得"净理"（佛理）是可以参悟的，"胜因"（佛家说是善
道的因素）是向来崇信的，因而打算辞去官职，趋向佛家的
"觉道"了。储光羲也差不多。他仰观俯察，深感宇宙的空
虚，悟到寂灭的意义（所谓"了义"，即世界寂灭的道理），觉
得它既如此高峻而又不是大厦，待下去到底是危险的。高
适虽然没有这个意思，也不过发了一点牢骚，认为官职微
小，无从施展抱负，最好还是游山玩水罢了。

他们的归结，都仅仅是限于个人的。

杜甫也写出了自己的感想，然而他的"登兹翻百忧"，

却紧紧联结着国家和人民的命运。由于他是在此时此地的切身生活感受中经过深入的体察,又有比较清醒的政治头脑,因此能够透过"升平"的华丽外衣,看出了潜在的疾患,更因为他是积极入世的,所以能以衷心关切的态度加以揭露和告诫。这就和岑参等人完全不同了。可以说,杜甫不仅是登上了慈恩寺塔,而且比之同时的许多诗人词客来说,他同时又是登上了时代思想的高处的。

对 雪

杜 甫

战哭多新鬼,愁吟独老翁。
乱云低薄暮,急雪舞回风。
瓢弃樽无绿,炉存火似红。
数州消息断,愁坐正书空。

查理·卓别林早期的电影《寻金热》,有一幕描写寻金者在冰天雪地中饿极了,拿一只破皮鞋煮熟了吃。当热气腾腾的皮鞋放到盘子里,寻金者手持刀叉垂涎欲滴的时候,画面上的皮鞋突然变了,它不再是皮鞋,而是煮得香喷喷的一只鸡。这位艺术大师就是这样形象地去刻画一个饿极的人的心理状态。人们在忍笑不住之余,对于作者的匠心是不能不钦佩的。

卓别林想来没有读过杜诗,他也许不知道在一千多年前,杜甫刻画一个在大风雪中忍冻枯坐的诗人的心理状态时,已经用上了和他一样的艺术手法了。

杜甫这首诗是在被安禄山占领下的长安写的。长安失陷时,他逃到半路就被胡兵抓住,解回长安。幸而安禄山并不怎么留意他,他也设法隐蔽自己,得以保存气节;但是心情的苦痛,生活的艰难,对诗人的折磨仍然是严重的。

在写这首诗之前不久,泥古不化的宰相房琯率领唐军在陈陶斜和青坂与敌人作战,吃了大败仗,死伤几万人。消息很快就传开了。诗的开头——"战哭多新鬼",正暗点了这个使人伤痛的事实。房琯既败,收复长安暂时没有希望,不能不使诗人平添一层愁苦,又不可能随便向人倾诉。所以上句用一"多"字,以见心情的沉重;下句"愁吟独老翁"就用一"独"字,以见环境的险恶。

三、四两句"乱云低薄暮,急雪舞回风。"正面写出题目。他先写黄昏时候的乱云,再写出在风中乱转的急雪。这样就分出层次,显出题中那个"对"字,暗示诗人独坐斗室,反复愁吟,从乱云欲雪一直待到急雪回风,满怀愁绪,仿佛和严寒的天气交织融化得分不开了。

《水浒传》写林冲刺配沧州,发到草料场做看守。严寒天气,大雪纷飞,向火也抵不住冷。于是他拿起花枪挑着葫芦到外边买酒。葫芦,古人诗文中习称为瓢,通常拿来盛茶酒的。诗人困居长安,生活比林冲还要苦。"瓢弃樽无绿",在苦寒中也找不到一滴酒,葫芦早就扔掉,樽里空空如也。(樽,又作尊,似壶而口大,盛酒器。句中以酒的绿色代替酒字。)"炉存火似红",也没有柴火,剩下来的是一个空炉子。

但是诗人在这一句里,偏偏不说炉中没有火,偏偏要说有"火",而且还下一"红"字,写得好像炉火熊熊,满室生挥，然后用一"似"字点出幻境。我们读了，就不禁要想起上面所说的卓别林的巧妙的表现手法了。明明是冷不可耐，明明是炉中只存灰烬，由于对温暖的渴求，诗人眼前却出现了幻象：炉中燃起了熊熊的火，照得眼前通红。这样的无中生有、以幻作真的描写，非常深刻地挖出了诗人此时内心世界的隐秘。正如皮鞋本不是鸡，在饥饿者的眼中却偏偏是鸡一样，是在一种渴求满足的心理驱使下出现的幻象，它比之"炉冷如冰"之类，在刻画严寒难忍上有着不可比拟的深刻度。因为诗人不仅仅局限于对客观事物的如实描写，而且融进了诗人本身的主观情感，恰当地把诗人所要表现的思想感情表现出来，做到了既有现实感，又有浪漫感。

末后，诗人再归结到对于时局的忧念。公元 756 至 757 年间(至德元载至二载)，唐王朝和安禄山、史思明等的战争，在黄河中游一带地区进行，整个形势对唐军仍然不利。诗人陷身长安，前线消息和妻子弟妹的消息都无从获悉，所以说"数州消息断"，而以"愁坐正书空"结束全诗("书空"，是晋人殷浩的典故，意思是忧愁无聊，用手在空中画着字)。表现了对祖国和亲人的命运深切关怀而又无从着力的苦恼心情。

秦州杂诗 (第六首)

杜 甫

城上胡笳奏,山边汉节归。
防河赴沧海,奉诏发金微。
士苦形骸黑,旌疏鸟兽稀。
那闻往来戍?恨解邺城①围。

　　杜甫于公元759年秋天,抛弃了华州司户参军这个无可恋栈的微官,来到秦州(今甘肃天水县),过着采药卖药的生活。《秦州杂诗》二十首,就是在这一年写的。在这二十首诗里,诗人对于时局的动荡,民生的疾苦,外族入侵的忧虑,个人生活的窘迫,以及山川形势,风土人情,都委曲尽致地写了下来,成为一组别开生面的"史诗"。

①邺城——又称相州,即今河南省安阳市。

　　这一首诗,是诗人在秦州看见西北边防军队内调时有感而写的。

　　上一年十月,郭子仪等九节度使围攻安禄山的儿子安庆绪于邺城,相持不下。到这年春天,史思明引军救邺,大败九节度使于邺城下,唐军战马万匹,仅存三千,甲仗十万,遗弃殆尽。因此西北戍军又须内调补充。诗人既痛感官军的溃败,又看到军队不断内调,边防更觉空虚,激于爱国的感情,就把这件关系重大的事情记录了下来。

　　开头两句,写出这座山城的战时景象。胡笳在城上鸣呜咽咽地响着,城内城外,到处挤满了从西域调发回来的军队。(句中的"汉节",指的是将军的旌节,不是指外交官所持的节。)

三、四两句,说明诗人打听得这次调动的原因,原来是为了防守黄河沿岸,阻止安、史叛军南侵。("防河赴沧海",这里的"沧海",泛指我国东部、黄河中下游一带,因为战争正在这里进行。)而这些军队,则是接了肃宗的诏令,从金微山(即金山,也就是新疆维吾尔自治区北部的阿尔泰山)戍地调回来的。这四句,上二句是写景,下二句是叙事,以下才是接入抒情。

五、六两句,诗人细心地观察了军容:由于在荒漠和山地上长途跋涉,军士们一个个都弄得又黑又脏,样子很难看;军中的旌旗,又是疏疏落落的很不整齐。应该指出,"旌疏"下接"鸟兽稀",这鸟兽不是真鸟兽,而是旌旗上绘画着的鸟兽图形。由于旌旗疏落不整,所以这些鸟兽图形也稀稀疏疏了。戎昱《出军》诗:"龙绕旌竿兽满旗,翻营乍似雪山移。"鲍溶《赠李黯将军》诗:"寒日摇旗画兽豪。"还有杜佑《通典》载:唐军制,"每军有队旗二百五十口,尚色图禽兽;认旗二百五十口,尚色图禽兽,与诸队不同,各自为志认。"都是"旌疏"句的证明。杜诗的许多版本,都写作"林疏鸟兽稀",而把"旌"字作为附注。仇兆鳌的《杜诗详注》也是如此。他并且引吴均诗"林疏风至少"、庾肩吾诗"林长鸟更稀"等作注,好像完全没有意会到"旌"字才是正确似的。其实,按照这首诗的内容分析,"林疏"显然是错误的。因为在这句诗里,如果安上"林"字,就完全破坏了整首诗结构的完整性了。很多杜诗版本都用"林"字,这大抵因为"林疏"是习见的用语的缘故吧。

这两句诗形象地描画出军队远程调动的辛苦劳累和军容的委靡不振,但更主要的是抒发诗人的思想感情。通过这两句,我们可以看出诗人出自衷心的关切国事,因此观察得也分外仔细。他不仅看出了军士们的外貌,甚至还捉摸到他们的内心活动。正因如此,诗人的心情是很矛盾的。他一方面觉得边防驻军内调很有必要,但是又同情军士的辛劳跋涉,更担心他们的战斗力会因此受到影响。两句话里,恰好表露出诗人爱国精神的深厚强烈,如果不是发自衷心的关怀着祖国安危和人民疾苦,诗人就无法观察得如此细致,而这两句话也就无从构想出来。

就在这种忧心忡忡的心情底下,诗人忽然回想起今年春间邺城的溃败。由于肃宗派不懂军务的中使(宦官)鱼朝恩做九节度使的统领,以致军无主帅,一败涂地。想到这里,诗人的矛盾心情就变成了一腔愤恨:"那闻往来戍?"这就是说:哪里听过有万里迢迢地叫军士往来奔戍的道理?如今却居然出现了这种荒唐的事情。"恨解邺城围",这怎能不归咎于邺城一役肃宗李亨的任用非人呢!在这里,诗人的极度悲愤,集中地用一"恨"字表达出来。

这后面四句,诗人思想感情的变化真是表现得纵横捭阖,淋漓尽致。从他对军士生活的同情,为他们的战斗力担心,到痛恨邺城之败,暗点出任用非人的失策,都可以看出诗人一腔热血,全部倾注在祖国和人民的命运上面。

早就有人指出杜诗是"诗史"。所谓"诗史",就是用诗歌形式反映了历史的真实面貌。在杜甫的作品中,著名的像"三吏""三别"《兵车行》《哀江头》等,都是历史的真实与艺术的真实结合得很好的典范。同样的,这首《秦州杂诗》也是足以补充安史之乱的史料。唐王朝在安史之乱发生以

后,大量从西域调回边防部队,使远戍军士万里奔走,疲敝
不堪,在史书上只是简单的两句话,这首诗却给我们提供
了形象生动的材料。此后唐王朝的西北边防空虚,引致吐
蕃入侵,回纥坐大,种种史实,不难从这首诗中得到印证。

杜诗是无愧于"诗史"这个光荣称号的。

秦州杂诗 (第七首)

杜 甫

莽莽万重山,孤城山谷间。

无风云出塞,不夜月临关。

属国归何晚?楼兰①斩未还。

烟尘一长望,衰飒正摧颜。

秦州位在六盘山支脉陇山的西边。陇山高二千多米,
群峰插天,秦州就坐落在它西面山谷的渭河
上游,东通关中,南邻吐蕃,西出西域,形势 ①楼兰——汉代楼兰国,在
今新疆维吾尔自治区境内。
险要,是唐代边防上一个重镇。这首诗一开头就点出秦州
的险要形势:山岭重叠,回环抱着一条狭谷,在峡谷之中,
矗立起一座孤城,好像就是中外通道上放置的一重关钥。
开头两句起得很有气势,整首诗的精神都从这里振起。我
们读了,仿佛听到一出戏的开场,一阵洪亮的锣鼓铙钹,使
人精神一振,预感到一个不寻常的场面即将开始了。

三、四两句,承上而下,是就秦州的国防位置从眼前景

物加以渲染。"无风云出塞",并不是故作奇语。原来高空上的云,往往无风自动,倒不是没有风,有时是风只在上空吹,而这里却是高空的风给重重山岳阻隔住了,在山谷里感觉不出来。这里的云,也不是寻常的云,它一移动就出了塞外。可见这里在国防位置上的重要。诗人下这五个字,固然使人看出他体察大自然景物的细致入微,但并非如同有些专以刻画幽微为能事的诗人那样,只是自然主义的摹写,而是寓以饱满的思想内容的。

下句"不夜月临关"也一样,写的不是一般的明月,因为明月照的是边防重镇。在那里,重山莽莽,景象萧瑟。人们很容易发现夜色还没到来,月亮已经挂在天上。这句也同样有言外之意,那意思好像是说,在这个动荡不安的年代里,边城的人们都在提心吊胆,连天上的明月,一早也临照关城,好像要用它的亮光帮助这里的戍卒,警惕着远方烽火。这大抵不是胡猜乱想吧,因为这十个字,虽然写的是边景,却完全不是随便勾画一下,或者如清代诗选家沈德潜所说的"二句奇语,偶然写出"而已。其实,它和诗人忧国的感情,对外族进侵的警惕,是分不开来的。

正由于上面写景已经隐藏着诗人忧国之情,接下两句就显得感情特别深厚。

五、六两句,是诗人说出对西域局势的可虑。由于安史之乱,河西走廊的驻军抽走了不少,连远在西域的军队也大量调派回来。这时吐蕃的势力正在膨胀,另一个外族回纥也相当的骄横,以至肃宗不得不把公主远嫁给它的英武可汗。外交和军事形势都处在逆转之中。因此诗人就不能不发出"属国归何晚?楼兰斩未还"的慨叹。"属国"用的是苏武的故事,苏武从匈奴处归来后,被任为典属国(外交官),因此也有人称他为苏属国。这里暗指当时有些外交人员被外邦羁留,不得返国。"楼兰",也是汉代的故事。汉昭帝时,楼兰王屡次杀了汉的使者,平乐监傅介子奉命前往楼兰,用计斩了楼兰王的头回来。不过这里指的不是外交官的事,它是说,由于西域的军事局势逆转,已经看不见远戍的将士凯旋了。(秦州是中国通西域必经之路,两句都是从作者所在地区来观察的。)这和王昌龄的"黄沙百战穿金甲,不斩楼兰终不还"同样是用楼兰典故来写将士的事。

在结联里,诗人对祖国的灾难表示了深切的关怀。国内的情况是战乱未定,人民长期陷在痛苦之中;边疆的形势又是这样紧急。纵眼望去,满目烽烟,到处是战乱景象,开元、天宝的那段盛世,早已一去不返了。想到这种种,诗人连面容也变得愁苦起来了。("摧颜",疾首蹙额,面容愁苦。)

这又是一首充满着热爱祖国的激情的篇章。它由秦州的地理环境,联想到国防的可虑,再想到军事和外交的劣势,忧国伤时,一齐奔集。因而山川景物,都成为它抒发爱国感情的素材。这种有血有肉的思想感情,加上高度的艺术手腕,就凝成了杜诗的沉郁顿挫的独特风格。

蜀　相

杜　甫

丞相祠堂何处寻?锦官城外柏森森。
映阶碧草自春色,隔叶黄鹂空好音。

三顾频繁①天下计，两朝开济老臣心。

出师未捷身先死，长使英雄泪满襟。

　　律诗的格律限制比之古体诗要严格许多，使它在形式上受到更大的束缚；而形式的过分束缚，反过来又更大地影响到内容的表达与思想的发挥。因此它就比较难于写好(所谓"难工")。假如要具体加以说明，那么，第一，律诗要求有更高度的概

①频繁——一作频烦。清代汪师韩的《诗学纂闻》说是唐代俗语，频烦犹言郑重。这个解释可作参考。

括力，即在极有限的文字中，要容纳丰富的思想内容和生活内容。所谓"纳须弥于芥子"(把一座大山放进一颗小的种子里面)，这里有着不易统一的矛盾。第二，既要求排偶(律诗中间两联要使用对偶句)，又要在排偶中显出灵动变化，不为排偶所累。格式固定(如律句的讲求平仄、粘、对仗、拗和救之类)，却要显出开阖变化，不板不滞，不粘不走。这两者也是不容易结合得好的。第三，花巧太多，则陷于软弱；过分朴素，又会显得枯淡。换句话说，它需要有较浓厚的色泽，但又不能过于雕饰。不偏不倚，实在很费斟酌。第四，由于字数限制，它要求一个字有一个字的作用，一句话显一句话的精神。(从前的人说，五律的四十个字就是四十位贤人，中间放不下一个俗子，便是这个意思。)整首诗合起来看，俨然七宝楼台，而拆碎下来，却又自成片段。这种既有在片段上的独立性，又有在整体上的联系性的艺术要求，也比古体诗来得严格。

　　总之，律诗不论叙事写情，在着色的浓淡，布局的虚实，组句的错综变化，用字的推敲锤炼等方面，都比古体诗

更不容易运用得当。正因如此,我们可以比较容易地掌握了诗的格律,而要写出好的律诗,却不是一件轻而易举的事情。

作为对于律诗艺术技巧的探索,这里选了杜甫的《蜀相》试作粗浅的分析。

这首诗是杜甫初到成都访问诸葛武侯的祠庙时写下来的。那一年是760年,诗人由秦州来到成都,卜居在浣花草堂。成都是蜀汉的旧都,杜甫平生又是对武侯极为景仰的,诸葛武侯庙自然是诗人急要瞻仰的地方。因此诗的开头写法,就和一般游山玩水之作截然不同。

你看,诗人在第一句里,特别下一"寻"字,表明自己一心造访,并非信步行来,偶然遇见的。这就把自己对武侯的景仰,提笔点明,把下文的高度赞颂,在此先安下了伏脉。这是极讲分寸的写法。也许有人说,"寻"字在游山玩水的旧体诗中,也不算太少,为什么这里的"寻"字会另有用意?这是因为在这两句中,特别使用一问一答的写法,显得此次到访十分郑重。也说明这个"寻"字是有力地放下去,不是泛然落墨的。

三、四两句,要看诗人下的"自"字和"空"字的用意。时当春令,祠堂阶下有迎春的绿草,森森的树上有会唱的黄鹂。应该说,景色是动人的。为什么在诗人的感受上,草色并不入眼,鸟声也徒然聒耳呢?原来这两句的目的不在于写景,而在于抒情。它说明人物的感情和当前的景色已经发生矛盾。不过这个矛盾,并不是没有来历的。当诗人走进祠堂的大门,一片肃穆幽静的景色扑人而来,一向蕴蓄已久的对这位"鞠躬尽瘁,死而后已"的先贤的强烈崇敬爱慕之情,就如波涛喷涌,不可遏止。诗人既追怀武侯的功业,又痛惜他"出师未捷身先死",现在留下来的,徒然只有一座祠堂而已。在这种激动的感情支配底下,什么好鸟的鸣声,春草的幽媚,全都不在心上,只将全副心灵沉浸在追怀先哲的感情海洋里。所以这才下了"自"字,又下了"空"字。所以这两句才是真正抒情,而非实在写景。

"三顾频繁天下计,两朝开济老臣心。"那意思是说,刘备三次拜访他,请他出山帮助,是为了打算重兴汉室。而诸葛亮答应出山,也是为了这个目的。此后,诸葛亮辅助刘备和刘禅,两代之中,忠心耿耿干了许多工作,显示一片"老臣之心"。正式说出自己对武侯景仰赞叹之意。上文一路盘旋,宛如丘陵起伏,还没有看到主峰。而没有主峰,这首诗就没有多少可观了。所以到五、六两句,就非用浓重的笔墨着力渲染不可。现在,我们看到诗人运用高度的概括力,把武侯一生的遭际、抱负和功业,凝练成为精辟的一联,而诗人自己的景仰之情同时也就表达出来了。在律诗中,常常需要给予所描写的物象以典型意义,而又出之于高度的概括。这种结合是很吃重的。在杜诗中,对武侯的功业的歌颂,除了这两句以外,如"三分割据纡筹策,万古云霄一羽毛。""伯仲之间见伊吕,指挥若定失萧曹。"都是着力地写出来的。不过,在这当中,首先需要作者具有较高的眼光,如果没有对被描写的对象作出正确的、历史的评价能力,那就既谈不上典型意义,而所谓艺术概括,也将流为空谈。

在诗歌的组织形式中,一起和一结都是重要的。起得不好,下面引带不起;结得不好,上边收束不住。尤其是收束不住, 势将使全诗大为减色。因此写诗的人, 重视起句,更重视结句。

这首诗正是收束得好的例子之一。"出师未捷身先死，长使英雄泪满襟。"警策地写出后人对武侯的追念和景仰。使武侯在读者心目中的地位显得愈为崇高了。句中的"英雄"，不但指后世英雄，并且包括诗人自己在内。这两句话不仅概括诸葛武侯，所有为人民事业战斗不幸赍志而殁的英雄，也全都可以借用这两句话。因此它具有相当巨大的概括力量，成为后人常常引用的名句。

回头再看：起联，写诗人专诚拜访祠堂。次联，写诗人初次踏进祠堂时的感情激动。三联，写诗人对武侯的评价和景仰的原因。然后在结联里，再推出一层意思，写出千万后人对武侯功业的痛惜怀念。于是笔墨异常饱满，而感情又悠然不尽。在区区的八句里，文字的组织安排也是极费调度的。

末了，应该说明的是：杜甫这样地评价诸葛亮，并不就是完全恰切不移的。杜甫有他本身的历史局限与思想局限，我们当然不一定要以杜甫的评价来代替我们的评价。

江　亭

杜　甫

坦腹江亭暖，长吟野望时。
水流心不竞，云在意俱迟。
寂寂春将晚，欣欣物自私。

江东犹苦战，回首一颦眉。

同样写山水，杜甫和王维便有很大不同。王维显出是个甘心恬退的隐士，杜甫却往往在表面恬淡中藏着焦灼与期待，曲折地表露出对人世的无限关怀。拿"江山如有待，花柳更无私"①（杜甫《后游》）和"悠然远山暮，独向白云归"（王维《归辋川作》）对比，前者含有多少世态炎凉的味道，而后者却仅是萧然尘外，与世无争。这当中存在着甘心退隐与无可奈何投闲置散的区别。虽然杜甫也写过看来完全是浸沉在眼前美景中的小诗："迟日江山丽，春风花草香。泥融飞燕子，沙暖睡鸳鸯。"他不可能每首诗都吐出内心的隐秘，不过衡其心迹，也和王维不同。杜甫是在抑郁无聊之中，借此消忧，仿佛以酒浇愁的人，并非真正对酒有什么喜爱，而且因此也容易"露出马脚"。例如"江碧鸟逾白，山青花欲燃"，接下去却忽然是"今春看又过，何日是归年？"还是无法摆脱诗人的本来面目。

《江亭》写于上元二年（公元 761 年），那时杜甫居于成都草堂，生活暂时比较安定。有时也到郊外走走。表面看上去，"坦腹江亭暖，长吟野望时"，和那些山林隐士的感情没有很大不同，然而一读三、四两句，那分歧就出现了。

从表面一层意思看，"水流心不竞"是说江水如此滔滔，好像为了什么事情，争着向前奔跑；而我此时心情平静，无意与流水相争。"云在意俱迟"是说白云在天上移动，那种舒缓悠闲，与我此时的闲适心情全没两样。无怪乎仇

① "江山如有待，花柳更无私。浅一层意思是说，江山和花草都是有情之物，江山等待着诗人再游，而花柳也对来客坦怀欢迎。但深一层用意，则是江山比之朝廷，似乎对诗人有更大的期待；而花柳与人情世态比较，则更是坦荡无私的。

兆鳌说它"有淡然物外,优游观化意"(见《杜诗详注》),但其实这只是表面的看法。

不妨拿王维的"流水如有意,暮禽相与还"(《归嵩山作》)来对比一下。王维是自己本来心中宁静,从静中看出了流水、暮禽都有如向自己表示欢迎依恋之意;而杜甫这一联则从静中得出相反的感想。"水流心不竞",本来心里是"竞"的,看了流水之后,才忽然觉得平日如此栖栖遑遑,毕竟无谓,心中陡然冒出"何须去竞"的一种念头来。"云在意俱迟"也一样,本来满腔抱负,要有所作为,而客观情势却处处和自己为难。在平时,本是极不愿意"迟迟"的,如今看见白云悠悠,于是也突然觉得一向的做法未免是自讨苦吃,应该同白云"俱迟"一下才对了。

正因为这一联的感情,是来自深沉的对身世遭逢的叹息,所以它还隐隐带有一点自我嘲讽的味道。我们不好误认它是闲适之作。

下面第三联,更是进一步揭出诗人杜甫的本色。"寂寂春将晚,欣欣物自私。"上一句说出心头的寂寞,下一句说出众荣独瘁的悲凉,是融景入情的手法。(晚春本来并不寂寞,可是在诗人此时处境看来,毕竟是寂寞无聊的,所以才说"寂寂春将晚"。而尽管眼前百草千花争妍斗艳,又都显得与自己漠不相关,引不起自己心情的活泼,所以又说"欣欣物自私"。)当然,这当中不尽是个人遭逢的感慨,但正好说明诗人此时并非是那样悠闲自在的。读到这里,再来回顾上文,那么第二联的"水流""云在",写的是一种什么样的思想感情,岂不是更加明白吗!

杜甫写这首诗的时候,安史之乱未平。李光弼于是年春间大败于邙山,河阳、怀州皆陷。作者虽然避乱在四川,暂时得以"坦腹江亭",到底还是忘不了国家安危的,因此诗的最后,就不能不归结到"江东犹苦战,回首一颦眉"[2]了。

王维的山水诗,常是表面热闹而内里恬静;杜甫的山水诗,却往往表面闲适,骨子里仍是一片焦灼苦闷。这和两位诗人的思想、生活的歧异是分不开的[3]。

[2] "江东犹苦战,回首一颦眉。"各本作"故乡归未得,排闷强裁诗。"本文据草堂本。

[3] 杜甫和王维在思想感情上的歧异,明代的屠隆(长卿)已经注意到。他说:"王元美(世贞)谓少陵集中,不害有数摩诘(王维字)。此语误也。少陵沉雄博大,多所包括,而独少摩诘之冲然幽适,泠然独往。此少陵生平所短也。少陵慷慨深沉,不除烦热;摩诘参禅悟佛,心地清凉,胸次原自不同。"

野人送朱樱

杜　甫

西蜀樱桃也自红,野人相赠满筠笼。
数回细写愁仍破,万颗匀圆讶许同。
忆昨赐沾门下省,退朝擎出大明宫。
金盘玉箸无消息,此日尝新任转蓬。

杜甫居住在成都,农民送给他一篓樱桃。这本来是一件寻常的事情。如要写成诗,按照题目装点一番,也未尝不可。可是我们这位诗人对着这一篓子鲜红欲滴的果子,忽然沉思起来。他记起往年在长安的时候,肃宗皇帝曾把禁中的樱桃赐给群臣,杜甫自己也沾过一份。如今,这位皇帝在这一年就去世了;自己离开长安也有三四年。在西蜀重见樱桃时,樱桃颜色依旧,人事却已全非了。在无限感慨之余,他提起笔来,写下了这样八句。

写诗的人，如果胸中还没有酝酿成熟一个完整的意思，往往不免逐句拼凑，比如先得中间两联，再逐段往上下补凑。这固然不是完全不能容许，但是很难不显出拼凑补缀的痕迹，更难以一气呵成。写得坏的，甚至就变成了一幅表情不和谐的图画，只努力于在眼睛、嘴巴上面着力，而忽视了其他。结果，在冲锋的战士脸上，我们看到了坚定的眼睛(这是好的)，而在战士的身上、手上，却发现了双肩松弛，两手无力，脚又放得不是位置，好像是另一个人的另一种动作。于是，整幅画都破坏了。这正是忽视了"牵一发而动全身"的常识。这是在许多写得不好的旧体诗中经常见到的。看了杜甫这首诗，我们更能领会"一动百动"的道理之所以必须注意。

我们试看劈头第一句："西蜀樱桃也自红"，为什么要下"也自"二字，还要点出"西蜀"？不看后面是不明白的。第三句"仍破"，第四句"许同"，初看也很突然，诗人是和什么对比来说的？直等到看了下面，才恍然于这些用字，原来一一有其必要的原因；也恍然于这八句诗在组织上原来如此严密，回环照应，钩锁相连，决不会有"拆碎下来不成片段"的毛病。

这首诗的着眼点在"忆昨"两字，所以应从这里谈起。唐至德二载(公元 757 年)，杜甫跟着肃宗皇帝返回长安，仍任左拾遗。左拾遗是隶属门下省的。当时有这样的规例，每年四月初一，皇宫内苑摘了樱桃，先向寝庙(皇帝的祖先牌位所在)供奉，然后分赐群臣。杜甫那时也分沾到一份。所以诗里才说"忆昨赐沾门下省"。大明宫在禁苑之东，所以接着说"退朝擎出大明宫"。由于杜甫从农民赠送的樱桃联想到这一段旧事，诗的开头，才下了"西蜀樱桃也自红"这句。在这里,"西蜀"点明有别于长安,"也自红"点明是异地重逢,轻轻逗出下半段的"忆昨"。这一提笔便已充满了抚今追昔之感,并且气势一直笼罩了全篇。

第二句是点明这些樱桃是农民的,并无其他深意。第三句要略为注释一下:"写",本意为"倾",亦即是从这一个器具转到另一个器具去的意思。因为樱桃多浆易破,所以说,经过几次倒来转去,尽管十分细心,仍然恐怕弄破了它。

第四句是"忆昨"的伏线,细看樱桃,万颗匀圆,那样子,那色泽,和皇宫颁赐的竟是一模一样,因此讶它如此相同。用"讶许同"三字,于是引出下面一大段感慨。

五、六两句已经说过了,这里补充一点:这两句是全篇的关键。前面千山万壑,迤逦行来,无非要向这里结穴;后面再推开一层,也是从这两句生发开去。

结末两句,"金盘玉箸"是不敢明指皇帝,用它来作代词。是年玄宗、肃宗相继去世,所以说"无消息"。于是归结到自己"尝新",而自己尝新已不再在长安,樱桃也不再由皇帝赐赠,自己正处于"漂泊西南天地间"的时候,所以最后一句便发出"任转蓬"的慨叹。

诗里有几个活字,都值得我们注意。如"也自""忆昨"与"此日"的关系,"细写"与"仍破"的关系,都是值得咀嚼的。

闻官军收河南河北

杜　甫

剑外忽传收蓟北①,初闻涕泪满衣裳。

却看妻子愁何在，漫卷诗书喜欲狂。

白日放歌须纵酒，青春作伴好还乡。

即从巴峡穿巫峡，便下襄阳向洛阳！

　　这是杜甫在代宗广德元年(公元 763 年)在梓州②写的不寻常的诗作。安史之乱延续了七年多了。上一年冬天，唐军收复洛阳；这一年春天，叛将史朝义自杀，他的部将李怀仙斩了他的头来献。从此河南、河北乱事平定。诗人这时远居西川，听见这个消息，不禁大喜若狂。在极度兴奋中写出了这一首诗(被后人称为杜甫的"生平第一快诗")。是的，这是老杜诗集中的第一快诗。我们说它快，有两个方面的意思：先从这首诗的结构来说，从第一句"忽传收蓟北"开始。便一泻直下，一句紧紧跟着一句，其中没有一刹那的停顿，真可说运笔如风。一口气读下去，我们仿佛看见一眼凿开了的地下喷泉，强大的挟着激流的水柱，汹涌喷薄而出。也好像看见节日的烟花，一冲上天之后，立即变成满天奇光异彩，纷纷扬扬，在夜空中尽情飞舞。使人看了，感到这才是真正的喷发，真正的激荡。这种行文上的快，正好充分表露了诗人感情上的"快"。正因为诗人自天宝之乱以来，亲身感受到祖国灾难和人民疾苦的深重：他曾经陷入胡人手中，目睹敌人"杀戮到鸡狗"的暴行；曾经在战区流亡，看到社会生产力受到严重破坏的惨象，而他自己一家的生活，也严重地受到影响。因此，他对于扑灭这场灾难，回复安定的局面，心情是异常迫切的。现在忽然听见敌人整个崩溃，大局从此平定，就

①剑外——梓州在剑门之南，剑门以南的西川，从关中来说就是"剑外"。蓟北——河北。
②梓州——今四川省三台县。

再也无法抑制自己的激动,而需要运用像上面所说的"快"来尽量倾吐兴奋难遏的感情了。从这里可以看出,如果不是真正对自己的国家和人民有着血肉一样的感情,要写出一首真正有血有肉的、动人心魄的好诗,是不可能的。

这首诗除了第一句叙事外,其余七句全是抒情。诗人一听到蓟北收复的消息,一时来不及欢喜,反而涕泪满衣裳。这里反映着过去几年来祖国和个人经历的惨痛。这句话可以说包括了老杜的《哀江头》《悲陈陶》《悲青坂》《春望》《羌村》以及"三吏""三别"等等辉煌著作中所包含的种种感情在内。正因为从前亲身所历的各种艰苦,长期在心里盘旋着的对国运的忧危,到这时忽然全都解下,除了尽情一哭之外,再也找不到别的方法了。这才是真正的喜和真正写出了喜字。

一哭之后,心情才真正舒畅。这时,手里乱卷着书,眼睛却注视着妻子,喜极忘言和手足无措的神态,一时都写了出来。然后又想起要喝酒来庆祝一番,并且一边喝酒还一边唱歌。然后又想到还乡,想到现在春天正是还乡的好季节。更想到还乡要走最快最便捷的道路(诗人这时住在梓州,有故居在洛阳)。真是喜集一心,神驰万里。诗人仿佛已经长上了翅膀,霎时飞到洛阳故居去了。

作为伟大的爱国诗人的杜甫,由于他的思想感情和祖国人民紧紧地血肉相连,他的脉搏和祖国的命运、人民的哀乐一同搏动,所以当人民知道那些叛变国家、引起人民无穷灾难的安禄山、史朝义之流被消灭而兴高采烈的时候,诗人的生花之笔也和广大人民的感情一样长上了双翼,它来不及推敲雕琢,也用不到推敲雕琢,只是滔滔汩汩,奔涌而出,却尽了笔歌墨舞的能事,区区的五十六个字便构成一首激动人心的胜利的颂歌。

诸　将 (第五首)

杜　甫

锦江春色逐人来,巫峡清秋万壑哀。
正忆往时严仆射,共迎中使望乡台。
主恩前后三持节,军令分明数举杯。
西蜀地形天下险,安危须仗出群才。

《诸将》一组诗共五首,作于大历元年(公元 766 年)秋天。这组诗是作者在祖国外患未已,而地方军阀已开始专横跋扈的时候,表露了对于大局的关怀和期待的。这里选的是第五首,是诗人怀念严武的才略,隐示蜀中还未消弭的危机,希望朝廷委任贤能,使处在国防前线的西川获得巩固。

开头两句,初看好像只是追忆成都的春光和伤叹夔州的秋色,其实用意并不在此。这要从杜甫当时的经历,尤其要从蜀中的政局来看,才能够了解这两句的真正含义。严武在剑南节度使任内,和杜甫交情很好,宾主唱酬,十分投契,这是个人感情方面。更重要的是严武很有将略,兼之治军严明。他曾打败吐蕃,收复一些失地,在他治理下,地方秩序也比较安定。因之"锦江春色逐人来",写的就是诗人从公从私两方面的亲切感受, 而不是徒然追想成都的春天。可是,自从 765 年严武死在任上以后,由郭英乂继任节度使,情况就大起变化了。郭英乂为人暴戾,残害士卒,汉州刺史崔旰因此率兵攻郭,郭逃到简州被杀;而邛州牙将柏茂琳、泸州牙将杨子琳等又联合起来讨伐崔旰,引起蜀中大乱。到次年,朝廷派杜鸿渐为剑南东西川副元帅,要他安抚地方,杜却一意息事宁人,主张和解,给内讧的双方来个升官了事。军阀专横,引起人民的苦难,杜甫是十分愤慨的。他那时已由成都经云安来到夔州,夔州附近就是长江的巫峡。因此诗的第二句"巫峡清秋万壑哀",也不是写巫峡的秋景,而是暗指自己在夔州时所闻所见的使人丧气的事实。通过这两句,诗人对严武早逝的伤悼,同时也就表露出来了。

因为一、二两句只是虚虚喝起,所以三、四两句就进一步实写严武。严武死后,追赠尚书左仆射,故称严仆射;望乡台在成都之北;中使,指皇帝派到地方去的宦官。这里选取严武和他迎接中使这件事来写,也有用意。它正面之意,自是颂扬严武对中央政府的服从和尊重,而深一层去看,我们就不难发现诗人还在反衬出严武死后蜀中军阀的跋扈专横,具体指的就是崔旰、柏茂琳等辈。不然的话,严武生平可写的事实不少,单独拈出"共迎中使"这件事,就没有太大的必要了。在这里,诗人用笔虽然曲折了些,但用意还是可以看得出来的。

这四句诗,要细看才看出它的好处。前人曾把一些好的诗句喻为玲珑宝塔。外层的瑰丽不用说,还有里层的光彩也分明透出外面。人们很难分辨这些光华到底从哪一层闪进眼里。细看这四句诗就会有这种感觉。

"主恩前后三持节",既写出朝廷对严武的倚重,又衬出严武安边的才略；"军令分明数举杯"，既写严武善于治军，而且还能好整以暇，从容不迫，大有儒将风度。这两句，洋溢着对于严武的怀念之情，并且把自己在他幕下时宾主投契的情景也轻轻捎带了出来。（严武初以御史中丞出为绵州刺史，迁东川节度使，再擢成都尹、剑南节度使，后又以黄门侍郎任剑南节度使，故称三持节。杜甫出任节度使署参谋，检校工部员外郎，是由于严武的推荐。"数举杯"，指宾主经常聚会谈天。）

结末两句，诗人表露了对朝廷的期望：西蜀是个险要的地方，关系国家安危，必须任用像严武这样的出群之才，才能对国家对地方有好处。言下之意，对于杜鸿渐之流深致不满。

杜甫对严武的怀念是深刻纯挚的，但又不仅仅出于个人怀旧的情感，更主要的是从严武的治绩联系到祖国安危和地方治乱。因而诗人对宿将飘零的感叹，最后归结到对朝廷选才的期待上。这是出自深厚的爱国之情，已不止于知己之感了。

江　汉

杜　甫

江汉思归客，乾坤一腐儒。

片云天共远，永夜月同孤。

落日心犹壮，秋风病欲苏。

古来存老马，不必取长途。

在艰难窘迫的环境里,一个有抱负的人,应该怎样处理自己?是长嗟短叹,怨天尤人,丧失斗志,平日的抱负从此付诸流水;还是忠于自己的为祖国为人民的理想,顽强地战斗下去?两种不同的态度,反映出两种不同的世界观、人生观。

杜甫从四川漂泊到湖北的时候,是在大历三年(公元768年),人已经五十七岁了,不仅年老多病,而且环境十分恶劣。他到了荆州的时候,虽然堂弟杜位在荆南节度使幕下做行军司马,郑虔的弟弟郑审也做着江陵少尹,杜甫和他俩都有相当关系,可是得到他俩的帮助实际不多。在《秋日荆南咏怀》诗中,杜甫这样写下了当时的生活:

苦摇求食尾,常曝报恩腮。

结舌防谗柄,探肠有祸胎。

苍茫步兵哭,展转仲宣哀。

饥借家家米,愁征处处杯。

这种可怜的生活,对于抱着"致君尧舜上,再使风俗淳"的志愿的他来说,该是多么辛辣的讽刺。当然杜甫也发出过"我行何到此,物理直难齐"和"百年同弃物,万国尽穷途"的疑问和哀叹,这也是可以理解的。然而杜甫却并不是个"穷途唯恸哭"的人。即使在老病交侵、走投无路的逆境中,仍然没有放弃自己的抱负,不仅仅依旧处处关心祖国的命运,依旧"穷年忧黎元,叹息肠内热";而且雄心壮志仍旧随处触发。除了本诗之外,后来他在公安县凭吊吕蒙营和刘备城的遗址时,就写道:

洒落君臣契，飞腾战伐名。

维舟倚前浦，长啸一含情。

对于前人君臣之间的投契和他们建立的功业，依然心焉向往。在泊舟岳阳城下时，他又写道：

留滞才难尽，艰危气益增。

图南未可料，变化有鲲鹏。

并不认为自己从此就没有希望了。这种为祖国为人民坚持战斗的精神，是值得我们崇敬的。

这首诗分前后两大段。前四句写思归之情，后四句申明思归的用意。

"江汉思归客，乾坤一腐儒。"上句说自己已经漂泊到荆州。从全诗看来，句中"归"字不应解作还乡，切当地说，是想回到朝廷，为国家尽一点力量。因此下句点出"乾坤一腐儒"。"儒"在某种含义上说，代表入世的积极态度，"乾坤"两字，又很有点自负，可以反证"归"字并不是归乡隐逸，而是要有所作为。不过，"乾坤"下面接"一腐儒"，仍然不能不是透露了诗人对于流落不遇的命运的感叹。

"片云天共远，永夜月同孤。"写出目前处境，是紧接上两句而来。自己像一片孤云，对朝廷来说，有如天样遥远。在这长夜之中，自己的孤独又有如一轮天上的月亮。

"落日心犹壮，秋风病欲苏。"却又陡然振作精神，表示了自己"烈士暮年，壮心不已"的态度。虽然日子不长，有如西倾的落日，可是心里还想着干一点事业，不要因年老而颓唐下去。何况在秋凉的时候，自己的病好像又有点好转，这就更应该振作一番了。（"落日"二字，只是形象的比喻，指自己垂暮之年,不能认为杜甫恰才写了永夜的月,忽然又写黄昏落日是自相矛盾。)

末后两句,也是承老病而来。那意思是说,有人以为我老了,并且生病,恐怕干不了什么事情了。可是,古人不肯把老马抛弃掉,正是因为老马还有别的用处,不一定要它长途奔走呵(这是暗用《韩非子》"老马识途"的典故)!在杜甫说,这是一句谦辞,也是最低的期望;然而李唐王朝对于这位伟大诗人的满腔热血却终于加以漠视,他终于无人理睬,直到客死江南。因而这两句诗也就无异于对那个从此一步步走向破败没落的封建王朝的强烈讽刺了。

登岳阳楼

杜 甫

昔闻洞庭水,今上岳阳楼。
吴楚东南坼①,乾坤日夜浮。
亲朋无一字,老病有孤舟。
戎马关山北,凭②轩涕泗流。

这是杜甫晚年流寓湖南时的作品。那时他已经五十七岁了。正值国家多难,个人境遇又异常困苦,加上既老且病,心情是很悒郁的。然而杜甫晚年在律诗的创作上是更趋成熟了,他曾自称"晚节渐于诗律细"。这一首五律,可以显明地看出诗人晚年的艺术造诣。

岳阳楼在岳阳县城西门上，面对的洞庭湖，是中国南方最大的湖泊，诗人自然久已闻名。因此开头两句，就道出了渴欲一见而素愿终偿的欣悦心情。在律诗中，开头两句本来可以不必对仗的，如今却也作成一联，那是为了加强对比今昔两者的缘故。

①坼——裂开。
②凭——念平声，不念仄声。

三、四两句极力描写洞庭湖的景色。在整首诗里，仅有这两句是景色的描写，因此它的要求异常严格。在十个字里，必须典型地概括地写出洞庭湖的雄伟气势。这首诗的成功或失败，在很大程度上就系在这十个字身上。这好像面对一场严格的考试。尤其是在老杜之前，孟浩然已经写下了"气蒸云梦泽，波撼岳阳城"（《望洞庭湖赠张丞相》）的名句，更使后人不容易措手。此中的关键，在于诗人的胸襟怀抱与熔铸万物的艺术才华。然而老杜在这方面，的确是一个高手，因而他就能够比他的先辈开拓得更远。

"吴楚东南坼"，是说洞庭湖汪洋万顷，好像把处于它东方的吴和南方的楚这片大原野，打开一个大缺口一样。"乾坤日夜浮"，是说太阳和月亮好像就在这湖里升降出没。这十个字，就把洞庭湖的壮伟开阔，异常生动地写出来了。写景，看来每个诗人都会，其实它和诗人的胸襟气度的大小、思想性的高下极有关系，有些诗人就只能写身边的小事，而不能瞻瞩得更远。《北梦琐言》曾经嘲讽唐求（唐末的隐士）的诗，说它从来没有走出二百里路以外（指诗的思想境界）。这话很值得诗人们体味和警惕。

五、六两句，转到自己身上。杜甫从公元760年开始，就度着"漂泊西南"的艰苦岁月，到现在已经整整八年了。从四川经湖北到了湖南，漂泊的生活使他和亲朋的书信来往完全断绝；加上一身多病，正如随处漂流的孤舟一样，自己一路上只有以舟为生，如今看了这样开阔的天地，就不能不陡然想起自己。天地是如此广阔，可是自己的处境却狭窄到这种地步，两相对比，更为难堪。这是诗人此时的实际感受，所以上面写得极开阔，这里就写得极黯淡，前后映衬，越显得两者的矛盾。而诗人的无穷感慨，也就不难从这里看得出来。

　　诗写到这里，要收煞是很不好办的。难道还要为个人的境遇怨艾下去吗?不，杜甫是个始终关心祖国安危和人民疾苦的伟大诗人，就是在这种境遇底下，他还是没有忘记国家大局。这一年(公元 768 年)，吐蕃进攻灵武和邠州，京师戒严，白元光等率兵击破吐蕃于灵武，郭子仪又亲率朔方兵防守邠州。祖国的西北边防正处在多事之秋。"戎马关山北"，指的正是这些事。然而通过这一句，我们却猛然感觉到诗人的"凭轩涕泗流"，不仅不是光为个人身世而悲恸，而且上面的"亲朋……"两句，也并非单纯是个人流落的感叹。正因为国家多难，诗人却无从尽一点绵薄的力量，昔年抱负，都成泡影，这才在登临之际，引起家国身世的重重感触而忍不住老泪交流了。"戎马关山北"五字，绾上结下，在这里起了极其重要的作用。

　　我们又一次看到老杜诗律的精严，它每一个字都不是随便安下去的。

严　武

(726—765)，字季鹰，华州华阴人。以破吐蕃功，进检校吏部尚书，封郑国公。与杜甫最友善。杜甫称赞严诗说："诗清立意新"。《全唐诗》中录存六首。

军城早秋

严　武

昨夜秋风入汉关，
朔云边月满西山。
更催飞将追骄虏，
莫遣沙场匹马还！

严武，在安史之乱前后，是一员有名的将领。我们在分析杜甫的《诸将》那首诗里已经谈过他了。严武又是一位诗人，留存下来的诗虽然不多，但是从这首诗来看，思想水平和艺术水平都是不差的。他和杜甫的交情很好，说不定文字上的相知也是一个原因吧！

安史之乱以后，吐蕃成为迫近唐帝国心脏的强敌。他们知道河西走廊的驻军内调，边防空虚，就乘机向东侵入。河陇一带(今甘肃东部)，相继沦陷。广德元年(公元763年)，破泾邠二州，占领首都长安十三天，曾改立李承宏为帝。听说郭子仪率引大军开到，这才匆匆退走。第二年，叛将仆固怀恩再引吐蕃、回纥兵十余万众入寇,亦被郭子仪击退。那时严武是剑南节度使。剑南和吐蕃的东境接壤,也是敌人矛头指向的地方。严武这一年和吐蕃作战,击破吐蕃七万余众,攻克当狗城(在今四川阿坝自治州境内),跟着又收复盐川城(在甘肃省漳县西北)。这一首诗,就是在这一年写下来的。

节度使是镇守边疆的主将,担负着国防重责。这首诗很能够显出作者这种身份——写出一个身负国防安全之责的边关主将,在对敌斗争中的高度警惕性和责任感,具有丰富的思想内容。

先对开头两句话作如下的艺术分析:一个早秋的晚上,萧瑟的秋风从西北吹到边关来了。如果是一般诗人,他想到的也许是个人的什么,但是在这位将军看来,秋风一起,就意味着这是敌人进行入寇活动的有利季节,因而马上警惕起来。于是他登上城楼,放眼远望。那时月亮正高高悬在天空,远处的西山(四川西部的大雪山),寒冰映月,射出一片迷茫的惨白;给冷空气凝聚起来的云彩,也变得十分沉重地压在大地上。周围的景色是如此严肃静默,仿佛就在两军相斗的前夕。他眼里观察着,心中盘算着:怎样应付突然出现的敌人?怎样解除隐伏的威胁?是消极守备还是主动出击?……这些要解决的问题都在他心头反复激荡。这就是开头两句的复杂的内涵。它是边关的秋夜景色,然而景中有人物,更有人物的思想感情。而这种思想感情,和作为边关主将的严武的身份又是融浑一体的。题目是《军城早秋》,诗一开头就下"昨夜"二字,可见这位将军对秋天的反应是如何的敏锐、迅疾。"秋风入汉关"着一"汉"字,含有带来警耗的意味,因而下文"朔云边月满西山",就使人有战云密布的感觉。这些都是从主将眼中看出,心底涌出,于是下面两句,就异常豪迈地有力地迸射出来了。

"更催飞将追骄虏,莫遣沙场匹马还!"这是像斩钉截铁似的决心。他已经得到情报,前锋和敌人遭遇上了,并且杀退了来犯的敌人。于是他发出命令:不能就此停止下来,必须彻底干净地把敌人消灭掉,不让敌人一个人一匹马逃回去!

这是一篇洋溢着爱国激情的诗歌。作为边关主将的警惕性与责任感,他对军事形势的果断的决定,以及蔑视敌人的豪迈气概,都在四句诗中集中地形象地表现出来。无怪杜甫读了之后,忍不住也来和了一首①,表达出同样激昂奋发的心情。

① 杜甫的诗,题为《奉和严郑公军城早秋》,诗云:"秋风袅袅动高旌,玉帐分弓射虏营。已收滴博云间戍,更夺蓬婆雪外城。"

刘长卿

(? —约789),字文房,河间(今属河南)人。官至随州刺史。诗多写仕途失意之感,也有反映离乱之作,善于描绘自然风物。风格简淡。长于五言,称为"五言长城"。有《刘随州诗集》。

别严士元①

刘长卿

春风倚棹阖闾城,水国春寒阴复晴。
细雨湿衣看不见,闲花落地听无声。
日斜江上孤帆影,草绿湖南万里情。
东道②若逢相识问,青袍今已误儒生。

　　唐代诗人送行赠别的诗很多。翻开一部《全唐诗》,送客、赠别的题目,简直会使你眼花缭乱。这大抵是时代风气使然,朋友远行,赋诗为别,成为少不了的节目。就因为这样,应酬势所必然,而平庸的作品也就很难避免。便是名家里手,一旦碰上人和事都不很凑合的时候,写出来的诗大失水平,例子也不是很少见的。

　　为了避开令人厌烦的应酬滥调,有些诗人就从技巧上多下工夫。这不能不说是一种苦心。同是送行赠别的题目,或以警句洗刷平庸,或以构思出奇制胜,或以藻丽表现所长,或以鲜新动人耳目。因此,在这一类作品中,别的且不谈,它的技巧却蔚为五花八门的大观。

在这里,谈谈这样一种技巧:运用一连串"景语"来叙述事件的进程和人物的行动。换句话说,写景是为了叙事抒情,其目的不在描山画水。然而,毕竟又是描写了风景,所以画面是生动的,辞藻是美丽的,诗意也显得是浓厚的。诗人借助于形象的作用,把陈腐平凡化为优美。这样,它就和叙事的文体有明显的区别,也不会受到"押韵之文"的指摘了。

① 此诗题目又作"送严员外"。作者一说是李嘉祐。
② 东道——东去的路上。严士元所去的湖南,地处我国东南,故称为"东道"。一本作"君去"。

刘长卿,字文房,大约和杜甫同时,但他的创作活动主要却在天宝之后。他曾做过肃宗的监察御史,转运使判官,又曾被贬为潘州南巴尉,官终于随州刺史。他在当时诗名颇高。《唐诗纪事》说他"以诗驰声上元、宝应间。"皇甫湜也推崇他,曾说:"诗未有刘长卿一句,已呼宋玉为老兵矣。"严士元是吴(苏州)人,曾官员外郎。写这首诗的年代和写诗的背景,因为不见记载,无可稽查。从诗的内容看,两人是在苏州偶然重遇,而一晤之后,严士元又要到湖南去,所以刘长卿写了诗作为赠别。

阖闾城就是江苏的苏州城。从"倚棹"(把船桨搁起来)二字,可以知道这两位朋友是在城外江边偶然相遇,稍作停留。时节正值春初,南方"水乡"还未脱出寒意,天气乍阴乍晴,变幻不定。我们寻味开头两句,已经知道两位朋友正在岸上携手徘徊,在谈笑中也提到江南一带的天气了。

三、四两句是有名的写景句子。有人说他观察入微,下笔精细。话是说得很对。可是我们从另一个角度去看,却分明看见两人正在席地谈天,也许还是打开酒榼,喝起酒来。因为两位朋友同时都接触到这些客观的景物:正在笑谈之际,飘来了一阵毛毛细雨,雨细得连看也看不见,衣服却分明觉得微微湿润。树上,偶尔飘下几朵残花,轻轻漾漾,落到地上连一点声音都没有。这并不是单纯描写风景。因为我们已仿佛看见景色之中复印着人物的动作,领略到人物在欣赏景色时的惬意表情。我们这种联想是有必要的,不然的话,这两句诗就变成纯粹的描写风景,而整首诗的内在联系就脱了节,成为一堆散落的没有意义的材料了。

"日斜江上孤帆影"这句也应该同样理解。一方面,它写出了落日去帆的景色;另一方面,又暗暗带出了两人盘桓到薄暮时分,严士元起身告辞,诗人亲自送到岸边,眼看着解缆起帆,船儿在夕阳之下渐渐远去的一段情景。七个字同样构成景物、事态和情感的交错复迭。

以下,"草绿湖南万里情",补充点出严士元所去之地。景物不在眼前了,是在诗人想象之中。但也掺杂着游子远行和朋友惜别的特殊感情。

"青袍今已误儒生",是一句牢骚话。唐代,贞观四年规定,八品九品官员的官服是青色的。上元元年又规定,八品官员服深青,九品官员服浅青。刘长卿当时应该是八九品的官员,穿的是青色袍服。他认为这就是失意了。

诗中的"景语",不应该是单层的。应该有一定的深度,即几个层次,让情、景、事同时在读者眼前出现。唐代诗人运用这种手法的很不少。我觉得这是很值得我们借鉴的。

碧涧别墅喜皇甫侍御相访

刘长卿

荒村带返照，落叶乱纷纷。
古路无行客，寒山独见君。
野桥经雨断，涧水向田分。
不为怜同病，何人到白云！

　　诗人住在碧涧的一所别墅里，他的老朋友皇甫曾(字孝常，官殿中侍御史)来探望他，并且赠给他一首诗(见《唐诗纪事》卷二十七)，诗人也就写了这首诗作为酬谢。

　　这里八句诗应该分两段来读，前四句是一个段落，后四句又是一个段落。

　　诗一开头写出村居的荒寂。本来已经十分荒凉的山村，加上又是黄昏景色，那种冷落就格外沉重了。附近看不到一个行人，有的只是沙沙作响的、在地上翻来拥去的落叶。这两句描写不简单，它暗藏了一段情节在内，说明诗人是预先知道这位朋友今天要来，可是盼了一整天，直看到太阳下了山，余光返照，仍然不见朋友的踪影，在焦灼盼望中，听到风吹落叶的声响，就以为朋友来了。这样的开头很巧妙，它是带着诗人此时此际的感情一同出现的，不是随随便便的描画一幅晚景。

　　下接两句，情节进了一步。在"古路无行客"这句里，说明诗人在屋子里待不住，于是走出屋子来，沿着荒径，希望在半路上迎住这位客人。可是路上仍然看不见一个行客，心里就越发焦急。

转入"寒山独见君"句，朋友终于来了。在苍茫的山色中，彼此欣然会面。诗人此时的喜悦，可以从句中的"独"字看出来，他这时好像什么也没有看到，也不在话下，眼中独独只有这位朋友。所以"独"字下得很传神。

以上是一段。我们要看他怎样通过景色的描写，来暗示自己思想感情上的逐步变化。他起初是盼望了又盼望，心情焦急，连落叶的声响也疑作朋友的脚步（"月移花影动，疑是故人来"，比这个就裸露得多了），然后再迎出路上去，一路上仍然心神不定，以为朋友也许不会来了，然后才是半路相遇，有点意外地握手喜慰。二十个字，曲曲折折，历历落落，情景兼至，把题目的"喜"字烘染得生动有神，完全不落俗套。

下面四句是叙述会面以后一对老朋友感情上的无比亲切。"野桥经雨断"，是两人绕过了给大雨冲断的小桥；"涧水向田分"，是指点着流向田野中的涧水，议论着这里的景色。通过这两句，我们仿佛看见这对亲密的朋友，正在携手漫游，欣赏着这个被命名为"碧涧"的山光水色。同时，作者对于老朋友不辞跋涉跑到这个荒村，也显然表示了喜慰。这两句，景中显出了人物，而且显出人物的动作和感情。然而这只有把整首诗联系起来看才捉摸得到，如果单独摘出这两句，或者把它换到另外一个位置上，就会变成另外一种意义了。这种个别与整体的关系，在律诗中特别显得重要。在创作处理上固须严谨，我们领会它，也丝毫不能含糊马虎。

末两句固然是题中应有的话：不是你我同病相怜，你怎会老远跑到这个荒村来啊！但是话中好像还隐隐有另外一层含意，那意思是说，像我这个隐居在荒村中的人，早就给朝廷里面的达官贵人忘掉了，只有你这个重视朋友交情的人，才肯老远的跑到这儿来。言外之意，是多少有点对人情世态的感慨的。我们回看"古路无行客"和"野桥经雨断"两句，也多少可以体味出作者这层含蓄的用意。

张　继

字懿孙，襄州(今湖北襄樊)人。天宝进士。诗多登临纪行之作，风格清远，不事雕琢，《枫桥夜泊》最有名。有《张祠部诗集》。

枫桥①夜泊

张　继

月落乌啼霜满天，
江枫渔火对愁眠。
姑苏城外寒山寺②，
夜半钟声到客船③。

　　张继的《枫桥夜泊》，在题山赋水的诗作中，好像是在枫桥侧畔建立起一座丰碑。此后一千多年的封建社会，再也没有人在同样的地点跨越过他了。为了这一首诗，枫桥、寒山寺和寺里的大钟都成为国内外知名的胜迹或古董了。

　　古代诗人之所以不能跨越过他，这是可以理解的。当抹上中古时代色彩的枫桥景色没有发生根本变化以前，这二十八个字无疑已占尽风光，使后来的人无从措手。崔颢写了《黄鹤楼》诗，竟使李白有"眼前有景道不得"之叹，这是很多人都知道的。同样的情况如张祜的《题金陵渡》：

　　金陵津渡小山楼，一宿行人自可愁。

潮落夜江斜月里，两三星火是瓜洲。

假如金陵渡和它对岸的瓜洲，依然大体上保持着这种风貌，那么，要跨过张祜，同样也是一种极大的困难。而我们今天的诗人无疑是异常幸运的，在新的生产关系基础上，新的建设，新的人物，给每一个角落带来了新的景象和迥然不同的风貌，比过去巍峨壮伟得多的诗的丰碑，将会遍地涌现，从而让前人建立起来的东西成为今天的对照，成为记录历史的一段往迹。

①枫桥——在今江苏省苏州市阊门外。
②寒山寺——苏州名胜之一，在枫桥附近。
③根据后人的许多考证材料，证明唐代的佛寺，确有半夜敲钟的习惯。

这首诗为什么会成为脍炙人口的名作呢?仔细地对它的艺术技巧进行寻味，我想还是可以获得解答的，虽然这并不是一件很容易的事情。这里就尝试探索一下看。

首先，我们看到了由远而近的景物层次，仿佛在一个透明的水晶球里出现。这里面有秋夜的霜天，天脚的残月，老树上的栖鸦，树梢头还隐约出现寺宇的轮廓;然后，在近处是江畔的枫树，渔舟的火光，桥下就是夜泊的客船。它们综合起来，便已初步构成枫桥的夜景。但光是这样，色彩仍然不够强烈，我们发现诗人在设色方面也下了一番工夫。试看这里面，霜天和残月是"冷色"，江枫和渔火却是"暖色"，它们分别交织在树、桥、渔舟、山寺的暗影之中，各自显出或明或暗，或迷蒙或鲜亮，或平静或摇曳的不同色彩。仿佛有哪一个天才画家举起淋漓的彩笔，给予这些色彩以跳动着的生命似的，令人对各种形象平添了一层鲜明的立体的感觉。

但这幅彩画之妙似乎还不止于此，你再仔细看看，那么,霜天那种透明似的明亮,和渔火的鲜艳的明亮是一种强烈对照,同时又是一种和谐。而霜天的清淡和残月的迷蒙,它们既和谐而又有层次。再往近处看,渔火和江枫彼此映照,又另具一种明暗浓淡的情态,衬托着桥、树和船的剪影。于是由远景到近景之间,就出现了多样化的色彩和情调,使枫桥夜色显得无比的幽美起来。

不过,仅仅这些色泽和光影,诗人认为还不足以尽枫桥夜泊之妙,于是他又写出音响和没有音响的冷寂,从而就点出了"夜泊"的特有氛围。本来,从上面那些景色中,夜泊的旅客已经感到羁旅的难堪,而栖鸦的夜啼,却又加深了深夜孤寂之感,使羁旅之情更为深重。就在这难堪的情绪中,不远的寒山寺里,铿然发出震荡着夜空的钟声,随着音波的颤动,仿佛一下一下都敲在满怀愁绪的旅客心上,而且仿佛还一下一下地敲在每一个读者的心上。我们此时好像也到了枫桥夜泊之处,和诗人一起谛听,并且勾引起同样的心事了。

可以看到,在这首诗里,形象、色彩、音响的交织融会,以及在交织融会中的远近、明暗、位置、层次是如何巧妙地和谐。而这些又都要和夜泊的旅人的心情融成一片,不能显出割裂的痕迹,何况它还必须符合格律诗的安排和规范。现在诗人却能够运用高度的艺术手腕去渲染表现。它之成为名作,就并不是偶然的了。

郎士元

　　字君冑，中山(今河北定州)人。天宝进士，官至郢州刺史。大历间与钱起齐名，并称"钱郎"。诗多酬赠送别之作，诗风清丽闲雅，以五律见长。有《郎士元诗集》一卷。

送杨中丞和蕃

郎士元

锦车登陇日，边草正萋萋。
旧好随君长，新愁听鼓鼙。
河源飞鸟外，雪岭大荒西。
汉垒今犹在，遥知路不迷。

　　《唐才子传》记载了这样一段话："(郎士元)与员外郎钱起齐名。时朝廷自丞相以下，出牧奉使，无两君诗文祖饯，人以为愧。其珍重如此。"这样，难免使人觉得郎士元是个"应酬专家"。他的作品价值如何也就可想而知。这位诗人现存诗只一卷，从这部分诗来看，好的作品实在不多，并且应酬也是事实；不过，这当中也要有具体分析，笼统地说所有赠行送别之作，都是毫无内容的泛泛应酬，却未必能使作者心服。比如，这首《送杨中丞和蕃》，内容就并不泛泛。

　　天宝以后，吐蕃乘唐王朝的衰弱，侵夺了河西、陇西大片土地,唐王朝无力收复,只好和吐蕃谈判屈辱性的和平。吐蕃却一面谈和,一面继续侵扰(代宗、德宗两朝,吐蕃四度和唐会盟,却又无岁不来侵袭)。唐王朝这种和蕃政策,实质上变成一种屈辱妥协的政策,那是不难想见的。作者送这位杨中丞和蕃时,不能不有所感慨,因此在送行惜别之际,他就曲折地表达了自己的心情。

开头两句,点明杨中丞出发的地点和时间,同时也带出作者送别之情。"又送王孙去,萋萋满别情。"是惯用的惜别之词。这是题中应有之笔,毋庸深论。

三、四两句用意就深了一些。"君长",是古人称外邦或藩属的君主的习惯用语。"旧好",点明这不是第一次的两国修好,而是过去就有的了。然而句中却着一"随"字。这个字很有讲究,它点明唐帝国虽与吐蕃修好,但是主动权其实不在唐帝国这边,而是在吐蕃那边。吐蕃一面也谈和好,一面又不断进行侵略,唐帝国完全处在被动地位。这就是"旧好随君长"要下个"随"字的理由。正因如此,对句的"新愁听鼓鼙",既是事实,也是这种屈辱政策势所必至的结果了。这两句概括了当时整个西北局势的可悲可虑,并不是泛泛应酬的话。

五、六两句,包含两层作用。一层作用是点出杨中丞去国之远和旅途的艰苦。黄河发源地当时属于吐蕃,诗人形容其边远,用"飞鸟外"三字,意说这是鸟飞不到的地方。雪岭即今四川省大雪山,当时亦属吐蕃。说"大荒西",也是点明所去地方之远(雪岭,泛指西藏高原也可以)。言下便含有旅程艰苦的意思。但这两句又为末句的"路不迷"伏下一笔。或者换一个说法,从路途的遥远引出结联的那层意思来。

"汉垒今犹在,遥知路不迷。"初看上去,无非在说:路途虽然像上面说的那样悠长、艰苦,但是一路上还留下汉代建筑的许多堡垒,可以作为标记,我知道你是不会迷路的。这样理解,自然也很说得通,不过,作者的真意并不在此。作者是从"汉垒"二字生发出自己的感慨,那意思是说:你看!汉代的堡垒伸展到如此边远的地方,它们的存在,说明那个时候汉朝国力是强盛的, 对付外敌侵略是有办法的,它们曾经有力地拱卫着边疆国防,发挥过重大作用。如今,这些堡垒依然存在。然而使人慨叹的是,它们的作用却完全不同了,那一个接一个地伸向远方的堡垒群,对于唐帝国来说,已经沦落到成为屈辱求和的使臣的指路碑的悲惨地步了!——十个字里,原来包含着深沉的感慨的。

这样的赠行诗,就有较深刻的思想内容,就不是泛泛应酬之作。

钱 起

(约720—约782),字仲文,吴兴(今浙江湖州)人。天宝进士,官至考功郎中。"大历十才子"之一。诗以五言为主,多送别酬赠之作。有《钱考功集》。

省试湘灵鼓瑟

钱 起

善鼓云和瑟①,尝闻帝子②灵。

冯夷③空自舞,楚客不堪听。

苦调凄金石,清音入杳冥④。

苍梧来怨慕,白芷⑤动芳馨。

流水传湘浦,悲风过洞庭。

曲终人不见,江上数峰青。

试帖诗开始于唐代,是科举考试时拿来测验士子的一种诗体。它的格式,通常是五言六韵(偶尔也可以用四韵或八韵);既要按照官定的韵部押韵,中间几联又要对仗工稳;既须扣紧题目,还不许诗中有重复的字。考官出的题目是漫无边际的,可以出经、史、子、集里的一句话,也可以出前人的诗句、典故,还有天文、地理、花木、虫鱼都可以做题。士子事先预制是不可能的。反正它是束缚思想的"八股"。如今早已成为历史陈迹了。

但是既然谈到唐诗，这种体格少不得也要涉及一下。钱起这首《省试湘灵鼓瑟》，倒算得上是代表作。

本来写诗作文，限制太严不好，但事实上也不能把人都限制住。鲁迅先生说过："想从一个题目限制了作家，其实是不能够的。假如出一个'学而时习之'的试题，叫遗少和车夫来做八股，那做法就决定不一样。"(见《准风月谈·前记》)省试《湘灵鼓瑟》不仅限制不了钱起，反而让他写出一首传诵不衰的好诗，这就可见。

①云和瑟——云和，古山名。《周礼·春官大司乐》："云和之琴瑟。"
②帝子——屈原《九歌》："帝子降兮北渚。"注者多认为帝子是尧女，即舜妻。
③冯夷——冯音凭，传说中的河神名。见《后汉书·张衡传》注。《山海经》又作冰夷。
④杳冥——遥远的地方。
⑤白芷——伞形科草本植物，高四尺余，夏日开小白花。

"湘灵鼓瑟"这个题目，是从《楚辞》摘取出来的。屈原的《远游》里面有"使湘灵鼓瑟兮，令海若舞冯夷"的句子，所以考官就出了这个题目。

诗的开头两句只是点题。点出既是湘灵，她又正在鼓瑟。在试帖诗里，这叫做概括题旨。是很重要的一笔。那么，湘灵又是什么人呢?有人说她是湘水之神，也有人说就是舜帝的两位妃子。楚国从古就有许多神话传说，你说舜帝的妃子死后化成湘水之神可以，说湘水本来自有一位女神也可以。考证不是这儿的事，也不必去追问她到底是娥皇还是女英。

湘水女神在弹奏仙乐，诗人于是就展开自己一双想象之翼，往返盘旋在仙乐的氛围之中。那瑟曲是多么动听呵!它首先吸引了那个名叫冯夷，又叫冰夷的河伯，让他忍不住在水上跳起舞来，并且引得大大小小的各种各样的水族们都一齐欢欣跳跃起来了。可是，它们似乎没有真正听懂隐藏在美丽的乐声中的情绪，这种欢舞其实是徒然的。因为,她在乐曲里表达的是哀怨凄苦,寄托了怀人思远的感情。

但聪明的人是懂得湘灵的心意的。尤其是那些"楚客"。这应该包括汉代的贾谊和历代被贬谪南行而经过湘水的人吧。从广义来说,这些人都可以称为"楚客"。他们听到这些哀怨的乐声,怎不感到十分难过呢!

你听,那些清亢响亮像金属或者坚劲有力像磐石⑥的声音,加上凄苦的情调,从水上远远飘开去,一直飘到很远很远,渐渐沉没在无边无际的苍穹的远方。

诗人的想象如今伸展得更广阔了。他想到,如此优美而哀怨的乐声,一定把远在苍梧之野、也就是九嶷山上的舜帝之灵都

⑥磐石——安山岩之一种,色黑,质密致,可以制磬,声音响亮。

为之惊动了,连他都引起怀旧的愁情了。他也许会飘到湘水上空来倾听吧!至于近在湘水之旁,曾经因屈原的品题而著名的香草——白芷,更会受到乐曲的激动,因而越发吐出它的芳香来的。

乐声在水面上飘扬,顺着湘江两岸的黄沙碧草,顺着那清澈见底的流水,一直传递开去,让整条湘江,包括广大的湘江两岸都沉浸在优美的旋律之中。可是在湘水上空,空气却挟着哀怨的乐音,化成一股悲风,这股悲风弥漫开去,扩散开去,飞过了整个八百里的洞庭湖。

中间这四韵,共是八句,诗人就是凭借他惊人的想象力,极力描绘湘灵的瑟曲的神奇力量。让我们看到了音乐的诗,也同时听到诗的音乐,从而获得美的满足。

然而更妙的还有最后两句:

曲终人不见,江上数峰青。

上文紧扣题目,反复渲染,已经把湘灵鼓瑟描写得淋漓尽致了。如今剩下只有一韵,便是整首诗的收束。这可不是容易下笔的。一首诗铺不开固然不好,收不住同样也不行。你看诗人真是胸有成竹。他紧紧扣住"湘灵",丝毫不走。湘灵既然是女神,她可以出现形象,也可以隐去形象。在鼓瑟的时候,诗人想象她的形象随同乐声出现,而一曲既终,女神的形象与乐声同时消失,当然也在意料之中。所以"曲终人不见",真可说是神来之笔。但更为难得的是,"人不见"以后却以"江上数峰青"收结。这五个字之所以下得好,是因为由湘灵鼓瑟所造成的一片似真如幻、绚丽多彩的世界,却在一眨眼间一齐收拾干净。收拾干净以后,马上就让人回到了现实世界。这个现实世界还是湘江,还是湘灵所在的山山水水。只是,一江如带,数峰似染,景色如此恬静,让人在回到现实世界以后,仍然留下悠悠的思恋。

我不想再啰唆下去,恐怕会破坏读者的美好的想象。但是,顺便提一下有关这首诗的一件趣事还是应该的:

那是大中十二年(公元 858 年)。正在举行一次进士考试。宣宗皇帝忽然拿起一张试卷,问考官李藩:士子写的试帖诗,如果有重复的字,能不能录取?李藩回答说:从前钱起试《湘灵鼓瑟》就有重复的字,偶尔也可以破例吧。宣宗听了,笑了一笑:这个人的诗哪能同钱起相比。卷子终于落选了。大中十二年离钱起考试的天宝十载(公元 751 年)已经一百多年,在试帖诗中,它仍然是公认的范本。

赠阙下裴舍人

钱　起

二月黄鹂飞上林，春城紫禁晓阴阴。
长乐钟声花外尽，龙池柳色雨中深。
阳和①不散穷途恨，霄汉常悬捧日心②。
献赋③十年犹未遇，羞将白发对华簪④。

　　钱起这首七律是很著名的。开头四句描写长安宫苑的春天景色，渲染得何其浓丽，读了真使人为之神往。

　　但是也不免有点儿可惜。诗人既如此兴致勃勃地浓染了长安宫苑之春，怎么一转笔就呜呜咽咽诉起苦来，让人觉得很不对劲。这是诗人的败笔，还是有别的原因？

　　这个问题提得好。因为探讨起来饶有趣味。

①阳和——春天的温暖。
②捧日心——指对帝王的爱戴心情。
③献赋——指参加科举考试。
④华簪——指显贵的官员。句意是慨叹自己沉沦于下僚。

　　诗人写风景，常常是为了写人。写人的言谈举动，甚至是写人的隐微的内心世界。这在前面分析刘长卿《别严士元》诗中已经说过了。但钱起这首诗却有点不同，他是抱着另外的目的来写景的。

　　我们先戳穿来说：钱起写这四句"景语"，目的是在颂扬。但不是赞颂皇家宫苑的美丽堂皇，向皇帝讨好一番，而是目标向着姓裴的舍人，让裴舍人读了这四句诗会飘飘然觉得高兴，如此而已。

但我却想借此谈谈诗中的形象思维的另一个作用。那就是：它可以用来表现某种人物的身份地位。懂得的人，一看就知道你是在有意讨好，但又不着痕迹。因为你笔下描写的是美媚的景色。

自然，想说明某人的身份地位，假如你喜欢"打开天窗说亮话"，径直地指出你某人是什么官职，担任些什么工作，那也行。在唐诗中就有例子。比如姚合的《寄裴起居》：

千官晓立炉烟里，立近丹墀是起居。

彩笔专书皇帝语，书成几卷太平书。

所谓"起居"，就是起居舍人。他的职守是"掌修记言之史，录制诰德音，如记事之制"。（《新唐书·百官志》）这就是说，他是专职记录皇帝的言语、行动，并且把它整理成书的。所以姚合给姓裴的起居舍人寄诗，就把他的职守如实地叙述一番，算是颂扬这位皇帝身边的官员了。

但是，从诗的艺术来看，我们显然不能满意这种写法。因为实在是了无诗味，使人意兴索然。

钱起也是写诗给一个姓裴的舍人。他在长安的时候，为了向裴舍人请求援引，所以诗的后半，全是申述自己的不幸境遇和忧郁心情。但诗的前半，一连四句写的都是春天的美景。前后好像截然无关。

且看开头四句的描写：

早春二月，在上林苑里，黄鹂成群地飞鸣追逐，好一派活跃的春的气氛！紫禁城中更是充满春意，拂晓的时候，在树木葱茏之中，洒下一片淡淡的春荫。长乐宫的钟敲响了，钟声飞过宫墙，飘到空中，又缓缓散落在花树之外。那曾经是玄宗发祥之地的龙池，千万株春意盎然的杨柳，在细雨之中越发显得苍翠欲滴了。

这样演述这四句诗,并没有走失作者的原意。可是,只这样演述,能够说已经把作者的意思都表达出来了吗?显然不能够这样说。甚至应该尖刻地批评一句:这样的演述,只不过是把皮毛重描了一下,根本没有深入到它的内里去。批评得其实算不得过分。

自然界的风景是够多的了。就算在长安,可以描写的难道还会少吗?为什么他在给裴舍人的诗里偏要集中描绘上林、紫禁、长乐和龙池的春色?这样问不是无理取闹。你不能拿"随随便便凑合一下"这类的遁词来搪塞了事。

先翻开书查一查几个地名吧。上林苑是汉武帝时根据旧苑扩充修建起来的,是历史上著名的御苑。读过司马相如《上林赋》的人都能领略其豪华的概貌。紫禁后来又叫紫禁城,它是臣民们对皇宫的敬称。长乐宫在长安城内,原是汉高祖根据秦时旧宫改建的。至于龙池,则是唐玄宗登位以前他那王邸中一个小湖,王邸后来改为兴庆宫,玄宗曾在宫中听政。诗人沈佺期写的"龙池跃龙龙已飞",就是指的这个地方。这几处宫苑,名字虽然新旧夹杂,却都是皇帝日常游幸或听政的宸居。钱起挑选这几个地方加以描写,难道只是随手拾来,没有他认为必要的缘由?回答当然是否定的。

问题至此还没有到底。既是赠诗给裴舍人,为什么一定要牵扯到这些景物上面去?这就须进一步看看舍人到底是什么官职。

唐代,除了上面提过的起居舍人,还有中书舍人和通事舍人。其中的中书舍人,职务是"掌侍奉进奏,参议表章。凡诏旨制敕玺书册命,皆起草进划,既下则署行。"原来臣下的奏章,皇帝的诏旨,都要通过他的手;军国大事他都有权参加讨论,提出建议;诏书颁布时,还得由他签字画押。这种"侍从之臣"每天都要随侍皇帝左右,过问机密大事,其实际权力也就可想而知。

于是我们就不难理解,诗人描写这些宫苑风景,并不是为写景而写景。他的目的,是在烘托出裴舍人的特殊的身份地位。因为裴舍人天天随侍出入,所以上林苑的花鸟,紫禁城的晓阴,长乐宫的钟声以及龙池一带的柳色,无日不回旋萦绕在他的视听之中。只要写出这些典型是帝居色彩的景物,也就等于写出裴舍人的不同寻常的身份了。

现在,不妨再回头对比一下姚合那首七绝。谁的描写手法更高,更含蓄,更耐人寻味,更富于诗的意境?恐怕不需要再多说什么了吧!

归 雁

钱 起

潇湘何事等闲回?
水碧沙明两岸苔。
二十五弦弹夜月,
不胜清怨却飞来。

好些诗人都有他们自己偏爱的字眼儿。杜甫的"乾坤""百年""万里"之类,大家早已熟知。明代有些诗人学杜甫的,连这些词儿也照搬过去,不管是不是合用。于是也引起一些诗评家的不满,认为他们只是袭取了杜甫的皮毛,不当用的地方也硬套上去。可见对于名家惯用的词汇,固然未尝不可以适当汲取,使它受我驱使;如果只袭形式,不问恰当与否,反而会变成写作上的一种毛病。

为什么要说这段闲话?因为这位中唐诗人——钱起特别爱用鸿雁来造句,在他的诗集里,如"雁拂天边水""客心湖上雁""寒雁别吴城""共羡雁南飞""孤云带雁来""雁宿常连雪""回云随去雁""数雁过秋城"等等,带"鸿雁"字样的句子,不下三十余处。甚至既已用了"传书雁渐低",却又再用"天遥雁渐低";既有"数雁过秋城",又有"数雁起前渚",不避雷同重复。很可以看出这位诗人对雁有特别的喜爱与敏锐的感受。

这首《归雁》诗以雁为题,但是它和一般就题铺演的"咏物诗"有所不同。比如说,郑谷的《鹧鸪》,固然一向著名,然而别无寄托,仅以切合鹧鸪的生态和有关的典故见长。这首《归雁》却并不如此。

古人对于雁的生活的了解,一般来说还比较粗浅,以为雁在南方的归宿地是洞庭湖一带。所以雁和潇湘(潇水与湘水汇合处,在洞庭湖南)经常连在一起提。衡阳回雁峰的得名,也和这种认识有关。诗的开头,正是说雁要回到潇湘的老家去。因为舍不得它走,所以用了"何事等闲回"的疑问语气。("等闲",平白无端或随随便便的意思。)

第二句,诗人就替雁作了答复。是因为那边"水碧沙明两岸苔",风光明媚,水草丰美,不像北方的冬天冰封千里,难于安顿。杜牧《早雁》诗:"莫厌潇湘人少处,水多菰米岸莓苔。"也指洞庭、潇湘一带是适合雁群过冬的所在。

应该注意,这两句是作者假设的一问一答,并且是在追忆的时候,而不是在当场分手时候。这一层弄清楚了,下面两句才好理会。

三、四两句,正写雁南归以后诗人对它的忆念。"二十五弦弹夜月,不胜清怨却飞来。"表达了这样一个意境:

一个明月之夜,诗人在月下徘徊,忽然从什么地方传来一阵乐声。倾耳静听,原来有人在附近弹瑟(瑟有二十五弦),瑟声抑扬疾徐,调子传出了一片悲凉怨抑的情调。仔细倾听,才听出是一曲《归雁操》。我们完全可以这样想象,正如在广东音乐《赛龙夺锦》里领略到端阳竞渡的热闹场面,在《春郊试马》中听到马蹄嘚嘚,想象出一片明丽春光那样,在《归雁操》里,诗人也同样听到嘹唳的雁声,想象它横空飞掠的身影。于是,诗人陡然觉得向潇湘南飞的归雁,又翩然回到自己身旁,并且向自己倾诉着什么心事了。

诗人从一曲乐章中勾起了这样的幻象,并非没有缘由。如果不是怀着对于这位"南归的朋友"的深挚思念,一曲乐章怎么能够引起如此悠远的联想,产生如此强烈的共鸣呢!

写到这里,如果读者提出这样的疑问:诗里的归雁,也许并非指真的鸿雁,而是比拟诗人的朋友吧?这个猜想不能说是毫无根据的。借物喻人,诗家常用,诗中既是如此深情款款,想来也应该是怀人之作了。

韦应物

(约737—约791)，京兆万年(今陕西西安)人。历官滁州、江州刺史，左司郎中、苏州刺史。其诗以写田园风物著名，寄情悠远，语言简淡。涉及时政和民生疾苦之作，亦颇有佳作。有《韦苏州集》。

寄全椒山中道士①

韦应物

今朝郡斋冷②，忽念山中客③。
涧底束荆薪，归来煮白石。
欲持一瓢酒，远慰风雨夕。
落叶满空山，何处寻行迹？

　　这首诗向来被称为韦应物的名作，前人对它有很高的评价。有人说它"一片神行"，有人说是"化工之笔"。又有人说它"代表韦应物的艺术特色"。可是，怎叫"神行"，怎叫"化工"，又如何代表了作者的艺术特色？还有待于进一步的探讨。

　　这首诗乍看无甚惊人之句。打个比喻，好像一潭秋水，冷然而清。品评起来，也不那么容易着笔。正如飞瀑千丈，不妨作种种形容和想象，而澄绿一湖，却没有多少色相可求。

题目叫《寄全椒山中道士》。既然是"寄",自然是吐露对山中道士的忆念之情。这点还容易明白。但忆念只是一层,还有更深的一层,却需要我们细心去领略。

它的关键在于那个"冷"字。全诗所透露的也正是在这个"冷"字。它既是写出郡斋气候的冷,更是写出诗人心头的冷。诗人由于这两种冷而忽然想起山中的道士。山中的道士在这寒冷气候中还要到涧底去打柴,而打柴回来却是"煮白石"。这里用"煮白石"三字妙在包含了两重意思:一是指出他们道士的生活。葛洪《神仙传》说有个白石先生,"尝煮白石为粮,因就白石山居。"

① 全椒——县名,属安徽省,在滁县之南。
② 郡斋——州郡的衙署。韦应物曾任滁州刺史,这里指滁州的衙署。
③ 据王象之《舆地纪胜》,全椒县西三十里有神山,有洞极深。韦应物寄全椒道士诗,即指此山道士。

二是说他们要修炼道家的"煮五石英法"。原来道家修炼,要服食所谓"石英"。方法是用薤白、黑芝麻、白蜜、山泉水和白石英五样东西,在斋戒之后的农历九月九日,起建炉灶,把五样东西放进锅里熬煮(见《云笈七签》卷七十四)。这种服食法当然是道家的迷信玩意,无须深论。

既然道士在山中艰苦修炼,诗人就想到要给他们送一瓶酒去("瓢",就是装东西的葫芦),好让他们在这秋风秋雨之夜,得到一点友情的安慰。不料再想进一层,他们都是逢山住山、见水止水的人,今天也许在这块石岩边安顿,明天恐怕又迁到另一处洞穴里安身了。何况秋天来了,满山落叶,连路也不容易找到,他们走过的脚迹自然也给落叶掩没了。那么,到何处去找这些"浮云柳絮无根蒂"的人呢?

我们于是看到,诗人心头上有种种反复,情感上有种种跳荡。开头是由于郡斋的冷而想到山中的道士,再想到送酒去安慰他们,终于又觉得找不着他们而无可奈何。而自己心中的寂寞之情,也终于无从消解。

但是诗人描写这些复杂的感情,却是通过感情和形象的配合。"郡斋冷"两句抒写,可以看到诗人在郡斋中的寂寞。"束荆薪""煮白石"是一种形象,这里面有山中道人的种种活动。"持酒"和"风雨夕"又是一种感情抒写,诗人有送酒的心理活动,虽然事实上酒并没有送出去。"落叶空山"却是另一种形象了,是秋气萧森、满山落叶、全无人迹的深山。这些形象和抒情串连起来,便构成了带有独特感情的意境,很耐人寻味。

形象思维的运用,可以构成一个广大的空间,让读者置身其中,感到有广大的回旋想象的余地,也可以构成一种感情色彩,让读者受到它的暗示、启发,引起自己的感情活动。我们读许多唐人的诗,都能体味到这种效果。而韦应物这首诗,画面构成的是一幅萧疏淡远的景,启人想象的却是表面平淡而实则深挚的情。在萧疏中见出空阔,在平淡中见出深挚。这样的用笔,就使人有"一片神行"的感觉。说穿了,是形象思维的巧妙运用。

自然,细读这诗,也还可以看出作者的另一层用意,那就是对于宦情的冷淡和对于隐士品格的欣慕。《唐诗纪事》说他"性高洁,所在焚香扫地而坐。"这种性格也常常反映在他的诗歌里面。这里就用不着去细论了。

初发扬子寄元大校书①

韦应物

凄凄去亲爱，泛泛入烟雾。
归棹洛阳人，残钟广陵②树。
今朝此为别，何处还相遇？
世事波上舟，沿洄安得住！

　　韦应物离开广陵(今江苏扬州市)回洛阳去。他在船中怀念在广陵的朋友元大(大是排行，其人名字已不可考)。诗中用"亲爱"称他，可见彼此友情颇好，所以韦应物在还能望见广陵城外的树和还能听到寺庙钟声的时候，就想起要写诗寄给他了。

　　这首诗是以"归棹洛阳人，残钟广陵树"十个字著名的。为什么这十个字能脍炙人口呢？

　　诗人和这位朋友分手，心情很有点悲伤。可是船终于开行了。船儿漂荡在烟雾之中，他还不住回头看着广陵城，还可以看见城外的树林子。他想起在广陵和元大校书这段友谊，心情正在觉得难受，就在这个时候，忽又传来了在广陵听惯的寺庙的钟声，一种不能不离开而又舍不得同朋友分离的矛盾心情，随着这散落在江上的钟声，和在迷蒙中的树色而更加激化起来了。广陵的残钟扣动了诗人的心弦，也扣进了读者的感情之中。这正是通过形象进行抒情，并且让形

①校书——官名。唐代的校书郎，掌管校勘书籍，订正讹误。
②广陵——扬州的古称。在唐代，由扬州经运河可以直达洛阳。

象的魅力也感染了读者。"残钟广陵树"这五个字,感情色彩是异常强烈的。

然而,假如我们追问一下:"残钟广陵树"五个字,只不过写了远树和钟声,何以便产生这样的感情效果?这一问是不可少的。因为光看这五个字,实在不一定能表示什么感情,更不用说是愁情了。而它现在之能够表现出这种特殊的感情,是和上文一路逼拢过来的诗人告诉我们的感情分不开的。这便是客观的形象受到感情的色彩照射后产生的特殊效果。

诗人笔下的山水树木或其他客观事物,往往带上诗人本身的感情,但是到底是什么感情,却不一定都能明确地知道。清初的吴乔(修龄)论诗,曾举出自己写的两句《灯花》诗:

脂浮初夜根无托,烬③落三更子不成。

他说这两句诗"有我自己在"。是什么的我呢?他说他自己没有个好儿子,所以看见灯花就想到"根无托""子不成"了(灯花当然是不能结子的)。这虽然也是物象中藏有诗人的感情,可是他自己不说,旁人怎能猜出这层意思来?可见"以景喻情"不是没有条件

③ 烬（xiè）——烛心的灰烬。

的。正如矛盾着的双方互相转化一定要有条件一样,这个条件就是要让读者看得懂。(当然看得懂可以通过不同的途径或方法。如李白诗:"此夜曲中闻《折柳》,何人不起故园情?"我们只有知道古人有过折柳赠别的风俗,才理解到《折杨柳曲》能引起思忆故乡的感情。但这在古人却是不言而喻的。这仅是一例)

为了让别人看懂,诗人"以景喻情"时,既有明点,也有

暗示。明点的像孟浩然的《宿建德江》：

移舟泊烟渚，日暮客愁新。

野旷天低树，江清月近人。

"野旷……"的景色，本来无愁可言，但由于诗人在日暮泊舟之中，眼见野旷天低，江清月近，一种苍茫寥廓、旅途寂寞之感，一时袭上心头，才把这种景色写下来。然而若不是有了"客愁新"的引逗，这两句怎会带上这种特定的感情色彩，并为读者所领略呢？

韦应物这首诗，开头的"凄凄去亲爱，泛泛入烟雾"，就已透出惜别友好之情。接以"归棹洛阳人"（自己不能不走），再跌出"残钟广陵树"，这五个字便如晚霞受到夕阳的照射，特别染上一层离情别绪的特殊的颜色。这就比许多难舍难分的径情直述，那感情还要耐人体味。

下面，"今朝此为别"四句，一方面是申述朋友重逢的不易；一方面又是自开自解：世事本来就不能由个人做主，正如波浪中的船，要么就给水带走，要么就在风里打旋，是不由你停下来的。这样，既是开解自己，又是安慰朋友。

表面平淡，内蕴深厚。韦应物就是擅长运用这种艺术手法。

卢 纶

(748—约 799),字允言,河中蒲(今山西永济)人。"大历十才子"之一。官至检校户部郎中。诗多送别酬答之作,也有反映军事生活者。有《卢纶诗集》十卷。

塞下曲 (录四)

卢 纶

一

鹫翎金仆姑,燕尾绣蝥弧①。
独立扬新令②,千营共一呼。

二

林暗草惊风③。将军夜引弓。
平明寻白羽④,没在石棱中。

三

月黑雁飞高。单于夜遁逃。
欲将轻骑逐⑤,大雪满弓刀。

四

野幕敞琼筵，羌戎贺劳旋⑥。

醉和金甲舞，雷鼓动山川。

这四首诗，可以完整地作为一组来读。诗人在这里用了昂扬欢乐的调子，有力地描写了这位保卫国防、击退外敌侵犯的边关将帅，赞颂了保家卫国的英雄。是一组思想性、艺术性都很高的歌颂正义战争的诗章。

在组诗的第一首里，我们看到一支纪律严明、士气奋发的部队，同时也看到一位受到战士爱戴的主帅。

开头两句的描写是巧妙的。本来，"鹫翎金仆姑"，不过是一支上好的箭；"燕尾绣蝥弧"，不过是一竿中军大旗。即使在字面上加上装饰，也还是箭和旗子罢了。但是，当诗人把两者联系起来之后，通过读者推想作者运用典故的用意，再加以想象和补充，就分明看见这两者并不是箭和旗子，而是一位勇猛善射(从人物性格看)、掌握一军之权(从人物身份看)的主将。这正是形象性的语言的妙用。作者的用意也正是这样，他避开许多烦琐的刻画，只是单独选取了最能代表将军性格的金箭，和最能说明将军身份的绣旗，一番点染，便把一位军中主将烘托出来了。在中国传统的诗的技巧中，这种手法并不是少见的。它的好处是使所描写的对象，形象凝炼而又突出，并且服从了诗的规范。但是，这并不同于

①鹫翎——指箭上的羽毛。金仆姑——古代一种箭的名字。《左传》："公以金仆姑射南宫长万。"蝥弧——音矛胡。《左传》："颖考叔取郑伯之旗蝥弧以先登。"句中"燕尾"指旗末作燕尾状。
②句指将军独自高高站着，发布新的军中命令。
③句中指将军夜间外出，风吹草动，把石头误认为虎。
④平明——早晨。白羽——箭。
⑤将——读平声，率领的意思。骑——读去声。逐——追赶。
⑥羌戎——唐代居住在今河北省北部的少数民族。贺劳旋——慰劳将士凯旋。

纯然的卖弄技巧。这种技巧必须服从于形象思维的规律才行。"金仆姑"和"绣蝥弧",不是平白地安上去的,而是为了表现这位将军的最主要的特征,是有需要这样地写的。如果脱离了主题的内容,技巧就会丧失了本身的生命力,甚至产生相反的效果。

"独立扬新令,千营共一呼。"乍一看,只是一个发布号令的场面,但是细看下去,还会发现并不如此简单。它其实是要写出军中的号令严明,战士的纪律性强。"千营共一呼"五字,形容一阵震天动地的呐喊,还使人感到军中士气的昂扬奋发,和万众一心的团结力量。而这样一个场面,反过来又加强了这位将军在性格上的色彩,显得他正是善于"将兵"的统帅。所以全诗虽然寥寥二十个字,却包含了丰富的内容和艺术暗示。

在第二首里,诗人抽出部队生活中一个侧面——将军误石为虎,一箭射去,结果把箭深深地插进石头里。这是一个富于戏剧性的场面。初看这四句,也许以为不过是作者随手引了李广射石的故事,略加点染罢了。(选注这首诗的选家,也是举出这个故事作注的)但是作者的用意也并不这样简单。固然,由于在第一首中,作者点出了"金仆姑",已经暗示了这位将军是善射的,第二首就用李广的故事点染一番,也可说顺理成章。不过仅仅这样,还远不是作者的真正意图。文学作品自然要通过形象来感染读者,问题是如何创造有血有肉的艺术形象,使它产生感染的力量。诗人在这里选取"射虎中石"的场面,通过这个戏剧性的行动,使这位将军的善射,他的勇敢,以及他那过人的膂力,也就是说,他个人的特征,更加浓烈地浮现在人们眼前。这是容易理解的。然而,更重要的是,诗人之所以加重笔墨来赞美将军,正是为了赞美这支卫国的部队,使人觉得这支队伍有充分的信心和力量击败敌人,这才是作者深刻的用意。这话不是凭空牵扯。从艺术形象的典型意义来说,在一定的条件底下,歌颂领袖人物,也就等于歌颂了集体。正因为这个领袖人物是集体意志和集体利益的代表者、体现者。从这一意义看来,这首诗强调将军的勇武,就完全不是多余的或者可有可无的,而是缺少了就不完整。至于这位将军是不是真和李广一样,有过同样的"射虎中石"的经历,或者可以换上另外一个场面,那倒不重要。即令是诗人在虚构吧,它也是根源于生活,根源于这位主将的性格特征,而不是主观上的向壁虚构。因此他写来就能够使人信服,使人感觉到形象所具有的力量。

在第三首里,诗人写出一幅追奔逐北的动人景象。为什么不写两军相搏?我看诗人是经过再三思考的。也许他认为描写正在浴血苦战、胜负未决的场面没有必要,用不着浪费笔墨;也许认为前面两首早已充分写出了我军胜算在握的形势,再写战斗过程就会成为"蛇足"。因而诗人着重从侧面落墨,着重刻画敌人的总崩溃和我军乘胜追击的场景。这样写,我看更显出诗人运用手法的高明,不单笔墨干净明快,而且我军所向披靡的英雄气概也烘托得特别鲜明,使人更容易感到作者的着力点是对卫国战士的歌颂,而不是徒然只写一场战争。

这一首诗的调子也是极其昂扬的。"月黑雁飞高",已经暗示了在荒漠沙碛中敌人连夜退却,所以连鸿雁也受惊而高高飞起。"单于"在这里指当时北方外族的总头领,点出"单于"夜遁,等于说敌人已经总崩溃。下面两句,写乘胜追击,极形象,也极有光彩。月黑无光,鸿雁哀鸣,将军亲自带着轻装的骑士，在大雪纷飞中追歼残敌。这时，满目只见刀剑和弓箭的冷光，和漫天的飞雪交织闪耀。作者是把胜利的喜悦作了形象化的描绘。月黑和大雪，不在于显示作战的艰苦，而是在于反衬主将的坚决、果断和士气的激昂奋发。句子里充满一片崇高的赞颂。

第四首写凯旋庆功的热闹场面。旷野里张起了帐幕，排开了酒席，全军举行一个盛大的庆功会。这时候，当地的少数民族(所谓"羌戎")，过去曾经饱受"匈奴"侵凌压迫的，如今知道将军打了胜仗，"匈奴"远遁，从此地方安宁，人民生活有了保障，他们都纷纷牵羊携酒，前来祝贺和慰劳。汉族和"羌戎"之间，出现了一片民族团结的动人景象。这时，到处是欢歌乐舞，鼓声震天。将军在兴高采烈中，也就带着醉意，和大家一齐起舞，连身上披着的铠甲也忘记解下来了。

为了结束这一组诗，在这里，作者不仅仅限于以凯旋作结束，还特别写出了"羌戎贺劳旋"这一动人的事实，突出了击败外来侵略者对于加强民族团结的重大作用，这就把这一场战争的正义性更加明显地体现出来。不但全诗收束得异常饱满，而且更增强了这一组诗的主题思想的积极意义。

卢纶是"大历十才子"之一，现存诗中，他应酬赠别的作品较多，有积极意义的作品较少。但是这一组诗无论从思想性、艺术性去看，都不愧为上乘之作。

李 益

（748—约829），字君虞，陇西姑臧（今甘肃武威）人。大历进士。官至礼部尚书。诗音律和美，为当时乐工所传唱。长于七绝，以写边塞诗知名，情调感伤。有《李君虞诗集》二卷。

听晓角

李 益

边霜昨夜堕关榆，
吹角当城汉月孤。
无限塞鸿飞不度，
秋风卷入小单于。

　　古人的作品能够流传下来，不外是传抄、刻印和传唱传诵三种途径。而这三者都有出现错误的可能。文字出现的错误是因为抄写或刊刻的不慎，口头出现的错误是因为音同或音近。但还有一种是后人胡乱改动致误的。为了补救前人的疏失，于是出现了校勘学。有据古抄古本来校正的，也有据文意而改正的。这当然替后来读者增加了方便。但这种学问也真难说。不论抄本和刻本，清人多数认为越古越好，其实往往不见得。拿唐诗来说，近年在敦煌石室中发现的唐写本唐人选唐诗，可以说是最古的吧，它只有二十页,抄了七十三首诗(其中两首残缺)。作者是李昂、王昌龄、丘为、陶翰、李白、高适六人。字句和《全唐诗》及专集比较,有许多不同,这且不说,最奇怪的是一向传为孟浩然的《望洞庭湖赠张丞相》,它却夹在王昌龄的作品之中,题目是《洞庭湖作》,而且仅得开头四句,自"欲济无舟楫"以下都不见了(见中华书局版《唐人选唐诗》十种之一)。这就真是叫人迷惑得很了。拿这个否定那个,或拿那个否定这个,都很困难,只好暂时两者共存,等到再找到有力的证据,才作出最后决定。

旧体诗这种东西,文字出现歧异固然很费一番校正的工夫;便是文字并无歧义,但解释起来,常常会出现不同看法。碰到这种情况的时候,那又该怎么办呢?

不妨拿这首《听晓角》作为例子谈谈。

这首诗的一起一结,至少有两种不同的见解。

本来,解释前人的诗是一件不容易讨好的事情。虽不能说"诗无达诂",但有些诗的确不易解释清楚,有些诗则又"见仁见智",各不相同。倘因如此就取消了这一门,又未免因噎废食。处理之道我看不外乎两者:一是经过仔细考察,反复研讨,定为一解;一是不勉强求同,并存其说。

先看它的第一句:"边霜昨夜堕关榆"。原是交代时间、节令和环境背景,以便引出下句的"吹角当城"。可是"关榆"一词却不大好解。有些书引今陕西榆林县的榆林关作注,认为"关榆"是榆关的倒文[1]。此是一解。但也有人释这句为"严霜一夕,榆林万叶,飞堕关前"。[2]那么"关榆"又成为关前的榆叶了。这该怎么解决?

① 见高步瀛《唐宋诗举要》卷八。
② 见俞陛云《诗境浅说》续编。

释"关榆"为榆林关并非全无道理。因为李益是到过河朔(陕北绥南一带)，漫游过长城内外的。榆林关是他曾驻足过的地方，这点可说毫无疑问。"榆关"倒作"关榆"，例子虽少，也并非绝无可能。但这终究是据作者的行踪来解释此句。如果再翻开《唐诗纪事》卷三十，这首诗第一句却作"边霜一夜落平芜"，那么，把"关榆"解为榆林关就颇有站不住脚的危险了。

解这句诗，我以为应当联系第二句，作为整个意境来寻味，才容易接近作者的意思。

诗的开头两句着重描写边关秋晨的冷寂凄清气象，从中烘托出听晓角的环境。特别应当看到"堕关榆"和"汉月孤"的内在联系。正因为昨夜边霜严烈，关上榆叶纷纷坠落，所以晨起一望，月亮才显得非常孤单。否则，这个"孤"字就显得突如其来，构成的意境也不够饱满了。"孤"字之所以下得好，正由于榆叶飘零，关前景物忽然变得凄清。这是从诗的艺术表现方法及句子的结构关系来判定的[3]。

上两句是听晓角的环境背景。下两句是正面写听晓角。

这两句的意思是，当画角吹奏起"小单于"乐曲的时候，那声音呜咽悲凉，忽亢忽坠，在山谷里引起回响，显出一片战斗杀伐之气。这本来就够使人听了感到苍凉的了。不料强劲的秋风卷地而来，那呼啸的风声又参加了"小单于"的合奏，于是角声就更增强了它的力量，不但诗人引起许多感触，就连本来由塞北向南飞翔的鸿雁，听了这片异常的声响，也吓得不敢度过关城再向南飞了。这正是极力写出画角声响的力量，同时也暗示了秋风的强大。

但也有不同的解法，一种是说："无限塞鸿，闻角声悲奏，回翅南翔。"这是把鸿雁飞翔的方向弄错了。又说："地处极边,更北则为小单于之境。塞鸿避其严寒,至此不能飞度;唯有呜咽角声,随秋风远送,吹入单于。"④这又把秋风说成是由南向北吹的风,而且把"小单于"说成是少数民族了。

但另一种解释却指出,"小单于"本来是唐代大角曲中的一种,有《乐府诗集》(卷廿四)为证。

我认为,应该是从诗人构成的整个意境来理解这首诗:

边霜堕叶,晨月孤悬,城头吹角,呜咽凄清,秋风漫天卷来,角声更为凄厉,鸿雁为之回翅北飞。在这样一幅图画,这样一种意境中,便透出人在清晓之际倾听画角的神味。诗人是通过这些形象来传达画角的乐声,传达吹角者的心情,并且传达听到画角声的人的感受的。而这,才是这首诗的最主要的内容。

③或问关前有无榆树?接李益《回军行》:"关城榆叶早疏黄。"可以为证。
④俞陛云《诗境浅说》续编。

柳中庸

(? —约775)，名淡，河东(今山西永济)人。大历年间进士。与卢纶、李端为诗友。其诗以写边塞征怨为主，然意气消沉，无复盛唐气象。所写《征人怨》流传最广。《全唐诗》存诗仅十三首。

征人怨

柳中庸

岁岁金河复玉关，
朝朝马策与刀环。
三春白雪归青冢，
万里黄河绕黑山。

同一主题的诗，有各种不同的写法，所使用的艺术手法，自然也会因之不同。我们在欣赏别人的诗歌的时候，除了注意它的思想性之外，当然也会注意它的艺术性。一谈到艺术性，就牵涉到读者本人的艺术倾向、理解、趣味之类的问题，于是就难免意见分歧了。有些是对一首诗的理解有分歧，有些又是对一位诗人和他的整个作品的评价有分歧。"李杜优劣论"就是一个明显例子。

且说柳中庸的《征人怨》，也是唐人七绝中一首比较有名的作品。但诗选家有人选它，有人就不选它。即使有几家都选了,可是为什么要拿它入选,恐怕彼此看法也不尽相同。一盘菜端上来,有人说,好处在香味;有人说,好处在爽脆;有人说,好在容易消化。因为口味不同,甚至要求不同。读诗和谈诗,也不免如此。我在这里谈《征人怨》在形式方面的特点,正是就着个人的口味来谈的。

开头读这首诗,觉得它音调铿锵,形式整齐,字句工丽。再读之下,就发觉有一连串地名跳进眼里:金河、玉关、青冢、黄河、黑山。它们都是唐代边塞诗里常见的名字。可是到底在什么地方?要弄清底细,就不得不去翻书。翻书的结果,知道金河又叫伊克土尔根河,在今内蒙古呼和浩特市之南,唐代设有金河县。青冢也在呼和浩特之南,是王昭君的墓地。黑山,虽说有好几个,但呼和浩特附近的杀虎山也叫黑山。从呼和浩特向西南走百多里,便到达黄河边上。看来好像很清楚,这几个地名,集中在今山西省长城以北一带,即汉代的云中、定襄地区,唐代为单于大都护府统辖之地。这首诗所描写的自然也是这个地区的征人了。可是,这么一估计,问题就跟着来了:玉关自然指的是玉门关,它却远在甘肃西部,离呼和浩特有三千多里。远戍的士兵,岂能"岁岁金河复玉关",几千里路奔来跑去。何况又不是归一个都护府管辖呢。

有些诗选家作了解释:"金河复玉关,意谓来往于最边远的地区。"意说不能实指,也无须实指。可惜还不够彻底。应该补充一句说,连青冢、金河、黑山、黄河也都不必实指,所有这些名字,都是泛指边塞,是不管它们的位置在哪一条经纬线上的。

这话乍听起来有点费解。黑山不止一处,还可以说难以实指;黄河绵亘数千里,不定它的哪一段,也还罢了;难道青冢、金河也不可以实指么?其实,问题不在这上头,问题在于作者是在什么样的创作要求底下去运用这些地名的。

我们首先研究一下这首诗的艺术形式。从形式看,它有几个特点:第一,一、二两句构成一联,三、四两句也构成一联,全首对仗。第二,起联叙事,结联写景,直起直收,中间不作转折。第三,金河、玉关、马策、刀环,处处对仗工整。白雪、青冢、黄河、黑山,连用四个颜色字,色泽十分讲究。第四,在音节上,四句都采用"二——五"的句式(在第二字略作停顿)。可见作者有意把这首诗弄得对仗工整,色调华美,平仄妥帖,音韵铿锵。总的来说,要显出形式之美。

我们进一步研究作者的写作意图。从内容看,作者并没有打算把描写对象限定在某一地区。所以金河和玉关距离很远,不妨说是岁岁往来。黄河本不围绕黑山,又不妨说成是绕。其实诗中所下的"金河""玉关""黄河""黑山"等字样,范围包括中国整个北部边疆,并不限于其中一个小角落。根据此诗十分讲究形式之美这点来分析,"金河""玉关""青冢""黑山""黄河",都是服从于形式美这个要求而配置上去的。

作者既要将绵延数千里的河山作高度的艺术概括,提炼典型,突出主题,那么,金河和玉关虽然相隔数千里,不妨把它们拉近;青冢和黑山即使很近,又不妨把它们推远。因此可以这样说:诗中的这些地名,都不必看作专有名词。诗中的山、河、关、冢,配上了金、玉、青、黑等字,都是抽象化的地名,不必硬向地图找它们的实在经纬线。这样才是活解而不是死解。

再就四句诗串解:"岁岁金河复玉关",说年年戍守在北边要塞之地。"朝朝马策与刀环",说每天不是驰马,就是弄刀,过着军中生活。"三春白雪归青冢",时已三春,归于青冢的只是白雪(不是花)。"万里黄河绕黑山",路行万里,绕着那些黑山的还是黄河(可见"黑山"无非是边塞的山的泛称)。在四句中,写"怨"字隐隐约约,不能说是刻画深刻,但有很宽的概括力量。

最引人注意的还是它那形式之美。当然,形式是为内容服务的,这首诗的题旨自然是在一"怨"字,但写怨也有各种不同表现手法。柳中庸这首诗,是以它那引人入胜的形式烘托内容来打动读者的。

孟 郊

(751—814)，字东野，湖州武康(今浙江德清)人。早年隐居嵩山。近五十中进士。其诗感伤遭遇，多寒苦之音。用字造句力避平庸浅率，追求瘦硬。与贾岛齐名，有"郊寒岛瘦"之名。有《孟东野诗集》。

怨 诗

孟 郊

试妾与君泪①，
两处滴池水。
看取②芙蓉花，
今年为谁死！

抒情诗，可以写成长篇巨制，有如屈原的《离骚》；也可以写成短章，几句话就说完。在有才能的诗人看来，字数的多寡并不构成太大的限制。然而，像一首仅仅二十个字的五言绝句，要深刻完整地写出一种感情，却就不是那么容易了。问题还不在于语言的精练，语言精练当然是重要的，比较能掌握诗的技巧的人，一般都具有驾驭语言的艺术才能，使自己的作品不流于冗长拖沓，弄成一盆加水的牛奶，但仅仅如此还远远不够，作者如果没有对现实的深刻的洞察力，中肯

①这句话的意思是：试把我和你的眼泪。
②看取——看一看。

地抓住问题的最本质的一点的本领,没有把复杂的客观现象或思想感情通过诗人的"筛眼"加以选择、过滤的才能,那么,要在一首二十个字的短诗中反映出深刻而又完美的思想感情,我看是不可能的。

有个法国文艺评论家说过:"我们只说艺术的目的是表现事物的主要特征,表现事物的某个突出而显著的属性,某个重要的观点,某种主要状态。""艺术家(为了表现重要的特征)为此特别删节那些遮盖特征的东西;挑出那些表明特征的东西;对于特征变质的部分加以修正;对于特征消失的部分加以改造。"(丹纳:《艺术哲学》第一章)孟郊这首诗正可以作为这个论点的印证。

这一首题目叫《怨诗》,写的是一种闺中怨妇的情思。她的丈夫远远到异乡去了,时间过了很久,总是没有回来。她丈夫也曾来信说自己也思念着她,而事实是这位远行人在异乡中另有寻欢取乐的去处,他信里说的多半都是假话,因而闺中少妇的怨愤也就更难禁受了。诗里的二十个字,无异是一封投向她那无情的丈夫的控诉书。她要求和丈夫赌一个咒:把你和我的眼泪各自滴到一个池子里吧,试试看,哪一个池子的荷花今年长不起来,看它是为谁而死的?那你就知道我为你流下多少思念和怨恨的眼泪了。(当然,同时也就会证明你说的眼泪都是假话。)

你看,仅仅二十个字,多么深刻地刻画了这个少妇的怨愤之情;它抵得上千言万语,而千言万语未必比这二十个字更强劲有力,更深刻动人。这是因为诗人的确是从大量的"矿石"中经过筛选又筛选,凝练再凝练;渣滓去尽,精华独存,然后得出如此精练的一小块。我们可以想象诗人在刻意表现这个主题的时候,在题目的前前后后,里里外外,花费过多少思考。他甚至可能虚拟一个长篇的轮廓,然后逐步浓缩,最后才仅仅剩下这么的二十个字。

孟郊字东野,一生穷苦,五十岁才中进士。和韩愈交游,极为韩愈所推重,有"孟郊死葬北邙山,日月风云顿觉闲"的话。当时有人说他"苦思奇涩",这四个字似褒似贬。而我则认为尽管有人"七步成章"有如子建,或"八叉成咏"有如飞卿③,作诗到底还是需要多花一点力气的。比如写一家人的贫寒,孟郊只用"借车载家具,家具少于车",而贫寒之态就不言而喻。这绝不是信口而出所能办到的。

为了进一步说明这首诗构思的深刻有力,不妨拿唐初诗人崔国辅的《怨词》作为对比:

种棘遮蘼芜,畏人来采杀。

比至狂夫④还,看看几花发?

以花寄意,崔国辅和孟郊是一样的。可是崔国辅的"怨"是肤浅的。诗中的蘼芜,借用古诗"上山采蘼芜,下山逢故夫"的意思。蘼芜在农历七、八月开碎白花。她是种下荆棘把蘼芜遮蔽起来,希望丈夫至迟在秋天能够回家,好看看蘼芜花开了多少罢了。比起孟郊这首诗,那动人的力量不是相差太远了吗!

③晚唐诗人温庭筠,字飞卿,写诗很敏捷,据说只费叉手八次(叉手是一种敬礼的动作)的时间他就写成一首小赋,因此被称为"温八叉"。
④比至——及至。狂夫——指丈夫。

金代诗人元好问(遗山)没有理解到孟郊创作的艰苦的意义,轻率地诋毁他为"诗囚",是很不公平的。当然"苦思"并不是故意搜求奇险艰涩的句子,除了讲求思想内容之外,还须善于抉择,善于把捉,善于精练,这在上头已经说过了。

洛桥晚望

孟 郊

天津桥下冰初结，
洛阳陌①上人行绝。
榆柳萧疏楼阁闲，
月明直见嵩山②雪。

 有人认为孟郊这首诗是一般的风景诗，其实不然。它是一首内容颇不简单的风景诗。作者的思想倾向隐蔽在平凡的字句中。

 一个冬天的晚上，诗人站在洛桥上(横跨洛水的浮桥，又名天津桥)，默默地望着眼前的一幅冬景。这个时候，桥下已经结了薄冰，平日喧闹的街道变得非常冷落，行人都已绝迹；夹道的榆和柳，剩下光秃的枝干，在严寒中瑟缩可怜；至于富家大宅的楼阁，此时也好像忽然闲起来了，冷冷清清，完全失掉平时的光彩。……可是，就在这一片阴冷、枯寂之外，涌出了另一片光辉灿烂，它仿佛要在别人都对严寒屈服闪避的时候，特别显出平常不容易给人发现的美。

 ——到底是什么样的一片光辉灿烂呢?诗人提笔大书特书道：

 月明直见嵩山雪。

在严寒之中,冰初结,人行绝,楼阁闲,榆柳歇。然而,天空的明月却比平时加倍地发出光华;高耸在东南的嵩山,雪铺万丈,在月光之下也好像更加活跃起来。正如王国维把"明月照积雪"的境界称为"千古壮观"那样,在孟郊的眼前,雪月冷光相射,摇魂炫目,构成了洛城冬景中的异彩。

看来,在洛阳的冬天,这种景象并不是特别罕见的;但是在诗人的笔下,它却带上了异样色彩。可以看出,诗人在晚望之际,产生了一种并不寻常的感受,从而在严冬常见的景物上赋予它并不简单的思想内容。

"月明直见嵩山雪"——也许是诗人以此比喻自己,或比喻一种什么人物(比如越处在艰苦的环境中,有人越能够发出光辉来),也许只是一种偶然的感触,我们无从加以揣测,其实也无须硬作猜测。(不过,仍然值得一提的是孟郊的为人,《唐才子传》说他"裘褐悬结,未尝俯眉为可怜之色。")诗人面对眼前景物,有自己的特殊感受。他看到了平时热闹而此时冷寂的一面,也看到了相反的一面,好像并不过分吃力地把这种感受写了出来;但又不是跳身出来向读者解释什么哲理。他只是通过艺术的筛选、概括,把所看到的景色介绍给读者,其实他已经把自己的感受告诉读者了。说这里面有比喻,可以;说没有比喻,也无损于这首诗的价值。反正,读者不能不为诗中的意境所吸引,受到感染,并且引起了相应的思想活动。

此诗第一句,桥下结冰,是写景;第二句,路绝行人,是写景;第三句是写景;第四句"月明直见嵩山雪",依旧是景。一般地说,平列四景,容易弄成堆垛冗杂,使人生厌,其原因常常是缺乏艺术结构上应有的考虑。比方用四句诗写

①陌——道路。
②嵩山——在河南登封县北,古称中岳。在洛阳也可以看见它的雄姿。

出四种景色,像令狐楚的《宫中乐》:"月上宫花静,烟含苑树深。银台门已闭,仙漏夜沉沉。"(五首之一)尽管用力刻画宫中夜景,却只是现象的罗列。孟郊这首《洛桥晚望》,初看也似是平列四景,可是仔细寻味,就可以看出前三句是一种境界,最后一句又是另一种境界,而前者是为了映衬后者,加强对比,突出主题而出现的。它们彼此所处的位置不同,作用各异,因而就不是四景平列,堆垛成篇,相反,还正好体现了作者在结构经营上的细密。

临池曲

孟　郊

池中春蒲叶如带,
紫菱成角莲子大。
罗裙蝉鬓倚迎风,
双双伯劳飞向东。

如果我们轻于相信"郊寒岛瘦"四字评语,以为孟郊的作品,它的内容和风格都只是一个"寒"字,读了这首《临池曲》,也许不会想到孟郊身上。这首诗不仅设色强烈,画面浓丽,并且含思宛转,看不出半点"寒伧"。说它风格近似李白,也能使人相信。可见一字之评,未必便可以认为恰切的。

从每句押韵,两句一转韵,以及诗题来看,《临池曲》属于乐府体裁。要读懂这首诗,并且领略它和乐府民歌的继承关系,我们最好能够对汉魏六朝的乐府民歌多少有些认识。

乐府民歌,常常采用即景起兴或托物寓意的手法,就是现代的民歌也不例外。我们翻阅《乐府诗集》,有几首题为《青阳度》的乐府诗,其中一首说:"青荷盖绿水,芙蓉发红鲜。下有并根藕,上生并头莲。"又有两首《拔蒲》,其中一首说:"青蒲含紫茸,长叶复从风。与君同舟去,拔蒲五湖中。"写的都是青年男女的恋爱。前一首通过莲花、莲藕喻意,后一首则从青蒲起兴,同样抒述相爱之情。孟郊这首《临池曲》,在构思方法上和词语的运用上和它们都很接近,差别的是它并非抒写男女之间的情爱,而是描写一个年轻的姑娘在"临池"时涌现的一种感情。

池子里杂乱地长着菖蒲①,弯弯的叶子伸展得很长,挺像衣袍上的带子。时光已是接近秋初,正是收菱的季节,菱茎上缀着一颗颗紫色的菱实,角儿尖尖,成群地藏在三角形的叶片下面。还有莲花也大都凋谢了,露出光秃秃的青色的莲蓬,每个莲蓬都蹲着好几颗莲子,可以看出这些胖胖的小个儿把子房挤得满满的。——诗的开头两句,写的是池中这些景象。说实在的,我们不晓得诗人想要说些什么。它在写景吗?有这个意思,可是又远不止这个。正如上面引录的民歌,不能单从开头看出它的用意一样。

> ①蒲,多年生水生草本植物。花为蜡烛形。叶互生,长约一米多,可供编织之用。蒲席、蒲团之类,用它作为原料。蒲白可食。

要到第三句,诗人才点出了池子里有人。"罗裙蝉鬓",是个年轻的姑娘。"倚迎风",这个姑娘停下了操作,定神看着眼前的景色。

但是我们仍旧猜不透诗人在说些什么。比如,这个姑娘的出现,我们大体可以知道是采摘菱角和莲蓬,也许还要把蒲叶割下来准备编织,或是把蒲白拔下来准备做菜。至于为什么又说她"倚迎风",就摸不出道理了。

我们还得研究研究第四句,并且由此对全篇加以寻味。

"双双伯劳飞向东"。伯劳是一种比麻雀大些,黑尾黑翼,长着灰褐色的背羽,茶色的胸毛的鸟儿。古书上说它"性好单栖"。这么说,伯劳双飞,在古人也许就认为是罕见的事情了。然而,"双双伯劳飞向东",在作者的构思中,看来又有这样一种根据:梁简文帝有两首《东飞伯劳歌》,其中一首有句说:"少年年纪方三六,含娇聚态倾人目。余香落蕊坐相催,可怜绝世谁为媒?"因此,作者很可能借用"东飞伯劳"的诗意,使得这句诗不是写一般的眼前景色,而是写出这位姑娘眼中所见、心中有感、带有特殊的情感内容的景色。

我们不妨作出这样的推测:

这位在池子里劳动着的姑娘,她割着蒲叶,采着菱角,或许还摘下来莲蓬。时光过得是那样快,不久之前它们还是一些嫩苗,如今都到了可以收获的时候,再也不是小娃娃了。可是,对比起来,尽管姑娘年纪也不小,却依然还是个姑娘。眼前,像衣带似的蒲叶,长了双钩的菱角,以及活像个胖小子藏在母亲怀里的莲子,对她来说,好像都有点嘲讽的味道。后来,她禁不住停下了手,仿佛靠在风的怀抱里,发怔地沉思起来。正在这个时候,天空里传来几声鸟叫,一抬头,只见双双伯劳掠过头上,它们快活地互相追逐着,鸣唱着,迎着风向东方飞去。……

至此诗意就显然了,诗里写的是一个农村姑娘面对眼前景物产生的青春易逝、年华不再的感触。在当时，它是带有普遍的社会意义的。正如晚唐诗人邵谒在《寒女行》里指出的："家贫人不聘，一身无所归。……青楼富家女，才生便有主。……他人如何欢，我意又何苦？"这是封建时代随时随地都存在的社会命题，尤其在时荒世乱的年代更加是这样。

邵谒的诗直攄胸臆，从正面落笔，让我们一看就明白。孟郊不然，他这首诗采用民歌常用的比兴手法，从侧面烘托。但民歌往往把主题随手点破，孟郊在这里却并不点破，而是通首含蓄，让读者自己去想，去寻味。他既吸取了乐府民歌的神髓，又能化成自己的血肉，带有自己的风格。整首诗显示了词句凝练、意境深沉的美。

韩 愈

(768—824),字退之,河南河阳(今河南孟县)人。自称郡望昌黎,世称韩昌黎。唐宋八大家之一。德宗贞元八年进士。做过吏部侍郎,死谥文公,故世称韩吏部、韩文公。诗力求险怪新奇,雄浑重气势。有《昌黎先生集》。

秋怀诗 (录一)

韩 愈

秋气日恻恻,秋空日凌凌。
上无枝上蜩,下无盘中蝇。
岂不感时节,耳目去所憎。
清晓卷书坐,南山见高棱。
其下澄湫水①,有蛟寒可罾②。
惜哉不得往,岂谓吾无能!

韩愈于元和元年(公元 806 年)任国子博士。这是一个专为贵族官僚子弟服务的闲官。这种冷淡生涯,和韩愈的生平抱负距离之远,是可以想见的。这年秋天,他写了《秋怀诗》十一首,表述了自己抑郁不平的心情。这里选的是其中一首。

从诗歌中,不但可以看出诗人的思想倾向,并且往往可以看出他的性格。以唐诗来说,同是一首《长门怨》,有些诗人就只能唱出自怨自艾的哀歌,把责任都归到被迫害者的身上;但也有人写出"珊瑚枕上千行泪,不是思君是恨君"的愤激之词。同一情况,对于秋天,有人就离不开日月易逝、人生几何的伤感;韩愈十一首《秋怀诗》中,偶然也有一些类似的调子,但是这首却完全不同。在这首诗里,我们听不到凄凄凉凉的浅吟低唱,有的却是爱憎分明的鲜明态度,不甘示弱的进取精神。如果说诗如其人,从这首诗里,也可以看到韩愈后来冒着生命危险,在《谏迎佛骨表》中直批宪宗李纯的逆鳞的果敢行动,并不是偶然的。

诗分两大段,上六句是一段,下六句又是一段。

① 湫水——祝充以为是长安附近的炭谷湫。
② 罾(zēng)——用网捕捉。

"秋气日恻恻",秋天气候逐日浓重,人们已经感到萧萧的凉气。"秋空日凌凌",仰望天空也使人觉得寒冷。这两句是从身边的感受和眼中的景象写出秋天来临。从前刘辰翁说,恻恻和凌凌,也是诗人给自己的评价。这恐怕是猜测得太远了。

"上无枝上蜩……"四句,从身边的事情生发开来。"蜩"是一种大蝉。秋天一来,聒耳的蝉声听不到了,整天在菜盘饭钵里打转的苍蝇,也消失得无影无踪。于是诗人说:难道我不感觉到时节在变换吗?只是我并不伤感。相反的,还觉得耳目一清,那些讨厌的家伙统统都给秋天撵个一干二净了。在这里,除了写眼前事物外,似乎还有一层用意,就是用蝉和蝇来比喻那些政治上的小人物和小坏蛋。这些人看来无足轻重,但一样对人有害,把他们驱逐开去,才能够耳清目净。

上面这六句,只是就题目轻轻荡开,所以仅就身边的事情来铺展。下面六句,就再进深一层。

"清晓卷书坐，南山见高棱。"南山即长安以南的终南山。此时，诗人的注意力已从身边琐事脱出，转向那更远大的地方。清晓时分，秋空格外清爽，窗外的终南山，高高矗立。诗人放下书卷，默默地望着它。我们读到这里，不禁想起李白的"相看两不厌，只有敬亭山"的境界。韩愈在这个时候，同样也进入这样的境界：由终南山的嶙峋傲岸，挺立不拔，想到了自己，又将自己的精神性格，赋予了终南山。这样，诗人的思想活动就跨上了另一个高度。我们从"上无枝上蜩"开始，读到这里的"南山见高棱"，诗人的思想脉络由近而远，由低而高，是十分清楚的。

"其下澄湫水，有蛟寒可罶。"这个蛟不会是传说中的蛟龙，也许只是少见的鱼类或两栖动物（韩愈《南山》诗有"凝湛闷阴兽"句，阴兽指的正是这一类动物）。这句仍是比喻的说法。这些害人的家伙——蛟，不是别的什么，而是在朝中弄权的奸臣和在地方跋扈的军阀。对于这些"害兽"，诗人是坚决主张加以铲除的，并且认为是可以铲除的。（在宪宗一代，的确杀了几个军阀，迫使一些军阀归顺中央，曾被过去的历史学者称为"元和之治"。）

最后，诗人忽然发觉自己的处境和抱负完全是两回事。韩愈是以儒家传统的继承者自命的封建阶级知识分子，他的思想只能局限在"忠君爱国"的圈子内，他那清除朝中奸臣和地方军阀的抱负，也只能归结到巩固中央政权方面。在当时来说，仍然有着进步意义。然而一个国子博士的冷官，对政局能够起什么作用呢？所以他最终只好发出"惜哉不得往，岂谓吾无能"的喟叹了。但即使如此，诗人不肯消极、不甘示弱的进取精神，依旧明显看得出来。这正是和一般平庸诗人的"秋怀"不同的地方。

听颖师弹琴

韩 愈

昵昵①儿女语，恩怨相尔汝②。

划然变轩昂，勇士赴敌场。

浮云柳絮无根蒂，天地阔远随飞扬。

喧啾百鸟群，忽见孤凤凰。

跻攀分寸不可上，失势一落千丈强。

嗟余有两耳，未省听丝篁③。

自闻颖师弹，起坐在一旁。

推手遽止之，湿衣泪滂滂。

颖乎尔诚能④，无以冰炭置我肠！

　　读过《老残游记》的人，都会觉得第二回描写王小玉唱梨花大鼓的那一段实在写得好。他用"一线钢丝抛入天际"形容歌声的高亢清亮，用一重一重地攀登泰山形容歌声的层层翻起，又用飞蛇在黄山环绕来形容它的回旋悠荡，更用"像放那东洋烟火，一个弹子上天，随化作千百道五色火光，纵横散乱……"来形容歌声的缤纷错落，这种形象性的摹写，很耐人寻味。

　　对音乐的形象化的摹写，在我国文学史上已经来源久远。不但在辞赋、散文上运用这种手法，在诗歌中也运用这种手法。以唐代来说,诗人就在这方面争奇斗胜,各有胜长。像李颀,用"空山百鸟散还合,万里浮云阴且晴。嘶酸孤雁失群夜,断绝胡儿恋母声。……"来追摹董大的胡笳声。李贺用"昆山玉碎凤凰叫,芙蓉泣露香兰笑。……梦入神山教神妪,老鱼跳波瘦蛟舞。……"来形容箜篌(竖琴)的弹奏。又如李商隐用"重衾幽梦他年断,别树羁雌昨夜惊"来描写笙的动人音韵:这些都是著名的例子。

　　韩愈这首诗尤其是刻意地使用形象,它一开头就把读者引入乐曲所布置下的特有境界,先让人们尽量去呼吸它那美妙的芳香,然后才点出这是琴曲,并且以自己的感受高度地加以揄扬。这样,似乎更能增强感染读者的效果。

①昵昵——形容声音细碎纤腻。
②这句是说,青年男女为了小恩小怨而互相埋怨吵嘴。
③丝篁——指琴瑟之类的乐器。
④诚能——实在有本领。

　　这首诗一向就著名,它使得大诗人苏轼也在它跟前认了一次输。苏东坡有一阕《水调歌头》,开头就是"昵昵儿女语,灯火夜微明。恩怨尔汝来去,弹指泪和声。"正是把韩愈这首诗照搬过来的,不过他却说这不是听琴的感受而是听琵琶的感受罢了。

　　由"昵昵儿女语"到"失势一落千丈强",是此诗的第一大段。通过各种形象来摹写琴声的起落变化。

　　琴声开头的时候显得轻柔细碎,就像年轻的孩子们轻声地笑着,低声地谈着,忽而又小声地吵起嘴来。可是,正当人们要去仔细寻味它,它却突然变了音调:"划然变轩昂,勇士赴敌场。"一下子把人带进一个完全不同的境界去了。

　　再下去,琴声又变得悠扬起来,仿佛散开在天空里,有点像浮云,也像柳絮,漫无边际地浮荡着,浮荡着,要把人带到辽远辽远的地方。……

正在悠悠忽忽的时候,耳边厢又响起了一群鸟叫;而且在缤纷的鸟声中,还分明使人感觉到一只凤凰在引吭长鸣,音色清亮,压倒众响。……

如今,琴声越来越高了。它一层又一层的向上翻,在翻到接近顶峰的时候,简直就像同高度作一分一寸的争夺。人们简直不是在听,而是注视着攀登世界最高峰的健儿,看他们争持在离开目的地仅仅几米的地方,紧张得连气也透不过来。不料,就在这最高之处还没有停留得紧,却见它陡然往下一落,恍如有谁滑了一脚,从半空中坠下千丈深渊。越落越低,越低越细,那声音就顿然终止了。

这一段摹写,阴开阳合,腾挪变化,把乐曲的感人力量,充分形象化地展示出来。然后,以下一段,转到说自己感受之深和对颖师的赞叹。

这一段是说,虽然自己向来不懂音乐,可是听了颖师的演奏,却感动得坐也不是,站也不是,终于流泪满襟,只好猛地伸出手去拦住他,请他不要再弹奏了。结末两句说:颖师你真是有本领的人,可是我受不了,因为你就像一会儿拿冰、一会儿拿炭放进我的肠子里那样。(这也是形象化的写法,意思说,自己一会儿满胸火热,一会儿又像掉进冰窖里。)

这一段既说明自己所受感动之深,也为了衬出颖师技巧的高明;并且使开头那一大段描写,有了使人信服的根据。

把乐声化成各种各样事物的形象,这当中当然带上浓厚的个人的主观感受,这种感受并不能人人完全相同。所以自从欧阳修、苏轼提出意见,认为这首诗的形象,更近于琵琶的乐声而不像琴声以来,就引起了许多争论。笔者不懂音乐,无从妄议,但却有一些感想:这种形象化的描写,终究只是一种比喻,既是比喻,自然不是被喻者的本身,不可能完全相似。对它作过分的苛求,实在没有必要。这是就评论者方面来说的。至于创作者,却须力求正确地理解乐曲的内容,不应以此作为借口,东牵西扯,反而破坏了原来乐曲的美感。这又是不能不要注意的。

山 石

韩 愈

山石荦确①行径微,黄昏到寺蝙蝠飞。
升堂坐阶新雨足,芭蕉叶大栀子②肥。
僧言古壁佛画好,以火来照所见稀。
铺床拂席置羹饭,疏粝亦足饱我饥③。
夜深静卧百虫绝,清月出岭光入扉。
天明独去无道路,出入高下穷烟霏④。
山红涧碧纷烂漫,时见松枥皆十围⑤。
当流赤足蹋涧石⑥,水声激激风生衣。
人生如此自可乐,岂必局束为人靰⑦?
嗟哉吾党二三子⑧,安得至老不更归!

韩愈这首诗,题目叫《山石》,内容却不是咏山石。他不过拿诗的开头两个字做题目,差不多等于无题。所以这首诗是在什么地方、哪一年写的,人们的意见很不一致。有人说是在洛阳写的,也有人说是在广东写的,又有人说是在徐州写的。没有定论。不过,我们欣赏这首诗,倒不一定非把这些都考证清楚不可,置之不论竟也无妨。

从诗的内容看,韩愈是在旅途中经过一座山,时已傍晚,就在一间佛寺里投宿。第二天他又要上路了。行色匆匆,事后才写这首诗。但当时的印象是深刻的,所以写得层次井然,笔墨生动,有如图画。

一开头,他就已置身在一条狭窄的山路上。这是在岩石上凿出来的小路,石头高低不平,很不好走,有时仅仅看到一些路的痕迹罢了。到傍晚时分,才来到一间佛寺。太阳下山不久,蝙蝠已经出来了,就在头顶四面乱飞。

①荦(luò)确——形容石头凹凸不平。
②栀子——茜草科常绿灌木,夏天开白花,六瓣,极香。果实可制黄色染料。
③疏粝(lì)——粗粮、糙米。
④烟霏——山中的云雾气。
⑤枥(lì)——同栎。落叶乔木,高可达二十五米。树皮粗厚,叶可饲野蚕。有麻栎、白栎等数种。
⑥蹋——同踏。
⑦靰(jī)——马络头。
⑧《论语·公冶长》:"吾党之小子狂简。"又《述而》:"二三子以我为隐乎?"作者合用,指志同道合的朋友。

他拾级走上佛堂,坐在阶前,拿眼睛四面一瞧:几棵芭蕉展开阔大的叶子,洁白的栀子花衬上深绿叶子,开得十分饱满。原来新下过一场透雨,怪不得花呀叶呀都长得胖胖的了。

一位和尚出来欢迎客人,谈不了几句就夸起佛寺的壁画来了,说是古代什么名家手笔。还拿着灯火硬拉他去参观。只好也跟着参观了一下。可是光线太暗,实在看不见多少东西,于是扭头就退出来了。其实他对这个本来就没有兴趣——他原是反对佛教的。

走了一天路,肚子委实饿了,人也很累。就看见小和尚忙着端上饭菜,还给他打扫床铺,准备让他歇息。他坐到桌子边,看见粗糙的米饭,还有素菜。他拿起碗筷,居然吃得饱饱的。

转眼便是深夜时分。躺在床上,四面非常幽静,连虫声鸟叫都听不见,只有一轮明月,从岭上升起,把它的清光洒进屋子里。

他也不知道自己是什么时候睡着的。忽地一睁眼,天色已经大亮。想到今天还得赶路,慌忙起来,洗漱过后,马上辞行。和尚也没有给他带路。他自个儿(说不定有个别仆童跟着,但那时是不作数的,所以还是说"独去"。)再沿着山边走,有时连路也找不着。只是出一崖,入一涧,高高下下,在晨雾和云气之间穿来穿去。

然而这里的景色还是美的。时而山上开着整片鲜红的花,时而涧底隐着一弯碧绿的水,奇花野草,东一丛,西一簇,长得简直灿烂极了。就在这些花花草草之间,连天耸起许多高松巨栎,每一棵都是几个人合抱不过来的。

终于来到一道石涧面前。水不深,流得却很急,就在大石的光面上,像一幅银纱从上头直铺着下来。不脱下鞋子可没法过去。琢磨了一下,还是打赤脚走过去吧。嗬,真凉快!那水就在脚下飞起来发出哗哗的叫声。风在这儿也特别吹得起劲,仿佛就在自己的衣裳底下刮出来……

这种山里的生活也是够快乐的——他忽然感慨起来了。想起平日奔波劳累,就像一匹马笼上了络头,在不尽的风尘中奔走。如果有几位志同道合的朋友,一起在山里生活,不是可以到老都不用回乡了吗!

他不是对身旁的朋友说的,因为身旁并没有朋友。他是对自己说的。

现在可以看清楚了,韩愈是在一次赶路的中途,匆匆在佛寺宿了一晚,过后才写下这首诗。它不是闲适的游山玩水,也不是同朋友在一起。最后那几句感慨的话,正是在"王命在身"的情况下发出来的。

诗里给我们展示了一幅幅的图画。画中摄取了生动的景物,有远景、中景、近景,还有特写镜头,互相穿插。安排布置很有分寸。运用诗的语言,又不像他在别的诗里那么僵硬难读,因而它是受到读者喜爱的。

这首诗使用的全是"赋体",是照事直书,人们不可能也不必要从他描写的景物中捉摸出什么别的用意来。

柳宗元

(773—819)，字子厚，河东解(今山西运城西)人，世称柳河东。贞元进士。官终柳州刺史，又称"柳柳州"。与韩愈倡导古文运动，同列"唐宋八大家"。其诗风格清峭，与韦应物并称"韦柳"。有《河东先生集》。

酬曹侍御过象县见寄

柳宗元

破额山前碧玉流，
骚人遥驻木兰舟。
春风无限潇湘意，
欲采苹花不自由。

旧体诗很讲究"制题"，也就是下工夫安好一个题目。因为这是要给人读懂你这首诗的一条线索。固然也有人写"无题诗"，或随便安上两个字，等于无题[①]，那往往是出于一种特殊情况：他本来就想隐去本事，不让人家拿来做把柄。

读诗也要事先好好琢磨一下诗题。

难道读诗会不先读诗题的么? 有人会这样奚落。其实，话不是那么简单。有些诗，你要是把题目一览而过，保证你弄不懂诗里说的是什么。

柳宗元这首诗就是一个明证。

看题目，"酬"是写诗回答人家；"见寄"是这位曹侍御寄了一首诗来(侍御是唐代侍御史的简称)；"象县"即今广西壮族自治区的象州；曹侍御路过象县，是暂时停留，故称为"过"。这样，我们才有了一个线索，柳宗元写这首诗，是酬答他的朋友曹侍御的。因为曹侍御路经象县，寄给他一首诗。如果我们已经知道柳宗元做官的经历，那么很容易就想到，柳宗元任柳州刺史前后历十四年，曹侍御过象县寄诗，一定是在柳宗元任柳州刺史期内。

①例如韩愈的《山石》，李商隐的《锦瑟》，不过是随手把诗中开头两个字作为诗题。这一类情况并不太少。

以上是我们看了诗题以后所能知道的基本情况。这很重要。因为作者写诗的动机，写诗的大体年代和环境背景，都是从这里获得的，丢掉这些，诗就根本读不懂了。

如今我们再来读诗。

"破额山前碧玉流"——我们只知道湖北黄梅县西北有个四祖山，又叫破额山。可是这和诗中的破额山不相干。因为从诗题我们知道，曹侍御是路过象县，他寄诗给柳宗元也在象县。和湖北黄梅县渺不相涉。所以这里的破额山，该是象县附近一座山。尽管如今地理书上找不到，也不妨这样肯定下来。"碧玉流"好懂。碧玉不过是绿水的代词。这一句是说：破额山前，江水宛如碧玉，风景幽美。但也已暗暗点出曹侍御所经过的象县了。

"骚人遥驻木兰舟"——这句是应着题中的"曹侍御"。"骚人"原是因屈原写了《离骚》，后人借此泛指在政治上失意的文人。"迁客骚人"在古文中常常连用，正是为此。但也可以作为诗人文士的代称。本句的取义是属于后者。"驻"是暂时住下来。"遥"是从柳宗元这方面来讲，不是说曹侍御对木兰舟怎么遥远。"木兰舟",用木兰树造成的船。这是修辞上的夸饰,用意只在同"骚人"身份相配,不一定实物如此。这一句说明曹侍御南来,泊舟象县;意中又推崇他是一位高雅的诗人。

"春风无限潇湘意"——这句正面点出"见寄"。"春风"喻指曹侍御寄给自己的诗。"潇湘意"指诗的内容、感情。但是整句又不可以生硬割裂开来。整句的意思该是这样:读了曹侍御寄来的诗,使人恍如置身于潇湘两岸,春风淡荡,芳草新鲜,一种高尚优美的境界,令人挹取不尽。

为什么说"春风"指的是曹侍御的寄诗?因为题中明有"见寄"字样,"春风"便不好作别的解释。诗人并不是在游山玩水中的感受,而是在读了曹侍御寄来的诗以后的感受。很可能,曹侍御是刚从湖南的潇湘地区来的,他的诗里描写了春风中的潇湘美景(但也许柳宗元是拿屈原的诗歌比喻曹侍御的诗)。不过,对于我们理解这首诗关系不大,可以不必深论。

"欲采苹花不自由"——白苹是一种水草。这句点出题中的"酬"字。意思是说,您寄来这样美好的诗篇,照理应该用同样美好的来酬答。可惜我职务拘身,想采摘香草送您也办不到,实在十分抱歉。假如再挖深一层,也许还有这个意思:远谪南州,心情不好,所以也写不出好诗来。

拿"苹花"象征诗篇,根据何在呢?

且不说屈原的"采芳洲兮杜若"。《古诗十九首》中就有这样几句:"涉江采芙蓉,兰泽多芳草。采之欲遗谁?所思在远道。""芙蓉"(荷花)可以作为酬答的事物的代词。然而还不是"白苹"。六朝柳恽的《江南曲》:"汀洲采白苹,日暮江南春。洞庭有归客,潇湘逢故人。"就已经使用"白苹"了。到了唐初,骆宾王有一首《在江南赠宋五之问》诗:"秋江无绿芷,寒汀有白苹。采之将何遗?故人漳水滨。"就更明显了。所以把"苹花"释为酬答的诗篇,是有根据的。柳宗元也正是这样使用。

这四句诗,是仔细琢磨了它的题目以后才如此作出解释的。当然,有些古人的诗便是再三研究它的题目,也仍然不好懂。这除了开头说的类似"无题诗"的情况之外,还有别的原因。这就不是拿几句话说得清楚的了。

饮　酒

柳宗元

今旦少愉乐,起坐开清樽。

举觞酹先酒①,为我驱忧烦。

须臾心自殊,顿觉天地喧。

连山变幽晦,绿水函晏温②。

蔼蔼南郭门,树木一何繁!

清阴可自庇,竟夕闻佳言。

尽醉无复辞,偃卧有芳荪。

彼哉晋楚富③,此道未必存。

人人几乎都知道柳宗元是写散文的能手,其中描写山水景物的小品,例如《永州八记》④,尤其著名。你看他写石头的奇形怪状：

> 其嵌然相累而下者,若牛马之饮于溪;其冲然角列而上者,若熊罴之登于山。

你看他写游鱼的飘忽无定：

> 潭中鱼可百许头,皆若空游无所依。日光下澈,影布石上,怡然不动,俶尔远逝(或安然地完全不动,或突然远远窜去)。往来翕忽,似与游者相乐。

再看他写风中的花草树木：

> 每风自四山而下, 振动大木, 掩苒众草, 纷红骇绿, 蓊勃香气。

真是形象生动,色味俱全。

柳宗元的小诗也很有特色。人人熟知的《江雪》《渔翁》和《雨晴至江渡》《雨后晓行独至愚溪北池》之类,描写景色都有他独特的风格。

但我觉得他这首较少为人提及的《饮酒》诗,同样值得向读者介绍。

这首诗是他谪去做永州司马的期间写的。柳宗元在永州一住十年⑤,留下了许多给后人凭吊的遗迹,这且不说。他在谪居生活中,心情时好时坏,也是常情。而这首《饮酒》却不像他的"城上高楼接大荒……"或"零落残魂倍黯然……"那么衰飒,而且描写手法也自有独到的情趣,和一般只见其闲适的饮酒诗大有不同。它能写出本人在某种情况中的特有醉

① 先酒。本注："始为酒者也。"就是首先发明酿酒的人。
② 晏温：指太阳出来一片暖意。《史记·孝武纪》："至中山,晏温,有黄云盖焉。"
③ 晋楚富：《孟子·公孙丑》："晋楚之富,不可及也。"指财雄一方的富豪。
④《永州八记》：见《柳河东集》卷二九,即由《始得西山宴游记》至《小石城山记》八篇。
⑤ 柳宗元由公元805年谪为永州司马,至815年春离开。永州即今湖南永州市零陵区。

态,而且把从清醒到微醺再到大醉的过程,细致描出,不失为"自画像"中的一幅佳作。

诗是从一个早晨写起的。

柳宗元到永州后,就找到龙兴寺一个西厢。这座佛寺地势较高,西面有湘江绕岸而过;隔江便是一列群山,万木森森,风景绝好。他给西厢写了一篇《永州龙兴寺西轩记》,定居下来了。但这首诗是否即在西轩写的,如今无从考究,姑且按下。

这天他早晨起来,忽觉得无事可做,独自一人,心情寂寞。不免拿出一瓶酒,洗净杯子,再把酒斟得满满的,然后举起杯来……

眼前没有一个朋友,这一举杯,向谁打招呼呢?

脑子一转,忽然想起第一个造酒的人——他称他为"先酒",也许便是那个传说的杜康吧。"喂!杜老先生,我先祝您一杯。多亏了您,才给我赶走许多苦恼哩!"

于是朝地上浇了些儿酒,他就自个儿喝起来了。

酒这东西也真怪。他喝了还不够那么一丁点儿工夫,就觉得整个世界都不同了。到底是心情起变化呢还是什么,只觉得四面八方顿时热闹了起来。眼前所有的东西全都改了个样儿。

抬眼往远处一看,连绵不断的群山,刚才还是那么昏沉黝黑,如今却是一派明朗鲜翠了。

那绕山而过的滔滔江水,正反射出万道金蛇似的阳光,一片暖和从水面蒸腾起来,全不是刚才萧瑟凄冷的样子。

扭头再向南面,那是永州的城南门。这一带长着许许多多又高又大的树,松、柏、梗、楠,名堂真多。它们把枝条叶子尽量向四边伸展,好一派蓬蓬勃勃的生机呵!

"清阴可自庇,竟夕闻佳言"——他忽然想起古书上的话来了:

葛藟犹能庇其本根,故君子以为比⑥。

这话多有意思。这些无知草木都懂得把自己保护得好好的,所以从前的君子拿它来比喻人事。是个好比喻呵,为什么有些人连保护自己也不懂得呢!

⑥语见《左传·文公七年》。葛藟(lěi):一种藤本植物。

他又想起这些树木,整夜吵吵嚷嚷好像向他诉说些什么。如今才省悟过来,原来它们要说的正是这些有启发性的话。

看起来,这位诗人已经醉了,可又没有醉得昏沉。他想到这些年来的谪宦生涯,觉得自己真不行,还不如眼下那些会照管自己的草木。

哎!想这些干什么——他又拿起酒壶,给自己斟满了一杯。应该喝个痛快,尽量痛快。走不动了,就在脚下这草地上一躺,那还不够舒服吗!

"彼哉晋楚富, 此道未必存"——他又自言自语起来:你们这些钱多得用不完的家伙,算得了什么东西!你们也喝酒,可你们能知道喝酒的真正趣味吗?才不见得哩!

他毕竟真是醉了。……

你看,这不是把酒写出来,把醉态写出来,把人的性格也写出来了吗!这真是有个性的饮酒诗,不是一般的饮酒诗。我们分明看见了在此情此景中一个活跃可爱的柳宗元,不是模糊的影子,更不是一个笼统的概念。

吕 温

(772—811)，字和叔，一字化光，河东(今山西永济)人。贞元进士第，累官左拾遗。善诗文，文体瞻逸，多言当世之务。有《吕和叔文集》十卷传世。

刘郎浦①

吕 温

吴蜀成婚此水浔②，
明珠步障幄③黄金。
谁将一女轻天下？
欲换刘郎鼎峙④心！

这首诗是作者经过刘郎浦时，听说此地是三国时刘备到东吴迎亲的地方，有所感触而写的。它是属于咏史诗这一类。

咏史诗有二难：一是难于有卓越的对历史事件的见解，二是难于不是史论而是诗。前者关键在于作者所站的思想高度；后者关键在于能否很好地掌握艺术技巧。

初唐有个于季子，写了一首题为《汉高祖》的五绝，给清初王夫之在《夕堂永日绪论》中骂得狗血淋头。诗是这样的：

百战方夷项，三章且易秦。

功归萧相国,气尽戚夫人。

王夫之说:"恰似一汉高帝谜子。掷开成四片,全不相关通。如此作诗,所谓佛出世也救不得也。"

指出它只能算是一则谜语,真是击中要害。因为消灭项羽,入秦约法三章,认为萧何守关中有功,以及无法立戚夫人的儿子为太子,是互不相干的四件事。硬凑在一起,有什么意思呢?

晚唐的胡曾也写了不少咏史诗。其中一首题为《南阳》:

世乱英雄百战余,孔明方此乐耕锄。

蜀王不自垂三顾,争(怎)得先生出草庐?

①刘郎浦——又称刘郎浂。其地在今湖北石首县。《通鉴》卷二七六:后唐天成三年"至刘郎浦"注:"江陵府石首县沙步有刘郎浦,蜀先主纳吴女处也。"
②水浔——水边。
③步障——古代贵族女子外出时用的障蔽物。幄——室内的帐子。
④鼎峙——像鼎的三足互相对峙。这里指魏、蜀、吴三国。

不仅议论平浅,而且也不能算是诗,只能叫做毫无高见的论史韵文罢了。

咏史诗难在是议论而又不用议论。这在名家也不一定能掌握得恰好。怎叫"是议论"?因为没有作者的见解,仅仅将史实重复一番,就不成其为咏史。怎叫"不用议论"?因为纯是议论就变成一篇史论文字,不成其为诗了。"咏史诗"三字,本身就包含着"史"与"诗"的矛盾,如何使两者圆满地统一起来,这要讲究高明的技巧。

我们试一解剖吕温这首诗,就会看出它与那些平庸之作有多么的不同。

吴蜀成婚此水浔,明珠步障幄黄金。

初看时,上句是叙事,下句是想象中的物象。似乎没有什么议论在内。我们翻开《三国志》的记载,当时孙权对于刘备,一方面是害怕——所以《先主传》说:"(孙)权稍畏之,进妹固好。"但另一方面又想收买或麻痹他——所以周瑜曾经建议:"愚谓大计,宜徙(刘)备置吴,盛为筑宫室,多其美女玩好,以娱其耳目。"这场政治婚姻,在孙权是包含两层用意的。

可是作者在写诗的时候,并没有把上面这两段话简单概括一下完事,而是运用令人可以触摸的艺术形象,把这场婚姻的政治用意隐寓其中。请看"明珠步障幄黄金"这句,既写出孙、刘结亲时那种豪华场面:孙夫人使用的步障,是缀满了明珠的,新婚夫妇居住的地方,连帷幄也用黄金来装饰。然而我们深入加以寻味,会发觉诗人这种描写,不仅仅是为了铺叙结婚场面的豪华,还含有这种豪华所隐藏的政治用意。正因为孙权是有"进妹固好"的政治作用,想对刘备给以"娱其耳目"的享乐来消磨他的豪情壮志,所以才会在刘郎浦上出现了"明珠步障幄黄金"的盛况。我们说诗人是运用形象的描述来发表议论,不是没有根据的。不难看出,诗人把"史"和"诗"很好地统一起来了。

再看下面:"谁将一女轻天下?欲换刘郎鼎峙心!"分明是对孙权的嘲笑。看来已显出议论的面目了。但是细看之下,它又和一般论史不同。一般论史可以是这样平直地写:"刘备以天下事为重,不因一女子而易其志。"说得准确,没有味道。这里却以唱叹出之。正如李商隐的《贾生》:"可怜夜半虚前席,不问苍生问鬼神!"风神摇曳,韵味深浓,是诗化了的议论。再次,作者的意中,原在于指出这场政治婚姻必然落得个悲剧收场。后来孙夫人大归,吴蜀展开一场决战,就是明证。可是作者并未直接点破,只是婉转地说:你想用一个女子去换刘备三分天下的决心吗?这是从侧面来取影,让人们自己去寻思和领悟它的正面意思。这样,它同史论就有灵活与板滞的区别了。

总之,咏史诗最忌写成押韵的史论。至于论史而又缺乏史识,观点含糊,议论迂腐,那更是非徒无益,而又害之了。

李 贺

(790—816),字长吉,福昌(今河南宜阳西)人。其诗长于乐府,多表现政治的悲愤,世事沧桑,生死荣枯,感触颇多。善于熔铸词采,驰骋想象,运用神话传说,创造出新奇瑰丽的诗境,在诗史上独树一帜。有《昌谷集》。

马诗二十三首 (录四)

李 贺

一

腊月草根甜,天街雪似盐①。
未知口硬软,先拟蒺藜衔。

二

大漠沙如雪,燕山②月似钩。
何当金络脑③,快走踏清秋?

三

催榜渡乌江④,神骓泣向风。
君王今解剑,何处逐英雄?

四

武帝爱神仙，烧金得紫烟。

厩⑤中皆肉马，不解上青天。

李贺通常给人以通眉长爪、弱不禁风的书生形象，活了二十多岁，然而从创作上来说，他却是唐代诗坛中的卓越人物。他那嫉恨丑恶的性格，要求用世的热情，憧憬光明的理想，洋溢于字里行间。不管人说是鬼才也罢，奇才也罢，他自是一个有政治见解，有功业抱负的人。

①天街——通常是指京都的街道。
②燕山——这里指燕然山，今名杭爱山，在蒙古人民共和国境内。
③何当——何时。金络脑——用黄金装饰的马笼头。
④榜——指船。乌江——在安徽和县东北。
⑤厩（jiù）——马房。

李贺写了《马诗二十三首》，清人方扶南认为"皆自喻也"；姚文燮则只说"首首寓意"，并非都是比喻自己。见解虽然不同，认为寓意，则是一致的。

我以为这二十多首马诗，有自喻的，也有讽刺时事的，也有替他人慨叹的，不能一概而论。但作者通过马的不同遭遇，对马的不同描写，集中地反映了他对中唐封建社会许多现状的不平和愤懑，则是无可置疑的。

这里只选四首来谈。

"腊月草根甜"这一首，清人王琦对它颇有误解，认为是"盖为困饿而不能择食者悲欤？"是一种乞怜的口气。我的看法却不同。这首诗应是借马来反映诗人敢于向丑恶现象进行斗争的倔强性格。

寒冬腊月，长安的天街下过大雪，草苗枯槁，连草根也给大雪深深掩埋了。马要找吃，也知道草根是甜的，但是藏在雪下的既有可口的草根，也有带刺的蒺藜。也就是说，它碰上的既可能是美好的东西，也可能是丑恶的东西。在这两种可能性面前，它怎么想呢？诗人借马的口吻说：我不知道自己的嘴有多硬，可是我有思想准备，准备着第一口咬到的恰是带刺的蒺藜。我倒想看看是我的牙齿硬，还是蒺藜的尖刺厉害。

第三句"未知口硬软"是理解全诗的关键。这里面透出一副敢于斗争的精神。它当然要找吃，但不是饥不择食，而是准备掂量一下自己的本领，即向丑恶的事物进行斗争的本领。这种顽强精神是同李贺在创作诗歌时"语不惊人死不休"的顽强精神基本一致的。

第二首"大漠沙如雪"，是一匹具有雄心壮志要在沙场上建功立业的骏马。它需要的环境不是柳荫花下，不是殿陛宫阶。它要以黄沙万里漠漠如雪的不毛之地，要以汉将军窦宪刻石纪功的燕然山，作为它活动的背景。它要在如钩的月色底下振鬣长鸣，在风沙扑面的秋空中迎风疾走。然而，眼下仅仅是一种愿望。这种愿望何时才能实现？何时才能戴着黄金的络头在沙场上驰骋呢？

这一首自然也是以马喻人。这匹骏马藏着作者自己的形象。为什么诗人会产生这种想法呢？它是有时代背景的。

中唐时代，唐王朝的声威比起盛唐是大大不如了。在西面，吐蕃的势力一直伸展到今四川、甘肃一带，北面又有回纥、奚、契丹的兴起。而盘据地方的藩镇，又只知发展私人势力，争权夺利，各霸一方。在这种局面下，李贺虽然明知自己是个文弱书生，也禁不住要以驰骋沙场的骏马自居，想替国家立功了。

"催榜渡乌江"一首,写的是起义灭秦的英雄项羽的坐骑——一匹乌骓马。这匹马,项羽对它的评价是:"吾骑此马五岁,所当无敌,常一日行千里。"垓下一役,项羽失败了。连夜突围来到乌江岸边。乌江的亭长给项羽准备了一条船,对他说:"江东虽小,地方千里,众数十万人,亦足王也。愿大王急渡!"可是项羽拒绝了。他感谢亭长这番好意,指着乌骓,把它送给亭长。自己拿短兵作战,身受重伤,自刎死了。

这就是历史上著名的乌骓马的下落。

诗人有感于这段史事。他设身处地替这匹"所当无敌"的骏马着想。他认为,项羽自杀以后,亭长就把马拉到船上,向乌江对岸划过去了。这时候,乌骓会是怎样呢?它在惨烈的北风中禁不住痛哭起来了。为什么痛哭?因为这匹马知道,自己的主人拔剑自杀以后,要再找一位这样的英雄同他一起驰逐在疆场之上,是没有可能的了。

历史上有过许多才智之士,他们追随领袖人物多年,一旦这位领袖人物逝去,他们都会痛感到是一种无法弥补的损失。这种悲哀,有时甚至还可以出现在朋友之间。

战国时代的哲学家庄子对于惠施的逝世就有这种深沉的哀叹。他打了一个比喻:一位手艺非常高明的匠人,看见他的朋友鼻子尖上沾了一抹石灰,不过蝉翼那么薄薄一片。他就抡起自己的斧头,像旋风一样砍向他朋友的鼻子。鼻子上的石灰全都削掉。而他的朋友呢?镇定地站着,神气就像什么都没有发生。庄子讲了这个故事以后,慨叹说:自从惠子死后,我再也找不到能够同我合作得这样美满的对手,像匠人同他的朋友这样的对手了!

事情往往是这样：没有锋利的矛也就显不出坚固的盾。

这是骏马的悲哀,才智之士的悲哀,还是诗人李贺的悲哀?让我们读者自己去寻味吧。

自从秦始皇爱好神仙追求长生以来,汉武帝算得是第二位以此著名的皇帝了。他一生上了许多方术之士的大当,却又依然执迷不悟。在历代文学作品中,汉武帝和神仙常是同时出现的李生词儿。然而,迷信世界上有长生不死之药的皇帝,远远不止秦皇和汉武。唐代就是让仙丹弄得乌烟瘴气的社会。好几个皇帝都是吃了大量仙丹而得病不救的,怪不得招来了李贺的冷嘲。

⑥李商隐《李长吉小传》记载了这样的传说：李贺将死之前,看见一个穿绯衣的人到来,说上帝建成一座白玉楼,要召他上天去写一篇《白玉楼记》。于是李贺就咽气了。

"武帝爱神仙"这首诗,构思实在新奇。许多人都曾讽刺过求仙的愚蠢,但都没有从马的身上着笔。李贺偏是从马想到人。他颇带点幽默地说:汉武帝拼命追求神仙,把黄金都烧成紫色的烟了,仙丹还是毫无踪影。其实么,就算炼成功了仙丹,吃下去又可以升天,可哪里找来会上天的马让他骑坐升天去呢?难道这位皇帝打算一步步走到天上去吗?他又拼命从西域找来许多千里马,在马房里养得胖胖的。但越是长膘的马,越不好上天,他为什么没有考虑到这个难题呢?李贺本来就写过"几回天上葬神仙"的警句,在这里,他又转成冷嘲了。

我们仅仅从这些马诗就可以看出,单纯用"鬼才"二字来概括李贺,是多么的不公平。

清人宋琬《昌谷集注序》有几句话写得好:"贺,王孙

也。所忧,宗国也,和亲之非也,求仙之妄也,藩镇之专权
也,阉宦之典兵也,朋党之衅成而戎寇之祸结也。"只活了
二十七岁的李贺,一身锦绣,满腔抱负,然而又是带着沉重
的忧世之情死去的。所谓"天上白玉楼"的传说⑥,好像是要
歌颂他的文采,其实只能起着歪曲诗人形象的不良作用。

梦　天

李　贺

老兔寒蟾泣天色①,云楼半开壁斜白。
玉轮轧露湿团光,鸾珮相逢桂香陌②。
黄尘清水三山下,更变千年如走马。
遥望齐州九点烟,一泓海水杯中泻。

　　《梦天》,也许是诗人有过这样的梦境,也许纯然是浪
漫主义的构想。一开头,诗人向我们展示的
是这样一个梦境:幽冷的月夜,冻雨飘洒,云
丌半壁,诗人翩然在太空遨游,进入月宫,遇
见了徘徊在桂树下的仙女。

　　下面试逐句加以解释:

　　"老兔寒蟾泣天色"——有人解释说:
"月明如水的天色,仿佛是被兔蟾泣成那
样。"个人的看法却有点不同,贯串着下文来看,这句话
的意思应该是这样:本来月色很明亮,突然阴云四合,洒

①古代传说,月里有玉兔和蟾
蜍。见《五经通义》。这是古
人看到月亮上的阴影所产生
的幻想。
②桂香陌——桂花散满香气的
路。古人传说月中有桂树,
高五百丈,有个人叫吴刚的,
常用斧头砍它。但拔出斧头,
树创又合上了。见《酉阳杂
组》。

下来一阵冷雨。天色的变幻，仿佛是月里的蟾和兔突然哭泣起来一样。

"云楼半开壁斜白"——云楼也不是指月宫里的楼台，而是说，雨洒了一阵，忽然又停住了，黑云裂开，幻成了一座高耸的楼阁；月亮从云缝里穿出来，光芒射在云块上，显出了一道白色的轮廓，有如屋墙上受到月光斜射一样。

"玉轮轧露湿团光"——下雨以后，水气未散，天空充满了很小的露点子，玉轮似的月亮在它上面碾过，把一轮圆光都打湿了。这三句，都是诗人漫游天空所见的景色。

然后，第四句写到诗人自己进入了月宫。"鸾珮"是雕着鸾凤的玉珮，在这里是仙女的代词。在桂花飘香的路上，诗人和一位仙女碰上了。

以上这一段，是比较晦涩的，但是不能说它"欠理"。诗人敞开了他宽广的想象力，把月夜的冷雨幻想为蟾兔的眼泪，把天空的积云想象成为楼阁，"玉轮轧露""鸾珮相逢"，也都是梦境中应有的景象。所以我们说它是合理的。但是开头那三句却不能说它不晦涩，因此后人的解释便有了分歧。

下面四句，可以分作两段。"黄尘清水三山下，更变千年如走马。"是写诗人和仙女的谈话。这两句可能就是仙女说出来的。"黄尘清水"，换句常见的话就是"沧海桑田"；"三山"，原指蓬莱、方丈、瀛洲三座神山，这里却是指东海上的三座山。它原来有一段典故：葛洪的《神仙传》有一段关于麻姑的神话。麻姑对王方平说："接待以来，见东海三为桑田，向到蓬莱，水又浅于往日会时略半耳。岂将复为陵陆乎？"这就是说，大地上沧海桑田，变化很快。读了这两句，我们会很快联想到"山中方七日，世上已千年"的话头。

古代的人往往以为"神仙境界"就是那样,所以诗人以为月宫也当然如此。人们上到月宫,回过头来看人世,就会看出"千年如走马"的迅速变化了。

最后两句,是诗人"回头下望尘寰处"所见的景色。"齐州"指中国,中国古代分为九州,所以诗人感觉得大地上的九州有如九点烟尘。"一泓"等于一汪水,这是形容东海之小,如同一杯水打翻了一样。

以上这四句,诗人尽量驰骋了自己的幻想,仿佛他真的已经飞进了月宫,看到了大地上的时间流逝和景物的渺小。浪漫主义的色彩是很浓厚的。

很早以前,人们对于时间和空间的问题,就持有两种截然不同的态度。他们都认为时间过得非常之快。正因如此,一种人觉得时间不会等人,一定要抓紧时间,不让它平白地从自己的手里溜走。另一种却觉得反正是"千年一瞬",生命有限,而事物无穷,拿有限的去追逐无穷,不会有什么结果,于是就陷进颓废的一路。这两种态度,在我国先秦时代就有代表人物。

对于空间同样如此。一种认为天地是非常之大的,人却异常渺小,所以人只好顺从"天命"。另一种却不然,认为大小是相对的,在这方面看来它很大,在另方面看来却很小。大不一定就是了不起,小也不一定就无所作为。这两种世界观,在先秦时代也出现过代表人物。

李贺在这首诗里,对时间和空间问题也提出自己的看法。他看出时间是"千年如走马",也看出"齐州九点烟",东海不过像一杯水。他到底是属于哪一派,没有说出来。但从他把立足点升得很高——从月亮里下看世界这一点看来,他是很憎恶那些把个人利益看得很重,拼命争名夺利之徒的。时间把一切都迅速改变，空间又使个人显得如此渺小，为了自己鼻子尖底下的事，闹得个不可开交，不是非常可笑么！看来诗人是藏着这层意思的。

不过他到底没有明白说出来。

金铜仙人辞汉歌 (并序)

李 贺

魏明帝青龙元年八月，诏宫官牵车①西取汉孝武捧露盘仙人，欲立置前殿。宫官既拆盘，仙人临载乃潸然②泪下。唐诸王孙③李长吉遂作《金铜仙人辞汉歌》。

茂陵④刘郎秋风客，夜闻马嘶晓无迹。
画栏桂树悬秋香，三十六宫⑤土花碧。
魏官牵车指千里，东关酸风射眸子。
空将汉月出宫门，忆君清泪如铅水。
衰兰送客咸阳道⑥，天若有情天亦老。
携盘独出月荒凉，渭城⑦已远波声小。

曹丕的儿子魏明帝曹睿，即位后第十一年，即青龙五年(公元 237 年，是年三月改元景初。序中青龙元年，误)，派官员到长安去，拆卸汉代遗留下来的金铜仙人和承露盘，准备运回京都，在宫殿前面竖立起来。曹睿的意思是要表示壮观还是谋求长生,我们已经弄不清楚。但他曾经"大治洛阳宫,起昭阳、太极殿"⑧,拆铜人恐怕与此不无关系。

承露盘原是汉武帝刘彻建造的,目的在于承接天上的仙露,让他喝了可以长生不老。所以特别铸了一个铜制的仙人,双手捧着,站得高高的,来迎接上天的恩赐。

仙露不曾延长汉武帝的寿命,承露盘和铜仙却巍然站在风露之中。到魏明帝时,已经过了三百多年,变成一件古董了。

据说,魏国的官员到长安进行拆卸的时候,盘是拆下来了,可是铜人庞大而又笨重,无法运走,官员们就把它丢在霸城,单把铜盘拿走。又据说,拆卸的时候,铜人因悲伤而哭泣了。它是抗议人们把它搬走还是怀恋汉武帝的恩情呢?谁也不知道。

这个故事,成为李贺笔下的题材,让他写出了震惊千古的名句——"天若有情天亦老"。

诗是从汉武帝写起的。

"茂陵刘郎秋风客",这个刘郎就是汉武帝。有人认为拿"刘郎"称呼一个古代帝王,未免太不客气。其实,唐代诗人没有那么多顾忌。吕温就拿"刘郎"称呼蜀先主刘备,顾况也有"王母欲过刘彻家"的句子⑨。封建帝王虽然可以规定本朝的避讳,却不能限制以后的人也一律非遵守不可。只有清高宗弘历才那么小心眼儿,特别下了一道谕旨,把史书和前人诗文中的"刘彻"一律改为"汉武"⑩。

①牵车——有人认为是"辇车"之误。理由是"辇"同辖,即车轴头,作驾驶解。但牵车未尝不可通,不应拘泥于官员不会亲自牵车,就改动了它。

②潸然——流泪的样子。

③唐诸王孙——李贺是唐高祖之子元懿的后裔,所以自称王孙。

④茂陵——汉武帝陵墓,在今陕西兴平县东北。

⑤三十六宫——东汉张衡《西京赋》中提到长安有离宫别馆三十六所。

⑥咸阳道——咸阳在长安西北渭水北岸。但这里只是指长安城外的大路。

⑦渭城——秦代的咸阳,汉代改称渭城。

⑧见《三国志·明帝纪》青龙三年。

⑨见《全唐诗》顾况《梁广画花歌》。

⑩见《四库总目提要》卷首。

　　"刘郎"一出场,就不在皇宫,而在他的葬身之地茂陵,已经成为"秋风客"了。"秋风客"是秋风中的过客,也许就是幽灵的意思。他未能成为长生不老的仙人,可是据诗人说,他的鬼魂还是有的。他在夜里还骑着骏马在长安一带闲逛,人们听到他的马在嘶叫。不过太阳一出来他就隐没不见了。

　　汉武帝的鬼魂能看到些什么呢?他生前建筑的三十六所离宫别馆,都已长满了碧绿的土花(青苔);残破的画栏还倚着桂树,桂花在秋风中仍然散发着香气,但也掩饰不了那一片荒凉。

　　在上面这四句诗里,刘汉王朝已经灭亡,另有一个曹魏王朝代之而起,这一层意思,在景物中便已暗暗传递出来了。

　　下面就描写魏国官员拆取承露盘的事实。

　　"魏官……"两句是说那些官员千里迢迢跑到长安去。他们到了长安的东门,迎面是强劲的西风,西风把他们的眼睛弄得酸溜溜的,好不难受。("酸风",解作西风的声音使人听了酸心,也未尝不可。但魏国官员似乎不至于有心酸的感情。)

　　"空将……"两句就转到铜人身上来说。铜人手里的承露盘眼看保不住了,自己也给人移出宫门。这时候,它看到地上原来的东西都离开它身边,只有天上一轮明月,还恋恋不舍,一直跟它出到宫门。这是它几百年来看惯了的月亮,是汉朝的月亮。汉朝的东西,如今只剩下它和月亮了。

　　铜人想起把它塑造出来的汉武帝。这位君王早已不喝承露盘里的仙露,如今,连铜人也不能保护了。它想到这些,眼泪就像淌水一样流下来。诗中用了"铅水"二字,是因为它是铜人。铜人流下来的自然是金属的眼泪呵。

下面，铜人已经来到长安城外的大路上。沿路到处长着野生的泽兰。泽兰是菊科植物，秋初开着白色的排成伞房状的花。它们在大路两旁摇摆着，显出衰弱悲伤的样子，就像舍不得这位标志着过去那段烜赫历史的人物离开似的。这种凄惨苍凉的情景，要是老天爷也有情感，它也会悲痛得立刻衰老了。

"天若有情天亦老"，真是石破天惊、出乎意外的奇想！从来只有人说天是不老的，谁曾见过天会衰老呢？可是这位诗人仅仅下了"若有情"三个字，天就变得不同了，它活过来了。活过来当然很好，可是也有不好。因为生命总有衰老的一天，何况还是有感情的生命呢！这真是绝顶聪明的想象力。虽然宇宙不是生命，宇宙毕竟也在不断运动变化，星球也有年轻期和衰老期，分子天文学家已经在探讨星际分子是不是生命前分子了。那么，谁说天绝对不会衰老呵！

"携盘……"这句，有两种解释。一说这是金铜仙人连同它的露盘都离开长安。因为"独出"自然指的是金铜仙人，不是指魏国官员，何况诗题又明明说是"仙人辞汉"，序言中又有"仙人临载"的话。一说"携盘"者是搬走承露盘而丢下铜人的官员。理由是史书上明明说"铜人重不可致，留于霸城。"⑪诗中的"携盘独出"可以解为单独携盘而去。两说各有理由。我是倾向于前一说的。因为拿金铜仙人作全诗的收束，情韵是远胜于用魏国官员作收束的。

⑪见《三国志·明帝纪》引《魏略》。

"渭城已远波声小"——好像金铜仙人正在竖起耳朵，要最后听一听渭水的奔流似的。一种恋恋不舍的感情扑面而来，使人有徒唤奈何之叹。这也是很高超的手笔！

罗浮山人与葛篇

李 贺

依依宜织江雨空,雨中六月兰台风①。
博罗老仙持出洞②,千岁石床啼鬼工。
毒蛇浓吁③洞堂湿,江鱼不食含沙立。
欲剪湘中一尺天,吴娥莫道吴刀④涩。

　　李贺的一位朋友,居住在广东罗浮山,给诗人捎来了一匹葛布。这首诗就是赞美这种葛布的。

　　南方的葛布从古就有名。《诗经》已经提到它,称为"绤绤"。广东出产的葛布,在汉代就有记载,成为达官贵人馈赠的佳品。直到唐代,广东出产的葛布也还是很有名。杜甫有一首《送段功曹归广州》诗就说:"交趾丹砂重,韶州白葛轻。"李贺这首诗更是极力赞赏广东的葛布,使这种产品显得加倍出色了。

　　此诗一共八句。前四句极力描写葛布织工的精细,后四句表示在暑天里他正急需这种布料裁制衣服。

　　"依依宜织江雨空,雨中六月兰台风"——"依依"是形容葛布的柔软。"江雨空"是用雨的线条来形容葛布纤维的疏细。"宜织"是指巧手的纺织工艺。"兰台风"用了一个典故。在这两句里,诗人先强调了葛布的疏而

①兰台风——宋玉《风赋》:"楚襄王游于兰台之宫。宋玉、景瑳侍。有风飒然而至。王乃披襟当之,曰:快哉,此风!寡人所与庶人共者耶?"

②博罗——县名。在广东省东南。罗浮山跨博罗、增城二县间。持——各本均作"时",从元校本改。

③毒蛇浓吁——今本多作"蛇毒浓凝",此从宋本。

④吴刀——吴地所出的剪刀。李白诗有"吴刀剪采缝舞衣"句,此刀也是指剪刀。

且细，想象在六月天里穿上葛衣，迎着爽快的风，不仅非常凉快，也更能显出葛布的柔软。

"博罗老仙持出洞，千岁石床啼鬼工"——"博罗老仙"是用夸张笔墨比喻那位罗浮山人。是他从仙洞里把葛布拿出来赠与诗人的。葛布的织工好极了，它不是靠一般织机织出来，而是在"千岁石床"上织成的。它费了洞中的鬼工多少工夫呵，难怪那些灵巧的鬼工看见葛布给人拿走，会伤心得哭泣起来了。

"毒蛇浓吁洞堂湿，江鱼不食含沙立"——这两句是着力描写天气炎热。蛇本来是冷血动物，不该怕热的。可是它却在直喘气，喷出来的浓气把洞穴都弄潮湿了。江鱼是藏在水里的，该也不怕热了吧，如今连江水也热得让它受不了。它脑袋朝下躲到河底沙上去，避一避水中蒸腾的热气。于是看上去这些鱼儿就像含着沙倒立起来一样。

"欲剪湘中一尺天，吴娥莫道吴刀涩"——在这种闷热的天气里，自然想着赶快穿上葛衣。"吴娘呵，你看这些葛布就像湘江的水反映着洁净的天空一样，多么纯净，多么白腻。我想把它裁下来一块。你不要推说剪刀不够锋利吧，东吴正是出产好剪刀的地方呵！"

一匹葛布本来平常，要形容它也无非是纤细白净罢了。可是到了李贺手里，你看他有多少出人意外的构思，又是多么奇丽炫目的形象。真是独具一格，别开生面。初看的时候，这些千奇百怪的形象扑面而来，弄得人眼花缭乱，不知道诗人打算告诉我们一些什么。但是只要耐心定神仔细研读，我们便会发现他是运用了浪漫的构思，夸张的手法，色彩斑斓地泼出一幅气势生动、神采丰满的图画来。而当我们细加分析之后，又会发现诗人字字都是紧扣题目，句句都有创作意图,在章法上一起一结,一开一合,步步都有分寸。初看是难解的,如今就不难解了。初看好像很凌乱,如今反而觉得非如此不可了。这真是一种很高的艺术造诣,不由你不点头佩服,由衷叹赏。

诗是最不能容忍平庸的。罗马帝国初期诗人贺拉斯,和十七世纪法国诗评家布瓦罗都说过类似的话。布瓦罗甚至认为中等的和蹩脚的诗人是完全没有差别的。我国许多诗评家也都告诉诗人要力避平熟。而平熟其实就是布瓦罗的所谓"中等"。有些诗,写起来形式合格,内容也挑不出什么毛病,可就是平庸得很,看上去没有一点劲儿。你说它是"中等",勉强可以;但说它是"蹩脚的",又何尝不更合乎实际呢!

读了李贺的诗,是不由人不产生以上的感想的。

牡丹种曲

李 贺

莲枝未长秦蘅老①,走马驮金劚②春草。
水灌香泥却月盆③,一夜绿房④迎白晓。
美人醉语园中烟,晚花已散蝶又阑。
梁王老去罗衣在,拂袖风吹蜀国弦⑤。
归霞帔拖蜀帐昏⑥,嫣⑦红落粉罢承恩。
檀郎谢女眠何处⑧?楼台月明燕夜语。

牡丹为什么会被人称为富贵花?除了它那艳丽的形态以外,恐怕同唐代贵族富家偏爱牡丹也不无关系。

它原产于山西省,唐初移植到长安、洛阳。唐玄宗携着贵妃,欣赏牡丹,还令李白进《清平调》三章。上有好者,下必甚焉。牡丹从此成了"花王"。中唐诗人柳浑曾写道:"近来无奈牡丹何,数十千钱买一窠。"白居易也说:"一丛深色花,十户中人赋。"那风气也就可想而知。

许多人都咏牡丹,李贺也咏牡丹。但李贺有他的想法,也写出他自己的独特风格。我们且看他怎样通过种种形象来写时人对牡丹的狂热的。

"莲枝未长秦蘅老,走马驮金劅春草"——莲花的茎还未长出来,秦蘅却又衰老了。于是富贵人家用马驮着金钱,到产地找名贵的牡丹去了。因为牡丹还没开花,所以诗里称它为"春草"。但也含有贬抑的用意。

"水灌香泥却月盆,一夜绿房迎白晓"——找回来以后,栽在半月形的花盆里,又是淋水,又是上泥。保护十分周到。花苞逐渐长大了,一夜之间,灿然开放。它在晓色之中,迎人欲笑。

"美人醉语园中烟,晚花已散蝶又阑"——赏花的人都纷纷前来了。他们在花下饮酒作乐,喝得酩酊大醉。直到园中出现了黄昏的雾气,那些脸泛桃花的女子还在胡言醉语。其实这时候牡丹花瓣已经松散,连蝴蝶都意兴阑珊了。

"梁王老去罗衣在,拂袖风吹蜀国弦"——"梁王",有

① 秦蘅——旧注引宋玉《风赋》李善注:"秦,香草也;蘅,杜蘅也。"王琦认为"秦蘅至牡丹开时已老,不知是何花,绝非杜蘅。杜蘅虽是芳草,然其花殊不足观,难与莲枝、牡丹为伍。"暂以阙疑为是。
② 劅(zhǔ)——据取。
③ 却月盆——古代有却月城,形如半月。却月盆就是半圆形的花盆。
④ 绿房——指牡丹的蓓蕾。
⑤ 蜀国弦——古代用蜀地的桐木做琴,李贺称之为蜀弦。《蜀国弦》又是乐府曲名。
⑥ 被拖——被是古代妇女披在肩背上的服饰。旧解"被"或是"披"字之讹。但"被拖"指为花瓣像被一样拖下来也可以。蜀帐——遮花的帐幕,用蜀布制成。参看白居易《牡丹芳》诗:"共愁日照芳难住,仍张帷幕垂阴凉。"
⑦ 嫣——同蔫(niān),指花瓣因失去所含水分而萎缩。
⑧ 檀郎——唐代泛指青年男子。谢女——泛指青年女子。

人解为姓梁姓王两个妓女，也有人解为贵种牡丹的名字。照我的看法，"梁王"是从上文"园中"牵连而来。汉代有个梁孝王，在今河南商丘县附近建了一座大花园，取名兔园。后人管它叫"梁王苑"或"梁园"。李贺由此发挥他的浪漫主义构思，把这座花园说成是梁孝王的梁园，意思则是指唐代某一皇族的花园。这位皇族虽然死了(把死说是"老了"，现在民间口语里还有)，但那些穿罗衣的歌舞人还在。她们有人在跳舞，也有人在弹奏琴瑟。名目是欣赏牡丹，其实是找个借口来尽情欢乐一下罢了。(自然，句中的"罗衣"也可以比拟牡丹的花叶，像李商隐《牡丹》诗："锦帷初卷卫夫人，绣被犹堆越鄂君。垂手乱翻雕玉佩，折腰争舞郁金裙。"就是类似的比拟)

"归霞帔拖蜀帐昏，嫣红落粉罢承恩"——赏花人终于散尽了。像红霞似的花瓣已经耷拉下来，遮盖牡丹的帐幕颜色也渐渐昏暗。牡丹的鲜红开始暗淡，颜色褪落，它再也不受贵人的恩宠了。

"檀郎谢女眠何处?楼台月明燕夜语"——那些贵族男女们如今睡在什么地方呢? 他们正在华丽的楼台之中，有如雕梁的燕子呢喃地唱着。外面则是明亮的月光。

这就是唐代富豪们一幅赏花图。

他们不惜花了巨资买来名贵的牡丹，不过仅仅供他们一天的欣赏罢了。这种穷奢极侈的挥霍，当然都是出自老百姓的血汗。但李贺没有写"一丛深色花，十户中人赋"。他用他自己的描写手法，他有他自己的风格。

李贺对于他那个社会的恶劣腐败现象，是深有贬斥和讽刺的。可是他多数是不着议论，而是用形象的语言来表达，让读者自己去寻味。在这首诗里，同样是采用这种手法。

贾　岛

（779—843），字浪仙，一作阆仙，范阳（治今河北涿州）人。初落拓为僧，名无本，后还俗。官终普州司仓参军。其诗喜写荒凉枯寂之境，颇多寒苦之辞。以五律见长，注重词句锤炼，刻苦求工。有《长江集》。

渡桑干①

贾　岛

客舍并州已十霜，
归心日夜忆咸阳。
无端更渡桑干水②，
却望并州是故乡③。

　　并州(现今的太原)离开咸阳并不算太远，太原再往北走几百里，就是桑干河。今天我们坐上火车可以朝发夕至。可是这位唐代诗人，旅居并州十年之久，日盼夜望，始终没有机会回家里一趟；反而一个意外，要走向那时称为塞上的桑干河北。这对诗人来说，真是一个很大的失望。黄昏日落，桑干河水流得很急，诗人踏上渡船，在暮色苍茫中，仿佛看见并州裹在重重的浓雾里。这时，他突然强烈地怀念起并州来。这是他居住过十年的并州，一山一水，一草一木，他都非常熟识，彼此好像系上了感情的带子。如今这一切也都只好存在于幻想之中了。

"并州,我的故乡呵!"诗人禁不住失声地喊了出来。……

然而,隐藏在这么一声的后面的感情又是什么呢?再也用不着说明,那是对于返回真正的故乡——咸阳的真正的绝望![4]

宋代文学批评家,在谈到诗的技巧的时候,把一种技巧叫做"影略法"。"影略",又作"影掠",即观影而知实物之状,译得浅近些就是"不言而喻"的意思,有人引郑谷的落叶诗:"返蚁难寻穴,归禽易见窠"做例子,因为只写出蚁难寻穴,禽易见窠,自然就使人知道树上的叶子大半都掉下来了。写《冷斋夜话》的惠洪和尚由此就认为贾岛这首诗之所以好,原因在于使用这种"影略法"。其实,这是很表面的看法。贾岛这首诗所以使人感到情意深沉,首先在于他对那种不由自主的被迫远行的生活的无限感慨。"无端更渡桑干水",这里面包含了不止贾岛一个人的遭遇,也不是一个人的感情,这里面有着一定的时代背景(中唐时代军阀专横,政治黑暗已极,很多人流离失所,不得归乡)。但是,他不肯泛泛地写浮在面上的、谁都能够说得出来的一般感想,而是艰苦地探索下去,在发现了对归乡的真正绝望之后,在心头千回百转,结果才运用了一点技巧,把这种绝望之情写了出来。如果单纯运用技巧,显然是不能这样动人的。

"却望并州是故乡"这种构思,的确比之"更知无计返家乡"的一览无余的构思,具有更大的感动人的力量。虽然归根到底来说,两者的含意是一样的。这里面很有值得我们探索的地方。从前有些文艺批评家认为"诗忌在直",要把意思说得曲折些,也就更耐人寻味些。然而这种说法颇有流弊,有些诗人就因为要力求其"曲",弄得内容非常隐晦,别人怎么也弄不清

①此诗一说是贞元间诗人刘皂的作品;但后人多数把它归到贾岛名下。
②桑干水——桑干河,源出山西省朔县东,下游为永定河。
③却望——回望。
④贾岛是范阳人,久居京师。这里的咸阳即指长安。

楚他说什么。可见问题并不在一"曲"字。我觉得"却望并州是故乡"这句话之所以显得动人，其一，是作者把某一种思想感情加以形象化的结果。"归乡是更加不可能了"，这也是一句发自真正感情的话，然而我们觉得平淡，是因为它没有形象，不能构成诗的意境；而"却望并州是故乡"则是一句形象性很强的语言，蕴藏着丰富的意境，使人"目击而心存"。其次，又是我们的感情被引进一步，不能不更加关心作者的命运的结果。在读这首诗开头两句的时候，我们便已产生了这样的印象：并州是做客之地，虽近而疏远，咸阳是诗人故乡，虽远而亲近。这样就好像在感情上树立了两个对立面，并且无形中要争取这一方(咸阳)而排斥另一方(并州)；不料再读下去，原先的一组矛盾竟发生了变化，新的要排斥的对象——桑干河突然出现，原先要排斥的并州这时反而成为需要争取的一方了。这样，我们便觉得诗人在一个矛盾还没有解决的时候，又陷入了新的矛盾之中，竟至于不能不把原要排斥的一方作为争取的对象，我们就不由得不给予诗人以更大的关怀，从而让我们的感情更深一步向前展开了。这首诗给予我们的感动，不是没有来由的。

贾岛是以"推敲"著名的苦吟诗人，做过和尚，后来结识了韩愈，才弃僧还俗。据说，他认识韩愈的时候，有一段故事。有一次他吟了两句诗："鸟宿池边树，僧推月下门。"作好以后，他觉得"推"字不算好，要改做"敲"字，可是又决断不了，走在路上，还在苦思，并且下意识地做出推门和敲门的手势。恰巧韩愈排开仪仗在街上走，他迷迷糊糊地冲进仪仗队里去，给抓住了。韩愈问起情由，代他决定用了"敲"字，并且引为诗友。这就是"推敲"这个典故的来由。事情的真假虽不可知，但是像这首诗，就不只是一个字的推敲问题了。他作诗之刻苦用功，是不难想见的。

忆江上吴处士

贾　岛

闽国①扬帆去，蟾蜍亏复圆。
秋风吹渭水，落叶满长安。
此地聚会夕，当时雷雨寒。
兰桡殊未返②，消息海云端。

　　有关贾岛的几件传说，书上记载颇为分歧。《新唐书》
说贾岛起初是个和尚，后来结识了韩愈，才
劝他还俗。《唐遗史》却说，贾岛由于举进士
不第，才落发为僧。《唐遗史》又说贾岛因为
思索"僧敲月下门"句，冲突了韩愈的仪仗
队。《唐摭言》却另有说法：是他先得到"落叶
满长安"这句，苦思不得一联，于是在大街
上冲撞了京兆尹刘栖楚③。还有他后来被贬
为长江主簿的原因，《新唐书》《唐摭言》和
《唐遗史》的说法都各各不同。这些，只好让考证家去判定
真伪了。

①闽国——今福建省福州。
《新唐书·地理志》："福州长
乐郡，本泉州建安郡治。武
德六年别置。景云二年日闽
州。开元十三年更州名，天
宝元年更郡名。"
②兰桡（ráo）——指船。即
诗词中常用的木兰舟。
殊——这里作"犹"字解。
③贾岛的《长江集》中有《寄
刘栖楚》诗，看出彼此是交
情颇挚的。

　　这首诗的"秋风吹渭水，落叶满长安"一联，本来是贾
岛的名句。后来有不少人引用。像宋代周邦彦的《齐天乐》
词："渭水西风，长安乱叶，空忆诗情宛转。"元代白仁甫《梧
桐雨》杂剧："伤心故园，西风渭水，落日长安。"就都是的。

　　可是论诗颇多精到见解的王夫之(船山)，却对这一联

痛加指摘。他谈到"诗文俱有主宾。无主之宾,谓之乌合"时,就说:"若夫'秋风吹渭水,落叶满长安'。于贾岛何与?……皆乌合也。"竟认为这两句是随便凑上去的,与贾岛的感情无关。(见王夫之《夕堂永日绪论》)

王夫之也许是受了《唐摭言》的影响吧。因为它说是先得了"落叶满长安"五字,因苦思一联,冲撞刘栖楚,给关押了一天。然则事后才补足"秋风……"一句。这不明明白白是凑合的么!然而我们通看整首诗,却是整体如环相扣,首尾完密。"秋风……"一联,承上启下,对偶整齐,布置得很好,绝不能说是"乌合"或"与贾岛无关"的。

诗是忆念一位到闽州(在今福建)去的姓吴的朋友而作。

开头说,朋友坐着船前去闽州,到如今月复一月,还没有得到他的消息。"蟾蜍亏复圆"是说月亮盈了又亏,亏了又盈,不止一次了。

然后跟着说自己还住在长安。这时的长安已是秋风一片。秋风既吹着渭水,长安也满城落叶,显出一派萧瑟的景象。

为什么要提到渭水呢?因为渭水就在长安郊外,又是送客出发的地方。当日送朋友时,渭水还未有秋风;如今渭水吹着秋风,自然想起朋友一别已经几个月了。

于是,诗人忆起和朋友在长安聚会的一段往事:"此地聚会夕,当时雷雨寒"——他那回在长安和这位姓吴的朋友聚首谈心,一直谈到很晚。外面忽然下了大雨,雷电齐鸣,震耳炫目。虽然正在夏天,心里也感到一阵寒意。时光真是过得飞快,大雷大雨的夏天转眼就变成落叶满长安的秋天了。

这中间四句,在感情上,既说出诗人在秋风中怀念朋友的凄冷心情,又忆念两人往昔过从之好。在章法上,既向上挽住了"蟾蜍亏复圆",又向下引出了"兰桡殊未返",结构是很严密的。其中"渭水""长安"两句,是此日长安之秋,是此际诗人之情;又在地域上映衬出"闽国"离长安之远(回应开头),以及"海云端"获得消息之不易(暗藏结尾)。单就这简略的分析,已可见"秋风……"一联绝不是"乌合"的了。

再说"此地聚会夕,当时雷雨寒",在艺术手法上称为"逆挽"。也就是先叙述离别的事,再倒叙昔日相会之乐。这样行文就有曲折,也不至于笔势提不起来。

结尾是一片忆念想望之情。"兰桡殊未返,消息海云端。"由于朋友坐的船还不见回来,自己也无从知道他的消息,只好遥望天尽处的海云,希望从那儿得到吴处士的一些消息了。

你看这八句诗把题目中的"忆"字反复勾勒,何其厚重饱满。有哪一句是"无主之宾",又有哪一句可以贬之为"乌合"的凑合?

以前有些人颇喜摘句。标举出来,作为欣赏、学习,自然不无好处。但也要防止产生毛病。像本诗的"秋风……"一联,摘举出来,也未为不壮。(唐人张为的《诗人主客图》就摘引这一联。而方回在《瀛奎律髓》中则评云:"或问此诗何以谓之变体,岂'秋风吹渭水,落叶满长安'为壮乎?")可是它到底表达了诗人的什么思想感情,它和整首诗的关系如何,都看不出来了。

张　籍

（约767—约830），字文昌，苏州（今属江苏）人。贞元进士。其乐府诗多反映当时的社会矛盾和民生疾苦，也有描写妇女的悲惨处境者，甚受白居易推崇。和王建齐名，世称"张王"。有《张司业集》。

猛虎行

张　籍

南山北山树冥冥①，猛虎白日绕村行。

向晚一身当道食，山中麋鹿尽无声。

年年养子在空谷，雌雄上下不相逐②。

谷中近窟有山村，长向村家取黄犊。

五陵年少③不敢射，空来林下看行迹。

这是一首讽寓诗，看它的题面是描写老虎的凶猛，其实诗人的用意并不在描写真的猛虎，而是借虎来比喻那些作威作福，残害人民，连朝廷和地方官吏对他们也无可奈何的豪门贵族。

讽寓在诗歌中是常见的，但是诗人使用的手法也各有不同，有些诗人说得显露些，使人一看就知道它是在讽刺什么，反对什么；但是有些就写得隐晦一些，甚至绕几个圈子，要人再三猜想才明白它说的是什么。这当中自然有客观原因,在反动统治底下,有些诗人对反动势力的凶残存有戒心,就不得不隐约其词,曲折地写出自己要说的话。虽然曲折,但是由于比喻的准确,它又是鲜明的,生动有力的;更由于它所讽刺的都是当前的社会现实,并且多数是人民切身感受到的生活的痛苦,因此在当时来说,也并不像我们现在看来那么隐晦曲折,而是容易领会的。所以这一类讽刺诗,一般来说不会太多地减弱它的战斗意义。

①冥冥——一片阴暗。
②雌雄上下不相逐——雌虎和雄虎在出入的时候都不跟随在一起。意指分头寻食。
③五陵年少——西汉高祖、文帝等五座陵墓建在长安近郊,在这里居住的都是一些从各地迁来的富豪们。他们的子弟往往以骑射为乐,并且装扮成豪侠的样子。这些人就叫做"五陵年少"(年少就是少年)。后来也有人把这个词作为侠士的代称。

张籍是中唐一位现实主义诗人,能够面向现实,站在人民的立场,尖锐地揭露封建统治者的罪恶,写出劳动人民的苦难生活,为他们发出控诉。他的乐府词如《野老歌》《估客乐》《朱鹭》《促促词》等,反映了在腐败的封建王朝统治底下人民痛苦的深重,有着深刻的社会现实意义。

这一首《猛虎行》虽然不是提着名字来攻击那些豪门贵族,但是矛头所指,却可以看得出正是在针对着他们这一群人。他们的确好像那些白昼也敢出来横行的猛虎那样,残害人民,谁也奈何他不得。诗的开首两句,写出山深林密而虎猛。山深林密,说明猛虎有可靠的凭借;"白日绕村行",就不是一条寻常的虎,而是异常凶猛的虎。这都是在暗射豪门贵族。

三、四两句,进一步渲染虎的残暴凶恶。"当道"二字,语带双关,因为古人把当权的统治者叫做"当道",猛虎当道而食,说明它是明目张胆的,谁也不怕的。这种猛虎,也只有在人间才找得到。"麋鹿尽无声",又反衬出"猛虎"气焰的嚣张,被害者连一口气也不敢喘出来。在封建反动统治的黑暗年代,人民喘息在反动统治的高压底下,吞声饮恨，也和"麋鹿无声"的情形有点相像。

"年年养子在空谷"以下四句，说明"猛虎"不只是一条，而是一大群，它们子孙繁衍，长时期地残害人民。这就把"猛虎"的灾祸的严重性，描写得使人更加触目惊心，更加不可忍耐。在行文上说，就是一步高于一步，一层深入一层，把所要表现的主题思想推到了巅峰状态。

描写"猛虎"的祸害，到了这里，已经淋漓尽致了，因此，诗人在末尾两句就把笔一转，转到"五陵年少"身上去。"五陵年少"，指的就是所谓游侠儿，是善于骑射，以豪侠自命的人，这里却暗指那些身负治国安民之责的朝廷大臣或地方官吏而言。"五陵年少"不是不知道"猛虎"的罪恶的，可是他们震于"猛虎"的气焰，连碰也不敢碰它一下，只是徒然在林子里看一看这些大虫们的脚迹，就垂头敛手地走开了。这两句，作者一方面是对于豪门贵族的凶横，从旁再勾勒一笔；而另一方面，又对于官僚们的漠视人民痛苦、只顾保持禄位的昏庸怯懦行为，给予了尖锐的讽刺。

张籍是一个比较能够睁开眼睛，探索现实世界的诗人，由于他同情人民疾苦，也就容易看出当时封建统治集团的一些本质的东西。而他们这些本质的东西，也实在和吃人害物的猛虎有不少相似之处，因此诗人才借用"猛虎"为题，形象地把他们的丑恶面目揭露了出来，让广大人民看到这些豪门贵族是一些什么东西。

刘禹锡

(772—842)，字梦得，洛阳(今属河南)人。贞元进士。其诗通俗清新，善用比兴寄托手法。《竹枝词》《杨柳枝词》和《插田歌》等组诗，富有民歌特色，为唐诗中别开生面之作。有《刘梦得文集》。

竹枝词 (录二)

刘禹锡

一

杨柳青青江水平，闻郎江上踏歌声。

东边日出西边雨，道是无晴还有晴。

二

山桃红花满上头，蜀江春水拍山流。

花红易衰似郎意，水流无限似侬愁。

竹枝词，据刘禹锡的自序说，他在建平做官的时候(建平，古郡名，故城在今四川巫山县)，看见当地的人唱着一种歌曲，是用笛子和鼓伴奏的，一边唱一边跳舞。谁唱得最多，谁就是优胜者。刘禹锡采用了他们的曲谱，制成新的竹枝词。体裁和七绝一样。本来这种民歌，在唐代早已流行。

大历年间登进士第的刘商，就写过一首《秋夜听严绅巴童唱竹枝歌》，其中说："巴人远从荆山客，回首荆山楚云隔。思归夜唱竹枝歌，庭槐落叶秋风多。曲中历历叙乡土，乡思绵绵楚词古。"这首诗的写作年代，比刘禹锡的《竹枝词》还早。从诗中叙述看来，它是川东鄂西一带的民歌，而且和古代楚国民歌颇有渊源关系。可惜后来这种唱法失传了。只从《花间集》保存的几首竹枝词中，知道它的句法是上四下三的，上面四字作一顿，注上"竹枝"二字，下面三字作一顿，注上"女儿"二字。"竹枝""女儿"，大抵是在唱的时候的一种和声吧。实际情形怎样，就不知道了。

竹枝词的唱法虽然失传，可是后代文人仿作的仍然不少。这种仿作的竹枝词，由于本来出自民间，所以始终没有完全脱掉乡土气息。文人仿作竹枝词，也大抵都是描写乡土景物、民间风习或地方特产之类，多少总带上一点乡土的色彩。因此，它的风格也和一般的旧体诗有所不同，例如多用白描手法，少用典故；文字通俗流畅，排斥堆砌，等等。风格接近于民歌。这是竹枝词的特点。

这两首竹枝词，可以明显地看出作者有意向当时的民歌学习。无论从它的内容、手法和艺术风格看，它都和民歌这么接近，使人不禁猜测作者也许是直接从民歌取材的。因为那时的士大夫知识分子用民歌体来写诗，还没有达到这样高的水平。

两首诗都是女子的口吻。第一首很像是山边田头人们常常听到的山歌。诗中的这个姑娘也许是在江上打鱼，不然就是在河边洗衣吧。在春风淡淡的日子里，杨柳都吐出碧绿的长条，江水又是那么平缓。她正在从事劳动的时候，忽然听见一个青年人在引吭高歌，歌声好像从江面飞渡过来,总是盘旋在她的身边。虽然歌词的内容不完全听得清楚,却又好像是为她而发似的。等她倾耳细听的时候,歌声又忽然给一阵江风吹断了。然而不久，歌声又响了起来,又在她耳边盘绕着,赶也赶不掉。……就这样,这位姑娘的心情给逗引得忽起忽落,安静不下。

这首诗正是巧妙地描写了这一场情景。开头一句只是就眼前的景物描绘,通常是没有什么深意的;第二句才是叙事,写出了一位给歌声逗引得心情起伏不定的姑娘。接下去就是两句妙喻:"东边日出西边雨,道是无晴还有晴。"这两句诗长期以来为广大人民所喜爱和传诵。因为它语带相关地用"晴"来暗喻"情",抓住的是眼前景物,暗射的又是此时此际人物的思想感情;而两种不相关的事物通过谐声统一在一起,如此贴切自然,又使人感到有意外的喜悦。这样的谐声借喻,早在南朝民歌中出现,它不是只能在纸上舞文弄墨的人所能想象,而是只有善于通过歌唱来抒情表意的劳动人民才能够有的巧思。

劳动人民在诗歌中运用双关语，都是含蓄而不晦涩的。用"莲"喻"怜",用"池"喻"迟",用"晴"喻"情"……都是如此。正因为有含蓄的美,所以像这首诗里的女子就不像那些戴着道学的假面具的大人先生那样,绕了几个圈子也还闪闪缩缩的半吞半吐,说不出半句心里的话;但也不是赤裸裸地叫喊,使人觉得唐突。而是含蓄地用双关的语言,巧妙地道出了自己这时候的心情。

至于在第二首诗里的姑娘，也许正在尝着失恋的痛苦,也许是丈夫已经变了心。唱出来的调子是低沉的。她正在体味着自己的苦痛。这一首运用的也是民歌常用的手法:先写眼前的景物,然后再用它来作比喻,从而形象地写出了本来没有具体形象的内心感情。

"山桃红花满上头,蜀江春水拍山流。"上一句写满山桃花的灿烂,下一句写一江春水的浩渺。单从写景来说,这两句也是优美的;但是这位姑娘的心思并不在于欣赏这里的美丽景色,她不过是眼看了这些景色,有所触发罢了。触发什么呢?就是下面这两个比喻:"花红易衰似郎意,水流无限似侬愁。"桃花是易谢的,它正像那位郎君的爱情一样;而流水是无尽的,正好比自己的无穷痛苦。读了这两句,谁能不为它的比喻的鲜明准确而感动!许多人都认为李煜的《虞美人》词:"问君能有几多愁,恰似一江春水向东流。"是罕有的名句,哪里知道在这之前,已经先有了"水流无限似侬愁"这样震人心弦的诗句呢!

因此,很可以这样推测:在刘禹锡新创作的竹枝词中,除了向民间竹枝词学习之外,一定还会有取材加工的成分。这两首诗似乎可以作为例证。

乌衣巷

刘禹锡

朱雀桥边野草花,
乌衣巷口夕阳斜。
旧时王谢堂前燕,
飞入寻常百姓家。

　　看中国画的人，都会有这样一种感觉，明明画面上是一段素白，连淡得无可再淡的水墨也没有渲染上去，而观赏者的眼睛却分明从素白的地方看出别的什么来。比如，在山顶和山脚之间，横拦一段素白，看来就是锁着山腰的白云；几个孤独的洲渚中间，一片素白，又分明是浩淼无际的江水；群峰顶上那片素白，也不是别的，而是观赏者眼中的蓝天。画家们就是利用这种虚中见实，或虚实相生的技巧，让观赏者通过自己的联想和想象，看出画面上本来没有而在生活上却是实有的东西。这是不是文艺上的所谓含蓄？我看应该也是吧！在古人写的诗歌里，类似的例子是很多的。

　　拿这首《乌衣巷》为例，从表面看，诗人写的是南京城内乌衣巷的一段景色。在朱雀桥边，绿茸茸的长了许多野草，在这一片草丛中，点缀着各色的花朵，开得很茂盛。巷内显得荒凉冷静，只有一抹斜阳，默默地洒在街道的一角。这时候，双双燕子不停地飞来掠去，啄到了飞虫，就钻到屋檐下它们的泥屋子里。假如说，这就是一幅画面，那么，实在很难说出它有怎么深刻的思想内容。然而，诗歌到底和图画不完全相同。我们只要细细体味下去，特别是琢磨诗中的"旧时"两字，联系"王谢堂前""寻常百姓"等字，再回头寻味"野草花""夕阳斜"这些景物所包含的感情内容，那么，我们就会发现，作者是故意留下一段空白，让我们去自己体会。因此，这四句诗的主题思想并不太难理解，它正是对于豪门权贵的没落的必然性，通过形象的语言来加以揭露，使人感性地知道，那些封建权贵的炙手可热，无非是历史上一瞬的现象，他们是绝不会长久的。你看！燕子还是旧时的燕子，可是王、谢的门庭已经变成一般百姓人家了。(这里需要知道一些历史背景：乌衣巷是建康——今南京——的一条街巷;西晋政权由中原南渡后,建都建康,乌衣巷就成为王、谢等大族聚居的地方。他们都是所谓累代簪缨的贵族。)

也许这四句诗是表示了一种悼念之情吧?不是的。和《乌衣巷》同一组的《台城》诗,作者就说:"台城六代竞豪华,结绮临春事最奢①。万户千门成野草,只缘一曲后庭花。"②倾向性是明显的。正因如此,这首《乌衣巷》对当时的封建统治者来说无异一盆冷水,只有给浇得浑身打战,绝不会觉得它有丝毫温暖。其实在作者看来,这样的笔墨已经是够明白的了。当时的豪门权贵也绝不会不了解。正如诗人在另一首诗里,仅仅用"种桃道士归何处,前度刘郎今又来"两句话,隐约而又尖利地对当时翻云覆雨的政局(一批人排挤掉另一批人,他们自己不久又被人排挤掉)加以讽刺一样,马上就使"权近闻者,益薄其行。"可见这种含蓄的手法并没有降低它的战斗作用。③

这首诗虽然仅仅借用了现实生活中的小小一角——没落的乌衣巷的景色,说得如此含蓄,然而不能否认,当人们读了它,通过必要的联想和补充,就会看出这生活中的小小一角,竟是封建社会的豪门贵族不可避免的没落命运的现实反映,它已经远远超出单纯对于晋代王、谢贵族的没落的感慨了。

① "结绮""临春",是陈后主（公元 583 至 589 年在位）在南京用作享乐的两座建筑物的名字,建筑十分奢华。
② 此诗作者一说是张籍。
③ 据《唐诗纪事》及《唐才子传》,刘禹锡原是王叔文革新集团的主要人物。王叔文当政不久就失败,刘禹锡也被贬为朗州司马。元和十年,召回长安,他看到王叔文失败以后,朝廷中另换了一批新贵人物,颇有感慨,便写了一首《戏赠看花君子》:"紫陌红尘拂面来,无人不道看花回。玄都观里桃千树,尽是刘郎去后栽。"句中"桃千树"暗指朝中新贵,很有点冷嘲的味道,因此又被贬去播州,改迁连州,又徙夔州。后来他再回洛阳任主客郎中,于是他又写了一首《再游玄都观》:"百亩庭中半是苔,桃花落尽菜花开。种桃道士归何处?前度刘郎今又来。"两诗都是极尖刻的讽刺。

251

元 稹

(779—831)，字微之，河南(今河南洛阳)人。曾任监察御史。与白居易友善，常相唱和，世称"元白"。为新乐府运动的主要作者之一。有《元氏长庆集》。

遣悲怀 (录一)

元 稹

闲坐悲君亦自悲，百年都是几多时？
邓攸①无子寻知命，潘岳②悼亡犹费词。
同穴窅冥何所望③，他生缘会更难期。
唯将终夜长开眼，报答平生未展眉。

悼亡诗和爱情诗，在元稹的诗集中都占了一些分量。他写的那篇漂亮的散文《会真记》，把自己早年的恋爱事迹坦然暴白出来，还附了《会真诗三十韵》。在当时就引起许多人的注意。他的朋友杜牧曾写了《题会真诗三十韵》，李绅又写了《莺莺歌》④。但正如鲁迅先生在《中国小说史略》指出的，这位"元才子"，在《会真记》中"以张生自寓，述其亲历之境"，却又"文过饰非"，公然宣扬荒谬的"女人祸水论"，认为像崔莺莺这样的尤物，"不妖其身，必妖于人。"以此为他的"始乱终弃"进行辩解。这就引起后世许多读者的厌恶和愤慨。

固然,唐代是门阀制度森严的社会,一个要向上爬的地位卑微者,往往要设法向高门联婚,借这种裙带关系达到猎取官禄的目的。元稹在向上爬的过程中,抛弃出身低微的崔莺莺(这是一个杜撰的名字),另外找到一个名门望族的女子韦丛,和她结了婚,从当时的社会风气来说,并不是太奇怪的。然而他偏要吹嘘自己如何"善于补过",甚至斥被抛弃的对方为"妖孽",那就太恶劣了。

以上算是一段开头的话。

元稹的元配韦丛,字茂之(一作成之)。她的父亲韦夏卿,官至太子少保。韦丛是他的幼女。德宗贞元十八年(公元 802 年)嫁给元稹。那时元稹只有二十四岁,官职是秘书省校书郎。过了七年(宪宗元和四年,公元 809 年),元稹授监察御史,韦丛就病死了,得年仅二十七岁⑤。

韦丛是一位贤淑的女性。元稹在《祭亡妻韦氏文》中说她:"逮归于我,始知贱贫。食亦不饱,衣亦不温。然而不悔于色,不戚于言。"能够安于贫困生活。对丈夫也很能体贴:"他人以我为拙,夫人以我为尊。置生涯于漫落,夫人以我为适道。捐昼夜于朋宴,夫人以我为狎贤。"⑥这段叙述,很可以作为"谢公最小偏怜女,自嫁黔娄百事乖。顾我无衣搜荩箧,泥他沽酒拔金钗"等句的注脚。

韦氏死后,元稹写了不少悼亡诗,最有名的是三首《遣悲怀》。第一首是写她能安于贫困的生活。第二首是写她死后自己的伤怀。这里选的是第三首。

这首诗的整个意思是从上面引下来的。

①邓攸——晋人,字伯道。曾在逃难中途抛弃了自己的儿子,保全了弟弟的骨肉。后来终于无后。
②潘岳——晋人,字安仁。擅长写哀挽文字。妻死,有悼亡诗三首,为世人所传诵。
③窅(yǎo)冥——深邃黑暗。
④李绅此诗被引用分插在《董解元西厢记》卷一至卷四文中,但不全。而《全唐诗》仅录其开头八句。实在很奇怪。
⑤参见韩愈《昌黎先生集》卷廿四《监察御史元君妻京兆韦氏夫人墓志铭》《旧唐书·元稹传》。
⑥见元稹《元氏长庆集》卷六十。

第一、二句是说，当闲下来的时候，自己就禁不住思量。不单为你的夭逝而悲伤，也为自己的遭遇而慨叹。像我这个失掉一位贤淑的妻子的人，就算活了一百岁，又算得上什么？寿和夭反正不是一样吗？

韦氏生下五个孩子，仅仅养活了一个女儿。因此第三句"邓攸无子寻知命"，就用了一个典故，说这是命里注定的，也怨不得谁人。

第四句再用潘岳悼亡的旧事。意思说，我学着潘岳那样，写文章来悼念你，可是尽管写了许多话，还不是白费的，无济于事吗？

"同穴……"句说，自古说夫妻生则同衾，死则同穴。如今你先我而逝，同衾已是成为过去，只剩下同穴了，可是在那黑暗的地下又有什么值得向往的？

"他生……"句说，至于说来世再结姻缘，更是虚无缥缈，难以期待了。

上面一连下了六句，都是沉痛至极的话，说明他们夫妻之间的恩情异常深厚。所以，结末两句，就好像向他那已故的妻子盟誓似的：

唯将终夜长开眼，报答平生未展眉。

"终夜长开眼"，指的是鳏鱼。因为古人说"老而无妻曰鳏。"而鳏又是一种鱼的名字（李时珍在《本草纲目》里说就是鳡鱼）。鱼一般是不合眼的，所以"鳏鳏"又是形容瞪着眼睛睡不着的神情。这句话是说，我今后只有像鳏鱼那样，一辈子不再结婚，来报答你的恩情了。"未展眉"，从未开展的眉头，意说他的妻子从未有过快乐的日子。

如果单从诗来看，元稹对妻子的感情，可以说得上十分深挚,并且他还善于把这种感情用浅近流畅的艺术语言抒述出来。照理说,这些诗是能够打动读者的,假如读者不去寻根究底的话。

可惜,正如他对于崔莺莺的爱情那样,说他完全没有真情实意,似乎过分武断,说他的爱情真有那么坚贞,却更不是那么一回事。近人陈寅恪在《元白诗笺证稿》中,就指出说:

"所谓常开眼者,自比鳏鱼,即自誓终鳏之义。其后娶继配裴淑,已违一时情感之语,亦可不论。唯韦氏亡后未久,裴氏未娶以前,已纳妾安氏。……是韦氏亡后不过二年,微之已纳妾矣。"⑦

⑦见陈寅恪《元白诗笺证稿》第四章。有人把"终夜长开眼"解为通宵不寐的痛苦煎熬。也可以说得通。读者不妨两存其说。

《遣悲怀》是哪一年写的呢?我们从白居易《白氏长庆集》卷十四里可以找到线索。这一卷有《闻微之江陵卧病……》诗,也有《见元九悼亡诗因以此寄》诗;更明显的是那首《答谢家最小偏怜女》诗,分明指出是元稹这三首《遣悲怀》。白居易在诗题下还注明:"感元九悼亡诗因为代答三首。"诗里都是借用韦丛的口气。其中第三首有"闭我幽魂欲二年"的话,可见元稹写《遣悲怀》是在韦丛死后两年,亦即元和六年,那时元稹已被贬为江陵士曹参军, 也正是"纳妾安氏"的时候。

"诗以言志",一般说是反映自己的思想感情的,但有时未必就不会夸大。也许元稹在悲哀的时候,的确有过这样一种想法,所以他才会这样写下来。然而一时情感冲动的话,是未必能够经得起事实的考验的。

白居易

(772—846)，字乐天，晚号香山居士。下邽(今陕西渭南北)人。贞元进士。新乐府运动的主要倡导人。早年所作讽谕诗，较广泛尖锐地揭露了时政弊端和社会矛盾。晚年诗文多怡情悦性、流连光景之作。有《白氏长庆集》。

轻 肥

白居易

意气骄满路，鞍马光照尘。

借问何为者？人称是内臣。

朱绂①皆大夫，紫绶②悉将军。

夸赴军中宴，走马去如云。

尊罍③溢九酝，水陆罗八珍。

果擘洞庭橘，脍切天池鳞。

食饱心自若，酒酣气益振④。

是岁江南旱，衢州⑤人食人！

唐代伟大的现实主义诗人白居易，住在长安时，把他耳闻目击的社会现象。写成了著名的《秦中吟》组诗。一共十首。在这一组诗里，诗人大胆地揭露了当时社会中存在的阶级对立及其尖锐的矛盾，指出在人祸天灾双重夹攻

下,劳动人民面临的无比苦难。如赋税的额外征敛,迫得
"幼者形不蔽,老者体无温",天灾之后,甚至发生了人吃人
的惨事。而封建统治者则"缯帛如山积,丝絮似云屯""厨有
臭败肉,库有贯朽钱""尊罍溢九酝,水陆罗
八珍"。大多数人在死亡线上挣扎,另一边少
数人却过着荒淫无耻的生活。诗人面对这种
使人悲愤的现实,不能不向封建阶级的统治
集团表示极大的愤懑,并发出强烈的抗议。
《秦中吟》这组诗就是这样写下来的。

①朱绂(fú)——系印用的红色带子。
②紫绶——绶,和绂是一样东西,只是颜色不同。
③尊罍(léi)——古代装酒的器具。
④气益振——神气更加不可一世。振,念平声。
⑤衢州——今浙江省衢县。

　　这首诗是《秦中吟》组诗之一,它是针对那些只知醉生
梦死地享乐、把人民生命视如草芥的达官贵族(主要是当
权的宦官)展开攻击的(中唐以后的宦官,比历代宦官都要
不同。详下)。诗中对于他们的糜烂发臭的生活,先加以形
象性的描写,然后在最后两句里,用"是岁江南旱,衢州人
食人"作为反衬,对比强烈,思想鲜明,具有极强烈的艺术
效果。这是白居易所常用的也是成功的一种手法。

　　中唐时代的长安,虽然经过"安史之乱"和吐蕃入侵,
受到两次严重的破坏,可是战乱过后,反动统治集团却并
没有因此稍为振作些;相反,他们在剥夺和享乐方面,却还
要和前代的统治者比赛高下。在长安,旧的第宅庭园荒落
了,新的又一批一批的出现;旧的玩乐已经厌腻了,新的玩
乐花样又代之而兴。对劳动人民的压榨剥削,更是一天凶
似一天,巧取豪夺的名目,年年月月层出不穷。因此,长安
还是一个在无数人民脂血之上累积起来的表面上十分繁
华的帝都。那个时候,宦官掌握了大权,连皇帝的威严也开
始受到他们的干涉。因此帝都之内,比所有臣僚都更为烜
赫的,就是这些所谓"内臣"(太监)。诗人一开头提到的"意

气骄满路,鞍马光照尘"的家伙,就正是这一批人物。

这批人物不仅掌握了政权,还掌握军权。本来,宦官统兵,是从肃宗时代以鱼朝恩监督神策军开始。神策军调驻长安,正式成为禁军,长安军权从此落在宦官之手。德宗时代对宦官更为重用,他们的头子不但掌握了禁军,还兼任枢密使,因此皇帝的统治权力,在军事上也落在宦官手里。诗中对这一情势是正面点出的,不但指出他们"朱绂皆大夫",并且还是"紫绶悉将军";他们既是宫中的权力者,和朝廷中的高官,又是军队里的统领,所以他们又常常"夸赴军中宴,走马去如云。"

正因为宦官在当时是这种人物,诗人的矛头也就毫不犹豫地指向他们。诗的开头八句,通过他们在大街上疾驰的气势,通过路人的一问一答,写出了在群众眼中他们的既可鄙又可恨的丑恶形象。诗人特意把宦官作为描写的对象,在这里是有时代的典型意义的,也是击中要害的。

"尊罍溢九酝"以下六句,进一步具体地写出这批人物的奢侈淫逸。他们杯中有最名贵的美酒(所谓九酝,汉代已经见于著录。曹操有《上九酝酒法奏》,据他说是得自南阳人郭芝的秘传),盘中有水上陆上各种珍馐,还有来自洞庭(指太湖中的洞庭山)的橘子,网自天池(即海)的鱼。所有这些,都不知费尽多少劳动人民的血汗。而这批权贵,在饱食以后,显得那么安闲自在,喝醉之余,骄横的神气也更使人难耐了。在这里,诗人句句铺张豪华,但句句都是极端鄙视。我们仿佛可以看到诗人对他们的横眉冷眼,感到诗人燃烧的满腔怒火。

刻画了这批人物的嘴脸以后,诗人就从另一角度告诉我们一个惊心动魄的事实:"是岁江南旱,衢州人食人!"原来老百姓已经到了这样凄惨的地步,可是另一面那些权贵们却半点也无动于衷,依旧过着如此荒淫无耻的生活! 这是一种什么样的时代?诗人不禁要向千万个读了这首诗的人发出质询,并且迫使读者自己去寻求解答。

如前所述,当时宦官是掌握军政大权的反动统治集团最上层人物,气焰嚣张,不可一世。可是我们的诗人却敢于正面加以攻击。像这一首诗,简直指着他们鼻子痛骂。它在当时权贵中引起的震动,无疑是很大的。后来诗人给他的朋友元稹的信中,也说到"闻《秦中吟》,则权贵豪近者相目而变色矣!"由此可见诗人的战斗性格是何等鲜明。

钱塘湖春行

白居易

孤山寺北贾亭西①,水面初平云脚低。
几处早莺争暖树,谁家新燕啄春泥。
乱花渐欲迷人眼,浅草才能没马蹄。
最爱湖东行不足,绿杨阴里白沙堤。

题目是《钱塘湖春行》,要在诗里点出钱塘湖(今杭州西湖),不难;要写出春景,也不难;但要写出是春行,却不是轻而易举的事情,很容易"春行"会变成"春景"——春是有了,行却没有了。

①孤山——在西湖后湖和外湖之间, 风景秀丽。贾亭——唐代贞元年间, 贾全做杭州刺史时在西湖建的亭子, 不久即荒废。见《唐语林》。

有人说,写出春行有什么困难,诗中不是分明有"最爱湖东行不足"的句子么!

依我看不是那么简单。要真正写出春行,不应该满足于一般行动的叙述,而是要在情景交融的描写中,把境界一步一步向前开拓,使读者分明感觉到诗人正在一面走着,一面欣赏眼前景色。正如看宋代名画《清明上河图》,画家并没有站出来给你做向导,可是通过那巧妙的布局,欣赏者却分明服从画家的指引,逐步地从城外走向城内,一一浏览了汴京的风物。诗要写出春行,光依靠"行行重行行""一去二三里"的叙述方法,是远远不够的。以本诗来说,是否写出春行,不在于已经说到"最爱湖东行不足",而在于有没有创造出使人感觉得到的春行的境界。

诗的第一句点出钱塘湖,第二句点出春天。"水面初平"是湖水初与堤平,春水初生的景象。"云脚低"也是春天乍晴乍雨常见的景色。这都不必细说。

下面四句就着重写出"春行"所见了。

"几处早莺争暖树"——天气暖和了,有几处树上都听见了黄莺清脆的歌声。它们唱得此起彼落,前呼后应,就像是为了多占一些阳光而争吵起来。"你们在吵闹些什么呀!"诗人的心头和嘴角都浮起了笑意。

"谁家新燕啄春泥"——转过眼来,双双燕子迎风飞掠,衔着泥草,忙着筑巢。我们的诗人对它们又发生了兴趣:"你是定居在哪一家门庭的燕子呵!"忍不住停下脚步来,要看它一个究竟了。

"乱花渐欲迷人眼"——越往前走,花也越多起来,树上是花,地下也是花,这里是一丛花,那边又是一丛花,各种各样的姿态、颜色、香味——这才叫做"乱",这就连眼睛也给闹得乱起来了。

"浅草才能没马蹄"——还有，地上那些绿茸茸的芳草，也同样令人满意，长得不长不短，就像铺开了一张毯子。马儿在上面走，刚好只能掩没马蹄。

这四句诗，初看起来，一是莺鸣，二是燕飞，三是花繁，四是草浅：好像都不过是春天的景色。但是仔细寻味，每一句都包含着诗人的感受在内。合起来看，诗人一路之上赏心悦目的情景又如在目前。这就恰好是写出了春行而不只是描画春景。

读者试把第三句的"几处"两字去掉，把第四句的"谁家"两字去掉，看是不是就有所欠缺。我看删掉这四个字，这两句就变成了春景，不再是春行了。又试把第五句的"渐欲"两字去掉，第六句的"才能"两字去掉，看又是什么样子。我看同样也传达不出春行中那种赏心悦目的神情。再吟味一下：那么，"几处"是顾盼的神情，"谁家"是疑问的口气，"渐欲"暗示了缓缓行进，"才能"写出了心里的掂量。不止有景，更是有情。可见它们都很重要。诗人苦心推敲的，有时正是这些带关键性的字眼。

最后，诗人用咏叹来加以收束：最值得留恋的、观赏不尽的是湖东的景色——也就是"绿杨阴里白沙堤"一带的景色。

八句诗，两起两收，中间四句铺陈。结构紧密，章法整齐。

清人赵翼《瓯北诗话》说："（白居易诗）无不达之隐，无稍晦之词，工夫又锻炼至洁。看是平易，其实精纯。"我们细读白居易的诗集，可知这并不是泛泛的恭维，拿这一首诗来说，就足以当得起这几句评语（自然，白居易有些诗也是比较粗率的,这里不能详论)。它平易自然,并没有晦涩的语句,流丽条畅,完全不见斧凿的痕迹,但是,平易却不流于粗浅,条畅也不陷于浮滑。而且越是寻味下去,越能发现作者在锻炼字句上所下的工夫,只因为锻炼得精纯,所以才显得毫不吃力,毫无做作。正如优秀的戏剧演员,处理难度很大的动作能够雍容不迫,游刃有余,使人只感到美而忘了其中包含的难度。

　　白居易平时是"力学不知疲,读书眼欲暗,秉笔手生胝。"(《白氏长庆集·悲哉行》)他写诗也是"涂改甚多,竟有终篇不留一字者。"(《随园诗话》引周元公的话)这和演员"台上一见,台下三年"的苦练,也没有什么不同。

许　浑

　　字用晦,一作仲晦,润州丹阳(今属江苏)人。大和进士,官虞部员外郎,睦、郢两州刺史。其诗长于律体,多登高怀古之作。有《丁卯集》。

秋日赴阙①题潼关驿楼

许　浑

红叶晚萧萧,长亭酒一瓢。

残云归太华,疏雨过中条。

树色随关迥②,河声入海遥。

帝乡③明日到,犹自梦渔樵。

　　潼关,横在陕、豫两省之间,是从洛阳进入长安必经的咽喉重镇。不要说车水马龙,就是历代诗人路经此地写下的诗,恐怕也很难计量。它不但形势险要,那景色更是动人。直到清末,谭嗣同还写下他那"河流大野犹嫌束,山入潼关不解平"的名句。那就可知它在诗人心目中的位置了。

①赴阙——前往京师。
②迥(jiǒng)——遥远。
③帝乡——指京都长安。

　　许浑这首诗应该是早年的作品,因为他是从故乡润州丹阳(今江苏丹阳县)第一次到长安去的。潼关的形势和景色,显然深深吸引了他的注意,也引起他的诗兴。

　　我们读唐人的律诗,常觉满眼都是写景的句子。这些景句,当然有好也有不好,研究起来也够复杂。有些,貌似雄壮而实是空泛;有些,看似奇峭而实则粗硬;有些却是貌似寻常而实饶深意;也有些是看似平直而别具气势的。

许浑这首诗好处正在中间那四句。固然开头就开得好,收结也优游不迫,显出身份。

开头两句之所以好,是作者先勾勒出一幅秋日行旅图,把读者引入一个秋浓似酒、旅况萧森的境界。看它"红叶晚萧萧,长亭酒一瓢。"便显出客子在征途中的况味。上句用写景带出人物,下句用叙事透出旅况。用笔干净利落。然后,就放开手去大笔描绘四周的景色。

中间这四句显然是潼关的典型风物。向南看,是主峰高达二千四百多米的西岳华山,向北看,隔着黄河,又可见连绵苍莽的中条山。写这两座山并不高明,高明在拿"残云"再加"归"字来点染华山,又拿"疏雨"再加"过"字来烘托中条山,太华和中条就不是死景而是活景,因为其中有动势——在庞大的沉静中显出一抹好看的动态。

把眼睛略收回来,就又看见苍苍树色,随着关城一路远去。关城之外便是黄河,它从北面奔涌而来,就在潼关外头猛地转一个身,径向那举世著名的三门峡冲去。咆哮的河水当然是流出渤海,可以想见,那河声也一直随着出海的。句中着一"遥"字,可见诗人站在高处远望倾听的神情。

一首律诗,连用四句景句,可以显得臃肿杂乱,使人生厌;也可以安排得像巨鳌的四足,缺一不可。这要看作者的本领。上面这四句写潼关,风景是活的,是不可移换的。

写到这里,忽然想起盛唐一位有名的诗人崔颢,他也来到潼关,写了一首五律,题目叫《题潼关楼》:

客行逢雨霁,歇马上津楼。

山势雄三辅，关门扼九州。

川从峡路去，河绕华阴流。

向晚登临处，风烟万里愁。

这首诗的结构同许浑一样。中间四句写景，初看颇为雄壮，也实实在在是眼中景色。但是仔细寻味，就会觉得它雄壮得来没有味道。为什么呢?不妨给它推敲一下。

④三辅——汉代在首都长安及其附近设三个行政区，其长官称京兆尹、左冯翊、右扶风。其地合称三辅。

这四句诗，一句是说，山势雄峙于三辅④地区，一句说，关门控扼着九州之险;一句说，平川从峡路中伸展开去;一句说，黄河绕华山之北而流。只要仔细一琢磨，就不难发觉这不过是作者在指划山川地理，像老师给学生介绍潼关的四边形势。我们是在课堂上听地理课，山河、关城、峡路，看来都有形状，但却是死板的，没有血肉，没有诗的形象。所以，它貌似雄壮而实在缺乏神采，不能引起我们产生诗意的感觉。

"帝乡明日到，犹自梦渔樵。"一方面，切定自己还在潼关。照理说，离长安不过一天路程，作为入京的旅客，总该想着到长安后便要如何如何，满头满脑盘绕"帝乡"去打转子了。可是许浑却出人意外地说:"我仍然梦着故乡的渔樵生活呢!"暗示了自己并非专为追求名利而来。这又是另一个方面。这样结束，也是颇为自己占身份的。

徐　凝

睦州(今浙江建德)人。穆宗时,曾至杭州谒白居易,白赏其《庐山瀑布》诗,首荐其入京应进士试。诗以七绝见长,风格简朴,亦工书。有集不传。

忆扬州

徐　凝

萧娘脸下难胜泪,
桃叶眉头易得愁。
天下三分明月夜,
二分无赖是扬州①!

扬州在唐代是个交通大站,又是商业集中的都市。它那繁华热闹,在东南算得上首屈一指。《唐阙史》记载说:"扬州胜地也。每重城向夕,倡楼之上,常有绛纱灯万数,辉罗耀烈空中。九里三十步街中,珠翠填咽,邈若仙境。"写得虽然简略,那盛况已见一斑。沈括《梦溪笔谈补》也说:"扬州在唐时最为富盛。旧城南北十五里一百一十步,东西七里十三步。可纪者有二十四桥。"扬州不仅白天是热闹的,晚上的景色尤其迷人:万家灯火,争辉并照,满城丝竹歌舞,乐声沸天。再趁上月明之夜,灯月交辉,游人肩摩踵接,到处可以看到歌舞演

① 杜甫《奉陪郑驸马韦曲二首》:"韦曲花无赖,家家恼杀人。"本意是可爱,反说它无赖,无赖正是爱惜的反话。

出,在灯影月华的笼照下,表演者简直就像翩翩仙子。这种情景,给人的印象太深刻了,唐时到过扬州的人,常常在事后还长久保持着美好的回忆。

诗人杜牧曾经留下一首动人的绝句:

青山隐隐水迢迢,秋尽江南草未凋。

二十四桥明月夜,玉人何处教吹箫?

——《寄扬州韩绰判官》

本来他早已离开扬州,但在写诗寄给朋友的时候,首先要打听的就是扬州那使人迷恋的景色。

张祜也有一首七绝是著名的:

十里长街市井连,月明桥上看神仙。

人生只合扬州死,禅智山光好墓田。

——《纵游扬州》

写了一笔扬州的热闹以后,笔锋一转,却想到死在扬州是最惬意的,最好是在附近的禅智山上先买好一块墓地。对扬州的赞美,也可以说得上是别开生面了。

徐凝的诗名赶不上杜牧和张祜,尤其是苏东坡说他的"今古长疑白练飞,一条界破青山色"(《庐山瀑布》)是"恶诗"以后,他的诗名更加受到贬损。可是,我却很喜欢他写的《忆扬州》,从艺术技巧来说真有它的特点。

这首诗妙在用说反话的手法来反衬出扬州的可爱可念。

你看他第一句:"萧娘脸下难胜泪"。萧娘在唐人诗中,常指的是一般少女。诗人的原意本来是想说,扬州的女孩子们是够逗人喜欢的,她们挂着笑脸儿,一派无忧无虑的样子。可是他偏偏不这样说,反而说她们的脸上是藏不住眼泪的。

第二句也同样,本来他的意思是说,在桃叶——原是晋代王献之的姬妾的名字,转成了少女的代称——的眉梢眼角上,看不出一丝儿愁闷的神气。他不这样说,偏又说她们很容易引来一天愁闷。这就正如把可爱说成是"可憎",互相亲爱的人说成"冤家",把深爱深怜说成"恶怜"一样,故意贬低它,其实是尽量抬高它。

这不见得不可理解。诗人在事后想念扬州,在他的记忆之中,最强烈的自然是扬州的美好事物。他不会尽情展开一幅女孩子们愁眉苦脸泪眼向人的影像,作为忆念扬州的主要内容。

②你可以说,那不过是指那些女孩子易哭易笑,容易动感情罢了。这么说也未尝不可以,但切不要死看了。

这是凭常识就可以知道的。其实,运用了这种反话的手法,诗里的情味似乎显得更为浓烈,打动人的力量也更加强烈了②。

更出色的还在末后两句。它还是使用了同一手法。

离开扬州已经多年了,如今是在另外一个地方生活。同是月明如水的深夜,然而四周是多么冷落。月亮瞧着这位诗人,好像看见一位陌生之客;诗人呢,也觉得月亮根本不是从前在扬州的月亮,它凄凄楚楚,黯淡无光。这时候,他猛地回忆起在扬州那段热闹:扬州那一轮皓月,是伴着萧娘、桃叶的一颦一笑出现的,是伴着扬州满城的急管繁弦出现的;教吹箫的"玉人"和二十四桥上翩然起舞的艺人们,沐浴在雪白的光华底下,越显得是置身在琼楼玉宇之中了。那时候的月亮呵,兴高采烈,光芒四射,给扬州平添了万千异彩。

"呵!扬州的明月,你真是太美了!想起了你,别的地方的月亮简直是黯然无光。"

然而诗人却不愿意就照这个面貌来描写。他宁可转换一个方式：

天下三分明月夜，二分无赖是扬州！

扬州呵！你是够无赖的了，你竟把天下三分之二的月亮的光华都霸占去了！

这真是使人为之震惊的构思！试想一下，自从天上出现了明月以来，谁曾拿她这样地划分过？又有谁曾这样地拿她评判过呢？"三分天下有其二以服事殷。"这是《论语》里的话，是吹捧周文王的。它并没有半点诗意。而徐凝这个"三分之二"，不但是诗意的，而且是新奇的。连月的光亮也可以划分成三块，两块在扬州，一块留给其他地方。这是多么浪漫的构想，而又多么切合诗人此时此地的思想感情。他给物象染上了浓浓的诗意，从而把要说的千言万语凝练压缩在一句话里。

假如月亮是有感情的，她听到诗人这样的朗诵，也许会展开她那动人的笑靥吧！

杜 牧

(803—853)，字牧之，京兆万年(今陕西西安)人。大和进士，官终中书舍人。诗文中多指陈讽谕时政之作。小诗写景抒情，多清俊生动。其诗在晚唐成就颇高。有《樊川文集》。

江南春绝句

杜 牧

千里莺啼绿映红，
水村山郭酒旗风。
南朝四百八十寺，
多少楼台烟雨中？

这首绝句，按说不难理解，可是前人也曾发生过争论。这里先把这个争论介绍一下，然后再谈这首诗。

"千里莺啼绿映红，水村山郭酒旗风。"这两句本来好懂，可是明代文艺批评家杨慎就怀疑过。他在《升庵诗话》里说："千里莺啼，谁人听得？千里绿映红，谁人见得？若作十里，则莺啼绿红之景，村郭、楼台、僧寺、酒旗，皆在其中矣。"这话说得实在没有道理，因此清人何文焕在《历代诗话考索》中就反驳他。何文焕说："即作十里，亦未必尽听得着看得见。题云《江南春》，江南方广千里，千里之中莺啼而绿映焉。水村山郭无处无酒旗,四百八十寺楼台多在烟雨中也。此诗之意,意既广不得专指一处,故总而命曰江南春,诗家善立题者也。"何文焕这一驳是驳得对的;可是,他对于诗人的立题命意,仍然没有真正了解。

为什么说他没有真正了解?因为这首诗并不是泛写江南山水,何文焕还是把后面两句看错了。

这首诗如果按照旧的分类法,也许可以放入讽喻类。它和刘禹锡写《乌衣巷》不同的是概括得更广,意思也更含蓄一些。

诗一开头,就从整个江南着笔。用简练的手法,十四个字就把江南风景概括起来:千里江南,到处是莺啼鸟语,到处是绿叶红花,到处是水村山郭。在浩荡的春风中,酒旗飘拂,一片明媚的景色,一片生活的欢乐。它不仅仅是写眼中所见和耳内所闻,它其实是整个江南地区风物的浓缩的描写。所以句中"千里"二字,是不能够改动的;如果改成"十里",那就不仅是境界大大缩小的问题,而且远远离开了作者的原意了。为什么这样说?让我们再看下面两句:

"南朝四百八十寺,多少楼台烟雨中!"把这两句看做写景,这正是杨升庵、何文焕粗心之处,因为这两句目的在乎抒情而不在乎写景。我们绝不可以死扣楼台烟雨的字面,认为诗人只是在赞美江南景色。

南朝几代的统治集团,从皇帝到世家大族,大都迷信佛教。他们在江南大兴寺宇,不仅数量空前,而且穷奢极侈("四百八十寺"大抵是当时通行的说法;据梁朝郭祖深说:"都下佛寺,五百余所"),浪费的人力物力,真不知有多少。尽管这样求庇于佛,他们的政权却都不能持久,转眼之间,一个个覆灭得一干二净。如今,不但旧苑荒台,不堪入目,就连寺宇也徒然成为后人凭吊的陈迹了。所以,诗人才禁不住说出这样的话:你们南朝费尽人力物力,建筑了这么多的佛殿经台,它们至今还剩下多少掩映于烟雨之中?而你们的朝廷又到哪里去了?这句感叹的询问,吐露了诗人对于一面向人民无穷榨取、一面疯狂佞佛的封建反动统治者的冷嘲。

当然,这首诗也并非和诗人当时的社会现实没有关系。唐代帝王和许多达官贵族,也不是佞佛便是信道,或佛道兼崇,害民虐政,并不比前代逊色多少。诗人在慨叹南朝覆亡之中,分明还有弦外之音,也许吊古之情还是次要的吧。

历朝的封建统治都逃不了覆亡的命运,然而,千里莺啼,红绿相映,江山依旧健在。水村山郭,酒旗摇风,人民也依旧顽强地生活下去。诗题叫做《江南春绝句》,也很值得我们寻味。

泊秦淮

杜 牧

烟笼寒水月笼沙,
夜泊秦淮近酒家。
商女不知亡国恨,
隔江犹唱后庭花。

秦淮河,南京一条穿城而过的河道。据说开凿于秦始皇时代。经过历代诗人墨客的品题,它的名字早已无人不晓。大抵自东晋、南朝相继建都建康(今南京)以来,秦淮就成为游赏之地,酒楼画舫,笙歌聒耳。贵族富豪们经常在这里纵情声色。所谓"南朝金粉",其中就少不了秦淮的一份儿,唐代的情况自然也不会逊色很多的。

然而杜牧毕竟是个头脑比较清醒的士大夫知识分子,和"那些莺颠燕狂,关甚兴亡"(《桃花扇》第二出)的醉生梦死的小人物不同。他看到唐代封建统治势力摇摇欲坠,看到封建统治集团的腐朽昏庸;阶级矛盾的尖锐和社会的动荡不安,更使他预感到前景的可虑。因而他来到表面上还是一片繁华的秦淮河上,不但没有感到欢乐,反而引起满胸愁绪。这首诗就是在这种心情底下写出来的。

"烟笼寒水月笼沙",乍一看只是写景,其实只写景,也同时写出了诗人此际的思想感情。写景和写人同放在一句话里,这是旧体诗中常见的技巧。有时表面上是写景,实际上更主要是为了写人。诗人下这七个字,用意正在映衬出诗人此时此际的心情。烟和寒水,月和沙,用两个"笼"字连结起来,便形成满眼萧瑟冷寂的感觉。可见"笼"字下得十分讲究,它正好恰切地映衬出诗人的满怀凄感。其实当年的秦淮河,是不是这么一片凄冷?我看不见得。它不是还有许多酒家,许多歌女在活动吗?换上另外一个诗人,也许笔下还十分热闹呢!

第二句"夜泊秦淮近酒家",一方面补足了第一句,另一方面引出了下二句。从次序来说,应该是"夜泊秦淮"才看出"烟笼寒水月笼沙"的景象,但由于首句要强烈突出,所以人物、时间、地点,在第二句才点明。这也是旧体诗常用的手法。但是第二句的任务仅仅如此,又不免浪费笔墨,因而诗人又要它多担负一重责任,即为下面两句开路。而这个责任就放在"近酒家"三个字上。由于近酒家,所以才听到商女唱《后庭花》曲,下文就不会显得突兀。可见虽然仅仅七个字,诗人在安排上仍然费了一番斟酌。

第三、四两句是正式点出作意。不过诗人讽刺的对象并不是歌女。他在艺术技巧上,用的是影射法。是的,商女是在唱着亡国之音(《玉树后庭花》是南朝最后一个亡国皇帝陈叔宝作的乐曲,他又和一班臣僚写了歌词,内容艳冶淫荡,充满了色情成分),可是这怎么能怪商女呢?如果没有喜欢这种淫荡的曲子的醉生梦死的达官贵人,她们会自己唱出来吗?更何况,商女不知道亡国恨还可以理解,那些达官贵人,身负天下安危之责,还是这样醉生梦死,那就不可宽恕了。诗人的矛头对准的正是这些欣赏着"死亡的舞蹈"的家伙,愤慨是深广的,不过表面上比较含蓄而已。

四句诗里,我们可以看出诗人从悲到愤的思想感情的变化。起初,他吩咐把船停泊在僻静的地方,独自看着秦淮夜色,情绪是苍凉悒郁的,那是平日积累下来的对时局忧念的反映。然而,当他看着看着,耳边忽然又飘来一派靡靡之音,使他想起陈叔宝那批亡国君臣,也联想到眼前可悲的政局,于是再也忍不住那满腔愤火了。"商女不知亡国恨,隔江犹唱后庭花"两句,就像脱手而出的长矛,狠狠地击在目标上。从起到结,充分显出诗人感情的起伏变化。

杜牧自是中唐一位有名的诗人,但他自己是不甘心以诗人自居的。《新唐书》说他"刚直有奇节,不为龌龊小谨。敢论列天下事。指陈病利尤切至。少与李甘、李中敏、宋祁

善,其通古今、善处成败,甘等不及也。牧亦以疏直,时无右
援者。从兄悰,更历将相,而牧困踬不自振,颇怏怏不平"。
他其实是个有志于改革朝政的人,对政治和军事问题都有
研究,曾注解《孙子十三篇》。但他的学问并没有得到应用,
心情悒郁,有时就寄情酒色,写出"十年一觉扬州梦,赢得
青楼薄幸名"这类诗句来,看似颓废,其实是愤激之辞罢
了。他临死时,"取所为文章焚之"。所以我们今天看到的,
不过是它的残余。至于他在诗中透露的用世之意,兴亡之
感,若不是全面观察他的为人,也许难免会错会他的用意
的。

赤　壁①

杜　牧

折戟沉沙铁未销,
自将磨洗认前朝②。
东风不与周郎③便,
铜雀春深锁二乔④。

宋人许彦周在所著诗话中对本诗有这样的批评:"杜
牧之作赤壁诗,意谓赤壁不能纵火,即为曹公夺二乔置之
铜雀台上也。孙氏霸业系此一战。社稷存亡生灵涂炭都不
问,只恐捉了二乔,可见措大⑤不识好恶"。他这个"可见",
是从字面上了解这两句诗而来。要评判他这个"可见"是否

正确,非得弄清楚作者的真正用意不可。

有两段话可以帮助我们思考:

"诗人之词微以婉,不同论言直遂也。(按,即不同于写论文那样平铺直叙。)牧之之意正谓幸而成功,几乎家国不保。彦周未免错会。"(见何文焕《历代诗话考索》)

纪昀也说:"大乔乃伯符之妻,仲谋之嫂;小乔乃公瑾妻也。宗社不亡,二人焉得被辱?全不识诗人措词之法矣。"

驳得很好!对我们阅读类似的诗词都有所帮助。

①赤壁——三国时吴蜀联军大败曹操军队的地方。其地说法不一。一般认为就在湖北的蒲圻县。
②前朝——前几个朝代。指三国时代的吴国。
③周郎——即吴国大将周瑜。
④铜雀——曹操在邺城建筑的铜雀台。二乔——即大乔和小乔。大乔是孙策的妻子,小乔是周瑜的妻子。
⑤措大——即穷措大,对书生的贬称,这里是指杜牧。

这首诗的前二句,是虚构还是事实,很难确定。也许诗人真的在赤壁江中获得一把断戟,磨洗以后,认出是几百年前的旧物,因而引起怀古幽情;也许诗人只是借此作为发端,并非自己有这段事实。此事无关大体,可以不必硬做索隐。全诗精神所注,只在后面两句:"东风不与周郎便,铜雀春深锁二乔。"说明赤壁之战,是三国之所以鼎足分立的关键,关系重大,非同小可。这自是一首带有议论性质的抒情诗。然而作者并不是直接地去作史论,他是在作诗,运用的是形象思维,通过形象的典型意义来表达自己的看法。作者是在说,如果不是赤壁之战击退了数十万曹兵,那么,很明显的,孙权的霸业就要落空,而三国鼎足之局也不会出现了。由于抒情诗不同于"论言直遂",所以诗人才运用了"东风……铜雀……"这样形象性的语言,而这是获得艺术效果所需要的。如果仅仅按照字面上来解释,就难免要像许彦周那样,认为作者"只恐捉了二乔",真是"措大不识好恶"了。

江东的孙氏政权不亡,二乔便不会受辱,而二乔受辱则正好说明了孙氏政权的灭亡。如同鲁迅先生用"城头变幻大王旗"形象地来概括军阀势力的忽分忽合、忽兴忽灭一样。在诗里,"大王旗"是作为军阀的特征而出现的,而"锁二乔"则是作为东吴政权覆亡的特征而出现的。

只有这样理解这两句诗,我们才不至于误认作者的一双眼睛只是盯在二乔身上。

把诗和论文分别开来,不论是写诗还是读诗,都是很重要的。

韩愈有个朋友叫皇甫湜(shí),韩愈曾笑他的诗是"皇甫作诗止睡昏"的。有一回,皇甫湜看到诗人元结写的《大唐中兴颂》(这是唐代一篇较有名的碑文,刻石在祁阳县浯溪,颜真卿书),就写了一首《题浯溪石诗》。诗的开头是这样的:

次山有文章,可惋只在碎。

然长于指叙,约洁有余态。

心语适相应,出句多分外。

于诸作者间,拔载成一队。

……

我们不妨把它"还原"成为古文,那不过是这样的几句话:

次山能为文章,惜伤于碎耳。然长于指物叙事,约而洁,且有余态。其心之所欲言者,其笔适能达之。出句亦多不落寻常蹊径。于诸作者之中,可谓能拔载自成一队者矣。

可见这是道道地地的论文。尽管把它弄成每句五字,加上押韵，仍然不是诗，起码不算是好诗。只能说是"押韵之文"罢了。

诗歌应该注意形象思维，运用比和兴的手法，或比兴兼用。赋体当然也可以，但还是要注意形象的运用。而皇甫湜这几句，却连比、兴、赋都不是。固然，诗中可以插入议论，表示作者对某种事件的态度，可是纯然只有议论，一点可以把握的形象都没有，尽管用了诗的格式，还是不能算是真诗的。

难怪南宋严羽在《沧浪诗话》里深有感慨地指出："近代诸公，乃作奇特解会，遂以文字为诗，以才学为诗，以议论为诗。夫岂不工，终非古人之诗也。盖于一唱三叹之音，有所歉焉。"

山　行

杜　牧

远上寒山石径斜，
白云生处有人家。
停车坐①爱枫林晚，
霜叶红于二月花。

一般说，这不过是一首吟山赋水的诗。诗人在山行的途中，到了一个地方。远处的秋山可以看见一道盘旋屈曲的石径向上伸

①坐——这里的"坐"要作"因为"解，不作"坐着"解。

展。山顶上,白云掩映,变幻万千,还隐约看得见几家竹篱茅舍。近处,山路上有一大片枫树,鲜红的叶子像一簇簇花球似的吐出娇艳的颜色。于是诗人把车子停了下来,流连不舍地欣赏着。

这不能算是太了不起的景色。可是,不知道诗人是不是别有感触,这样普通的山行绝句,却以动人的、发人深思的七个字:"霜叶红于二月花",惊动了后世的读者。

一首好诗,往往寓意深远,蕴蓄着丰富的生活内容和思想内容,使人读了以后,产生许多深沉的联想或想象;有时候,这种联想或想象往往还超出原作者的本来创作意图之外。这好比诗人用他的劳动建造了一座花木掩映、亭榭参差、曲径幽深的园林,人们越走进去,就越会发觉许多从外表上没有看到的景致,就越会发现里面蕴藏着的丰富内容和它在安排布置上的精细巧妙。还有,作者随手点染的几座石山,也许并不经意,而在游览的人看来,却分明是自己所熟悉的某个名山胜景,从而获得意外似的喜慰。所有这些,正是通过作者对生活的深刻的理解和思考,并把它加以高度的集中、凝练和概括的结果。不仅一首诗是这样,有时就是一句诗,看来仅仅几个字,由于概括得更精练,涵蕴得很丰富,也能够产生同样的效果。这里的"霜叶红于二月花",就正是这种内涵丰富、发人深思的句子的一例。

本来,枫叶的颜色比红花显得更浓烈,是谁也感受得到的;它没有在春天和群花争艳,却在秋天呈现芳姿,这也是人们熟知的事实。可是,过去就没有诗人把这两层意思联系起来,组成诗句。有的也只是像"一声南雁已先红"或"似烧非因火,如花不待春"之类的句子而已。然而,当一旦给予枫叶以花一般的气质,并且让它和春花比较起来,组成"霜叶红于二月花"这样的警句,于是枫叶的独特性格和它被赋予了的感情内容就十倍地丰富起来。如同传说中的古代炼丹术士一样,拿水银和另外一些矿物结合,就炼出了光华灿烂的黄金,使人惊奇于作者高明的构思和运用的手法。因为从这句话里,我们不单看到枫叶在色彩上、性格上的特色(比花还红,比春花还耐得住秋霜的磨炼),更由于这句话蕴蓄的丰富饱满,还能使我们引起许多生活上的联想。

诗歌中的警句一般都具有这种特色,正如几块怪石使人看来宛似巨峰插天一样,我们常常会把这些警句单独抽出来,拿它和社会生活现象相联系,从而形象地去说明某些社会生活现象。例如我们就常常把毛主席诗词中的"红旗漫卷西风""江山如此多娇""风景这边独好"等名句运用到说明其他的生活事件上,使人们对于这些生活事件有着更为形象更加亲切的理解。杜牧的"霜叶红于二月花",也有类似的作用。例如茅盾同志的一部小说,就正是借用了这句诗作为它的题名的(这部小说的题名只改了一个字:《霜叶红似二月花》)。

研究唐诗的人大抵都会知道:杜牧笔下的秋天,和古代一般诗人笔下常见的秋天有点不同。杜牧极少悲秋、叹秋的作品;反之,他对秋天经常是喜爱、欣赏的。他的诗集中,下面的句子都可以看出这种特色:"川光初媚日,山色正矜秋。""秋山暮雨闲吟处,倚遍江南寺寺楼。""南山与秋色,气势两相高。""秋半吴天霁,清凝万里光。""溪光初透彻,秋色正清华。""大暑去酷吏,清风来故人。"……把秋天写得这样清旷明净,这样朗爽高华,在唐代诗人中还是不多见的。

　　这首《山行》写秋景也一样。虽然只是秋山中的一角，却显出一片生机活泼，完全没有一般诗人笔下常见的萧瑟飘零的感觉。这是一种健康的感情，它和人民大众的乐观向上的精神有着相通之处。它为人民所喜爱、传诵不是偶然的。

李商隐

(约813—约858)，字义山，号玉豀生，怀州河内(今河南沁阳)人。开成进士。因受牛李党争影响，遭排挤而潦倒终身。擅长律、绝，富于文采，构思精密，情致婉曲，具有独特风格。然有用典太多、意旨隐晦之病。有《李义山诗集》。

重过圣女祠

李商隐

白石岩扉碧藓滋，上清沦谪①得归迟。

一春梦雨常飘瓦，尽日灵风不满旗。

萼绿华②来无定所，杜兰香③去未移时。

玉郎会此通仙籍④，忆向天阶问紫芝⑤。

李商隐是晚唐一位著名诗人。他的诗以工丽绮美见称。他善于运用典故，组织语言，常常把纤微繁复的事象和意念，通过巧妙的剪裁典故、修饰语言而重现出来，构成意境迷离、色彩斑斓、寄意深微之美。其中的"无题"或类似无题的近体更能充分显示这种特色。

但正因如此，他这一类型的诗歌，常常不容易得出确解。翻开他集子的第一首《锦瑟》，再看各家的笺注，竟使人有莫知所从之感。三百多年来，笺李诗的家数虽然不少，各申己见，异说纷纭，不能不是作者这种深曲隐晦的手法造成的结果。

我们自然尊重这些对李诗苦下工夫，企图扫开迷雾，为读者方便着想的人。例如清代的冯浩，近代的张采田，都曾付出很大的劳动量。他们都本着"知人论世"的宗旨，从考究李商隐的生平入手，写成年谱，然后笺释作品。路子当然是对的。

然而"知人论世"毕竟只是一种手段，这种手段运用得对头，当然很好，如果运用不好，便会变成自造一个僵硬的套子，不仅对作品没有好处，反而损害、摧残了作品，并且还把读者引到歧路上去。这却是值得注意的。

> ①上清沦谪——道家认为天上有太清、玉清、上清，是仙人居住的地方。沦谪是仙人因有过失而被贬谪到人间。
> ②萼绿华——仙女的名字。见《真诰》。
> ③杜兰香——仙女的名字。见《墉城仙录》《搜神记》。
> ④玉郎——仙人名。见《云笈七签》。通仙籍——入了仙人的名册。
> ⑤紫芝——传说中植物名。道家认为吃了可以成仙。见《茅君内传》。

"知人论世"也会成为套子？乍听这话一定有人觉得奇怪。

李商隐的事迹，史书上本来留下不多。《旧唐书》里不过五百多字，《新唐书》还更简单。可是《旧唐书》里有几句话，却成为后代一些笺注家的陷阱。这几句话是：

"令狐绹作相，商隐屡启陈情，绹不之省。弘正镇徐州，又从为掌书记。府罢入朝，复以文章干绹，乃补太学博士。"

就因为这几句话，于是令狐绹的鬼魂就平空出现，变成某些人在笺注李诗时的"不治之症"了。

就拿张采田的《玉溪生年谱会笺》来说吧。由于有了令狐绹这个鬼魂，他面对一部《李义山集》，整天疑神疑鬼，在不到六百首的李诗中，竟然以为八十多首是牵涉令狐绹的。十多年间，李商隐不是想令狐绹，便是怨令狐绹，不是向令狐求情，便是向令狐剖白。真不知李商隐到底负了令狐家多少债，非得这样清偿不可。这除了坐实李商隐的"放利偷合",毫无人格之外,还能有什么?

然而他还振振有词说这是"知人论世"。不知在考据诗人生平时已安上套子,离其真"知人"已远了。

就因为有了令狐绹这个鬼魂,不仅"知人论世"出了问题,连解释诗句也不按常规,而陷于自相矛盾。

这首《重过圣女祠》仅仅是其中一例。

这首诗本来是不难解的。

圣女祠,旧注上说是陕西武都秦冈山悬崖上一块似女子的神像,俗称圣女神。此说不可靠。有人认为圣女祠是暗指女道士居住的道观,比较近理。由于诗人在道观中有过一段遭遇,此次重来有所追忆,才写下这首诗。

首句点出是"重过"。"碧藓滋"是石门上长满苔藓,光景同前次大有不同了。次句叹息自己回来太迟,是因为"上清沦谪",亦即受了客观环境驱迫,留滞他乡,未能迅速回来。因为在这儿有过一段遭遇,所以诗中把自己也仙化了。

三、四两句正面渲染圣女祠。"梦雨",据王若虚《滹南诗话》引萧闲的话说:"盖雨之至细若有若无者,谓之梦。田夫野老皆道之。"可知"梦雨"是唐、宋人口语。

"一春……尽日……"这两句,从景色上看是春雨春风笼罩着整座祠宇。探深一步,却使人仿佛看到祠宇经常出现仙女的身影,她们在里里外外徘徊,伴随着如烟似雾的细雨,以及轻微淡荡的和风。雨,轻盈如在屋瓦上飘扬舞蹈;风,也仅仅能够拂动檐头的旗角。通过这些细致的描写,带动我们从神话传说中得到的联想,很自然会感到这当中有着呼之欲出的人物的影像。不是别的影像,是仙女的绰约风姿和合乎她身份的行动。还有更巧妙的,既实在写了圣女祠,又空灵写了仙女,在虚实交错中,暗暗点出诗人追忆之情,大有"人面桃花"之感。

萼绿华和杜兰香都是仙女名字。这里当然有李商隐遭遇过的人在。但是"来无定所""去未移时",她们如今已经不在了。也许走了才不久吧?也许还会再来吧?迷离怅惘,是一片失望的神情。

最后,他想起那段往事:"玉郎"是李商隐自指,"通仙籍",曾经和仙人打过交道。"那时候,我曾经站在天阶向她们求取过芝草呢!"这当然是含蓄的说法。这两句正好点出题目中的"重过"。

照说,这里应该没有什么令狐绹在内。

可是,张采田却立即拉过令狐绹来了:

> 此诗全以圣女自慨己之见摈于令狐也。首二句"上清沦谪"一篇之骨。"一春"句言梦想好合。"尽日"句则言终不满意。"萼绿"二句言己方至京相见,匆匆聚合,又将远去。结二句回想当日助之登第,正是经此祠之时,奈之何屡启陈情而不省哉!

又说:

> "来无定所"似指桂州府罢来京……徐州府罢,复选太常博士,所谓无定所也。"去不移时"者,似指参军未几,又赴徐幕;博士未几,又赴梓幕。岂非不移时乎?

> ——《李义山诗辨正》

照这样解释,诗中的"圣女"是李商隐自己,杜兰香、萼绿华也是李商隐自指,那也不妨;但"玉郎登仙籍"又说是"回想当日助之登第",岂非"玉郎"又是李商隐了么?在一首诗里,忽然自比圣女,忽然自比玉郎,男女混淆,诗人岂有这种比喻手法?

"通仙籍"自然可以比喻登进士第,然而凭什么证据说"正是经此祠之时"呢?这又是无中生有。

"梦雨"是蒙蒙细雨,怎么能解成梦想和令狐绚好合?"尽日"是终日,"满旗"是风吹满一旗,怎么会变成"终不满意"?岂不是惊人的曲解!

还有,李商隐从徐州回长安,是大中五年。《旧唐书》说他"复以文章干(令狐)绹,乃补太学博士。"是令狐绹帮助他才不久,又怎会发生"屡启陈情而不省"的叹息?张采田后来觉得这太说不过去,于是又把这首诗的写作年月推迟到大中十年。但也没法解决前面的矛盾。

还可以补充一句:在张氏的《会笺》《辨正》中,这种忽而甲忽而乙的比喻,和对文字的曲解,并不是个别的。试细看《深宫》《越燕》《对雪》等诗,便可知道。

诗人创作一首诗,当然有他要创作的原由。他是处在什么样的环境,带着什么样的感情,受到哪些外物的触发,抱着什么目的,读者假如能够弄清楚它,对于理解诗的涵义,它的情趣,比之没弄清楚当然要好得多。这是没有什么疑问的。

然而,"知人论世"绝不能攻其一点,不及其余;更不能借"知人论世"为名实行污蔑作者之实。

李商隐和令狐绹自然有一定的友情关系,这种友情后来因派别之争而破裂,也是实情。然而这毕竟是李商隐一生中的一种遭遇。他可以给令狐绹写一些诗,表露自己的情意;但是绝不能说,为了在朝廷上求得一官半职,他竟无耻到那种程度,不管白天黑夜,也不管在京离京;不管对月看花,也不管有题无题,都是为了向令狐绹求告乞哀而写。

果真如此,这些诗又有什么价值?果真如此,李商隐还能不能算是一个诗人?

不踢开诸如"令狐绹"之类的鬼魂,要真正理解李商隐的诗,我以为是不可能的。

安定城楼

李商隐

迢递①高城百尺楼,绿杨枝外尽汀洲②。
贾生③年少虚垂涕,王粲④春来更远游。
永忆江湖归白发,欲回天地入扁舟。
不知腐鼠成滋味⑤,猜意鹓雏竟未休!

据清人冯浩的考证,这首诗写于文宗开成三年(公元838年)。那时李商隐二十六岁。他上一年才中了进士,便跑到泾原节度使王茂元幕下当一名幕僚,并且娶了王的女儿做妻子。由于李商隐从前追随过令狐楚,考进士时又得到令狐绹的助力。那时"牛李党争"正烈(令狐是牛僧孺一派人,王茂元则接近李德裕一派),他这种举动,大受牛党的攻击,因此这一年他入京应吏部考试(唐制:进士须经过吏部考试才能做官),就受到排斥,而不得不再返泾原。这首诗就是在这种情况下写成的。

①迢递——高远的样子。
②汀洲——沙水相杂的小洲。
③贾生——西汉政治家贾谊,年青时就立志改革政治,曾为汉王朝从事一些革新措施,后受毁谤,贬为长沙王太傅,郁郁而死。
④王粲——东汉末期文学家。曾在动乱中到荆州依靠刘表。《登楼赋》是他的名作。
⑤此句直译是:我不知道腐烂的老鼠竟也成为好滋味的食物。

安定城(故城在今甘肃泾川县北五里)是泾原节度使驻节地,当时是京师北边一个重镇。诗人登上城楼,徘徊四望。城楼是高峻的;城墙向左右两方远远伸展,显得很雄伟。杨柳树的尽头,就是一片浮现在水中的沙洲。这开头两句是题中应有的景物描写,是点出自己在这里登临,没有别的意思。

三、四两句写因登临而勾引起来的心事。"贾生……"句,隐指自己这次应吏部考试失败。汉代贾谊几次向朝廷上书,对当时朝政之失,曾有"可为痛哭者一,可为流涕者二,可为长太息者六"的话,并且提出自己的建议;但是汉朝君臣没有听他。诗人引用这个典故,表示自己虽然像贾谊一样忧念国家大局,可是没有人理睬,这把眼泪算是白费了。"王粲……"句是说如今失意回到这里,有如王粲的依附刘表,实在是很不得已的。(王粲的《登楼赋》,有"虽信美而非吾土兮,曾何足以少留"的话。)

五、六两句,承上文而来,是诗人表露自己的抱负。这两句极为宋代政治家王安石所赞赏。意思是说,我并不是一个贪图功名禄位的人,我早就感到像长安这种繁华热闹的地方,不是自己欢喜逗留的,到老年的时候,终于还是要徜徉江湖之间,过着隐居生活的("永忆江湖归白发")。但是,这种棹一叶扁舟遨游山水的生活,却必须等到自己干下一番旋转乾坤的事业,对国家人民有所贡献以后("欲回天地入扁舟")。通过这两句诗,我们看出诗人青年时代是雄心勃勃,立志远大的;并且,他要做官,也不像那些热衷禄位的人物那样,而是实在想干一番事业。

诗人在写完了这两句之后,自然不能不想起朝廷中排斥他、指责他的那些人。当时牛党都骂他背恩弃义,认为他投到王茂元幕下,做了王的女婿,是要另找一条升官发财的捷径。诗人对于这些指责是十分愤慨的。因此,他在最后两句里,便引用《庄子》一段寓言,尖刻地加以反击。这段寓言大意说,惠子做了魏国丞相,庄子要去看他。有人就造谣说,庄子远路跑来,是要夺取惠子的相位。惠子发慌了,就派士兵搜捕庄子,乱了三天三夜。庄子知道这件事,亲自去见惠子,对他说,南方有一种鸟,叫鹓雏(就是凤雏),它从南海飞到北海,一路上吃的是竹实,喝的是甘泉,只拣梧桐树才肯歇息。想不到有一次它飞过猫头鹰的头上,猫头鹰以为它要抢夺自己嘴里的死老鼠,就仰起头来向它发出"赫赫"的怒声。如今你派人拘捕我,也以为我要抢你嘴里的死老鼠吗?诗人运用这个寓言,锻炼成十四个字,好像在冷冷地说,这些猫头鹰先生们,不知道我的远大志愿,以为我也像他们那样,把死老鼠当做上等的好菜,要分享他们那一份呢!

这一首律句可以看出诗人当时矛盾复杂的心情。自己本来有干一番事业的宏大抱负,但却受到朝中某些人的排挤打击,使自己只能依人篱下,过着幕客生活。更恼人的是朝中还有人怀疑自己的为人品德,对自己的志愿一点也不能理解。想到这里,诗人的愤慨已经到了极点,不能不用冷嘲来反击了。

瑶　池

李商隐

瑶池阿母绮窗开，
黄竹歌声动地哀。
八骏日行三万里，
穆王何事不重来？

晚唐的几个皇帝都妄想自己能够长生不老，他们既找
不到一个像神话中的鲁阳似的武士，可以把戈一挥，叫太
阳倒退回来，自然就只好向炼"金丹"的道士求救了。别的
不说，就在李商隐生存的那四十多年里，穆宗李恒就因为
吃金丹送了命。文宗李昂时，民间传说皇帝叫郑注炼金丹，
要拿小儿的心肝合药，闹得长安满城风雨，人心惶惶。武宗
李炎本来不信佛教，曾命令破毁天下佛寺，勒令僧尼还俗。
但却相信了道士的鬼话，也是吃"金丹"而"飞升"的。后继
者宣宗李忱仍然执迷不悟，要拜道士刘元静为师，接受他
的"三洞法箓"。及至李商隐死前一年，宣宗还恭请广东罗
浮山道士轩辕集入京，向他请教"长生妙术"。不久，也同样
吃了大量医官、道士们弄来的"仙药"，到地下"长生"去了。
真是前仆后继，坚决得很。

李商隐对于这批昏庸的封建统治者如醉如狂的自杀
行为，是讽刺得异常尖锐的。他的诗集中的《华岳下题西王
母庙》诗，就冷冷地说："莫恨名姬中夜没，君王犹自不长

生。"《汉宫》诗说:"王母西归方朔去,更须重见李夫人?"在武宗的挽词中也说:"莫验昭华琯,虚传甲帐神。海迷求药使,云隔献桃人。"还有另外一些诗也隐约地发出类似的讽刺。这些都说明李商隐对他们吃丹炼药、妄求长生的害民与无聊,表示了不满与指责。这首《瑶池》,同样也是如此。

我国古代有一段神话,载在《穆天子传》《拾遗记》等书,据说周穆王(约于公元前947至928年在位)曾经率领一队人马,从镐京出发,向西游历,到了昆仑山上仙人西王母之邦,西王母宴穆王于瑶池,并且给他唱了一支歌:"道里悠远,山川间之。将子无死,尚能复来。"穆王答她:"比及三年,将复(返)而野(你的国土)。"又说,穆王的部队在路上碰上大风雪,有人冻死,穆王就写了三首诗,其中有"我徂黄竹"的话,被称为"黄竹之歌"。又说,穆王有八匹骏马,名绝地、翻羽、奔宵、起影等等。李商隐这首诗根据的就是这一些典故。

表面看,诗是咏周穆王的事。通首是就西王母方面落笔。第一句意思说,自从周穆王回国以后,很久不见再来,西王母(汉代有人称为玄都阿母)心里惦念,她在瑶池掀起丝织的窗帘,向东远望,希望穆王再一次到来。第二句是说,穆王盼不到,却听见穆王留传下来的"黄竹之歌",悲哀地振动着大地。三、四两句,诗人假设了疑问之词:穆王的"八骏"本来跑得很快,一天可以走三万里,为什么还不见他再来呢?在这里,诗人巧妙地运用了神话传说,从王母身上虚构出一段情节,表面看去,是写周穆王和西王母,但其实是进行了讽刺。

自汉以来,西王母就被方士们吹嘘为群仙之首,吃她的一枚桃子,也可以享寿三千岁。周穆王能够到昆仑山会见她,当然是求仙者认为最可欣羡的。正因如此,诗人把她端出来就含有深意。他虚构了西王母忆念穆王的情节,那潜台词好像在说,连西王母所忆念的穆王,也无法起死回生,重游瑶池,徒留"黄竹"哀歌,供后人凭吊,何况你还及不上这个格,西王母根本就不曾忆念你呢! 这几句没有说出口的话,冷峻得十分,也尖利得十分。

①句中的"天上神仙",指服食丹药来求长生的皇帝。用一"葬"字加以冷讽。"漏声相将无断绝。"意说人不能长生,只有时间才是永恒的。

李贺的《官街鼓》诗云:"几回天上葬神仙,漏声相将无断绝。"①同样是讽刺追求长生的妄人,写得语气显露,而李商隐这一首却比较隐蔽。虽然如此,它仍然反映了一个头脑比较清醒的士大夫知识分子对朝廷昏庸、道士虚妄的不满,在当时有着一定的现实意义。

梦 泽

李商隐

梦泽悲风动白茅,
楚王葬尽满城娇①。
未知歌舞能多少,
虚减宫厨为细腰。

这首诗的主旨在于下二句。它含蓄很深,引人联想的宽度也很广。

有人以为这只是一首普通的怀古诗,不过使用了一点技巧罢了。技巧是什么?"繁华易尽,从争宠者一边落笔,便不落吊古窠臼。"②以为这首诗是写的"繁华易尽",当年佳丽,如今徒然落得"悲风动白茅"而已。

我们固然不能说作者毫无半点怀古的用意,可是却必须看清楚:"梦泽悲风""楚娇尽葬",只是一种起兴,是从古事引起作者对现实生活的感慨,其目的并不在于怀古。

①满城娇——满城的宫女。
②清人纪昀的评语。
③《后汉书·马援传》附马廖:"楚王好细腰,宫中多饿死。"注:"墨子曰:楚灵王好细腰,而国多饿人也。"

作者路经梦泽(今湖南省北部与湖北省南部广大湖沼地带,包括长江以南的洞庭湖与江北的诸湖泊,古称云梦。一说江北的称为云泽,江南的称为梦泽),看到有许多楚国宫女的旧墓,风起处,白茅萧萧,满眼凄恻,因此颇有感触。由此想到"楚王好细腰,宫中多饿死"这段传说③。作者是这样引出想象的:也许,这些旧墓里的葬身者,有不少正是为了求取"细腰"的丰姿,因而牺牲了自己的生命的宫女吧!从这个想象再引导开去,于是作者又进一步展开他的浮想:她们为了获得楚王的宠爱,竟连生命也不顾惜!然而,当她们紧束腰围、拼命节食的时候,也曾想到自己能有多少机会在楚王跟前歌舞献媚吗?

这种深沉的感慨,不能说只是在于惋惜当时楚国宫女的不智,而是颇像一位哲学家用一个小故事来阐述大道理那样,使人透过具体事情的表面,去探索它里面包含的理趣。比如说,通过楚国宫女的这种可怜也颇可笑的行动,不是可以联想到那些为了追求个人名利,不惜丧失生平操守,而又终于身败名裂的人来么?不是还可以联想到那些为了邀欢争宠,而使自己做出种种愚蠢的事情的人来么?人们还可以从各种不同的角度,结合现实生活去寻味它。例如,清人屈复在《玉溪生诗意》里便说:"制艺取士,何以异此,可叹!"封建王朝开科取士,严格规定必须写八股文,写试帖诗,岂不也如同楚王好细腰那样,是一种人为的"怪癖"。可是千千万万士子又偏偏"皓首穷经",有如楚宫中的宫女!

作者写下这两句的时候,不知道是讽刺别人还是嘲笑自己,也许两种用意都有。嘲笑的事情是什么?我们也很难弄得清楚。不过,它总不能不是当时某种生活现象的概括,而且主要不在于怀古,却可以断言。李商隐考过科举,并未得官;和封建权贵令狐绹等人打过交道,落得的是冷淡和打击;长期过着幕僚生活,也尽有许多使他感慨的地方。凡此种种,印证此诗,说是自嘲可以,说是嘲人也可以,反正不是无病呻吟。

文艺作品不排斥理趣;在某种情形底下,甚至还需要带些理趣。问题是不能够写成哲理的韵文。这首诗,在这方面也许对我们有所启发。

嫦　娥

李商隐

云母屏风烛影深,
长河渐落晓星沉。
嫦娥应悔偷灵药,
碧海青天夜夜心。

李商隐的诗,往往运用典故或使用象征手法,曲折地表达自己内心的感情,给人以一种迷离恍惚的感觉,因而也就引起后人的种种猜测。有时一首诗可以产生几种不同的解释,而且各执一是,很难得出定论。这一首《嫦娥》,用典不算艰僻,意思也不难寻索,但是对于这首诗的主题——到底它是抒发什么感情的?却仍然引起不少争论。单是清代以来,就有几种说法。何焯认为是"自比有才反致流落不遇",是诗人自悲身世的诗。冯浩(《玉谿生诗笺注》的笺注者)又认为用意是在嘲讽那些思凡的女道士。近年也有人认为这是一首描写"相思一夜不寐"的诗(北大中文系学生编著《中国文学史》)。总纂《四库全书》的纪昀(晓岚)的说法和这相近,不过他却认为是一首悼亡之作。照我个人的意见,诗中思忆之意是显然的,何、冯二氏的说法,我还未敢同意。

诗的第一句,交代了人物及其背景:"云母屏风烛影深",说明诗中的主人公独对残烛,已经坐了整整一夜。破曙之前,月亮已经落下去,天色显得更加昏暗,因而照在云母屏风上的影子,也就更加黝黑了。第二句是进一步点明时间:银河已经斜到天底,启明星(金星)正闪耀在东方的低空,正是破晓前的一刻。第三、四两句,是这位失眠竟夕的诗人这时突然涌出心头的感触:嫦娥也许后悔不该偷了仙药,飞到月宫里去吧!如今只落得剩下孤单一人,夜夜横过青天,望着碧海,这种寂寞的心情该怎么打发呵!

诗是写得比较曲折的,但是并不隐晦。由于巧妙地运用了艺术技巧,使得诗人在表达他怅惘悲凉的情绪的时候,完全不着刻画的痕迹。他只是淡淡地写了屏风,写了烛影,也写了窗外的曙色。清代诗人黄仲则有两句诗:"似此星辰非昨夜,为谁风露立中宵?"描写的是类似的心情,恐怕还是从李商隐这里脱胎而来的。不过黄诗明白地点明了"我",而李诗却更为含蓄。人们透过"云母屏风烛影深"句,依稀可以想象室内这位沉浸在思忆中的人,寂寞地与烛相对,乃至忘记了时间的逝去。句中着一"深"字,正是点出他独坐之久和思忆之深;不单是写烛影,写环境,更主要的是写特定环境中人物的思想感情。而"长河渐落晓星沉"句,也不仅在于写窗外景色,而是写人物一夜不眠以后突然在眼中出现的景色变化:原来,又已经过了一个不眠的晚上了!这样来写思忆,诗人下的分量是很重的,只是草草读过就不大觉得罢了。

从"对面"写来,是这首诗后两句所用的技巧。诗人是在忆念他的亡妻(或弃他而去的恋人),拿嫦娥作为比喻。然而并没有说自己如何思忆,反而深入到对方的感情深处,代对方去设想:"你终于走了,然而我想你并不是一点没有牵念的,你也许像我一样长久地感到寂寞孤单吧!"替对方这样设想,而自己思忆之情,也就不言可知了。杜甫的"今夜鄜州月,闺中只独看。"也是从"对面"写来,更显得感情深厚。纪昀说它(指这首《嫦娥》)"十分蕴藉",正是这个意思。这也可以看出李商隐诗的艺术技巧的一斑。

温庭筠

(? —866)，原名岐，字飞卿，太原(今属山西)人，寄家江东。每入试，押官韵，八叉手而成八韵，时号温八叉。仕途不得意，官止国子助教。诗辞藻华丽，多写个人遭遇，于时政亦有所反映。后人辑有《温庭筠诗集》。

商山早行

温庭筠

晨起动征铎①，客行悲故乡②。
鸡声茅店月，人迹板桥霜。
槲叶落山路，枳花明驿墙。
因思杜陵梦，凫雁满回塘。

"鸡声茅店月，人迹板桥霜。"这是向来传诵人口的名句。从前离乡远出的人，早起赶路，想起这两句诗，都会有异常亲切的感受。

作者是善于体察事物的。我们试拿这十个字拆开来看：鸡声、茅店、月，是三件事；人迹、板桥、霜，也是三件事。用字仅仅十个，可是，它包含了节令、时间、地点、景物，还暗藏了诗人自己和另外一些早行的人在内。我们从"霜"字看出是秋天，从"鸡声"和"月"看出是早晨，从"茅店""板桥"看出是村镇，从

①征铎——可以释为拉车的牛脖子上系着的铃铛。但也有人释为驿站里催人起行的铃声。
②句意说：远行的人想起故乡就觉得难过。

"人迹"又可以想见路上已有早行的人：单从用字的精简来说，就已经很值得我们注意。

像上面这样逐字拆开来谈，自然不一定妥当。一句诗就是一句诗，拆得七零八落，未必看得出诗人的本意，所以还应该整句来读。

不难看出，这两句诗在刻画"早行"的情景上，很有独到之处。"鸡声茅店月"，的确是五更时分旅客闻鸡而起的那种特有气氛。"人迹板桥霜"，又实在写出了凌晨上路时(特别是在秋天)一种萧瑟凄冷的感受。合起来看，一幅中世纪的早行图显得异常生动逼真。这和作者善于捕捉眼前景物并且善于组织安排的艺术才能是分不开的。因为十个字虽然包括六件事物，却并非简单随意的平列。作者的本领是能够从眼前事物中看出哪些是值得捕捉的，哪些是必须摒弃的；还看出它们彼此之间的关系，然后加以选择，加以合乎规律的配置，使之显示出典型意义。"鸡声"要配"茅店"与"月"，"板桥"要配"人迹"与"霜"，并不是作者任意的堆砌，而是在发现了事物之间彼此的联系关系以后，通过作者有意的选择配置，突出其意义，才构成一个完整的带有典型意义的环境。能否改成"鸡声板桥月，人迹茅店霜"呢？显然不能。即令改成"虫声茅店月，犬迹板桥霜"，并非不通，也仍然不是"早行"的典型环境。为什么？因为"虫声"便与旅客的闻鸡上路无关；"犬迹"和早行的旅客也构不成有机的联系。看来一字之差，意境却相距很远。不要以为随手把眼前事物牵扯过来，凑成两句，就算是写出了眼前环境，更不用说典型环境了。从前有个笑话，有人看见池里一只青蛙翻着白肚子，又看见一条蚯蚓死在地上，于是吟诗说："蛙翻白出阔，蚓死紫之长。"他自己费了很多口舌，别人才勉强懂得他说了些什么，可是仍然觉得不是诗。别人所以不懂他说些什么，因为这十个字相互之间实在看不出是什么关系，别人看了也构不成一个完整的印象。有些诗，看起来蹩脚而又难懂，别的原因不说，起码有一点就是这种关系弄不清楚。

这也使人想起了古典诗词中的"回文"。回文不论顺读倒读，都通顺，也都能协韵律。好的回文，绝对没有晦涩难解的毛病。试举一个例子：

潮回暗浪雪山倾，远浦渔舟钓月明。

桥对寺门松径小，槛当泉眼石波清。

迢迢绿树江天晓，霭霭红霞海日晴。

遥望四边云接水，碧峰千点数鸥轻。

——徐寅《阆题》

这首诗通过景物的描写，表达了诗人陶醉于眼前风物的心情，也给予欣赏者以美的享受。使人更佩服的是，诗人熟练地运用了回文的体裁，顺读是一首诗，倒过来读(从"轻鸥数点千峰碧"读起)还是一首诗。驱遣文字的技巧达到了异常成功的地步。我们虽然不必学着写回文诗，然而这种精心锤炼，务求无懈可击，乃至回环诵读都不失其为佳句的锻炼功夫，不是很值得我们学习么！作者如果不懂得如何选择，如何配置，那么，面对眼前纷纭的各种事物，不仅写不出回文，连一句通顺的、构成一个简单的印象的句子也会写不出来。没有对事物作深入的观察、分析、研究，没有艺术加工的本领很难谈到写诗，更说不上要写出能感动人的诗。

"鸡声"两句自然不是全为写景，它也隐约带出作者在旅途中的寂寞凄冷的心情。

五、六两句写的也是路途上的景色——秋天景色。一句是山路上纷纷落下槲叶，一句是驿站墙边开着繁茂的枳花，上一句是走在路上看见的，下一句是停在驿站看见的。两句合起来，显示出从刚才天还没亮走到如今天色大明了，因此眼前的景物也起了变化。

因为旅途景色如此萧索，作者在结末两句，就回念杜陵(作者是并州人，但久居长安。杜陵在长安郊外)，即在客店中梦到长安那一瞬。"凫雁满回塘"，是说那里景色很美，比之客途中的鸡声、茅店、槲叶、枳花，完全两样。

唐代文人往往对长安有名利上和生活享受上的留恋，这首诗也反映出作者这种思想。

瑶瑟怨

温庭筠

冰簟银床梦不成，
碧天如水夜云轻。
雁声远过潇湘去，
十二楼中月自明。

声音可以化为形象，在诗人的笔下出现。我们在韩愈的《听颖师弹琴》诗中已经领略过了。

把不可见的声音转换成似乎可见的景物，固然不过是诗人的主观构想,但由于它有一定的根据——乐声给予诗人以形象性的刺激,使他产生各种不同的感受,再用文字再现出来,也让读者产生同感。像李颀的"空山百鸟散还合,万里浮云阴且晴。嘶酸雏雁失群夜,断绝胡儿恋母声。"又像白居易的"大珠小珠落玉盘。间关莺语花底滑,幽咽流泉水下滩。"一种是琴,一种是胡笳,一种是琵琶,不同乐器乐曲呈现不同的形象,姿采各异,实在令人为之神往。

上面引的都是古体诗,题目早已点明,对我们理解形象化了的乐声,不至于太困难。但假如它是放到近体诗里的,题目又隐晦,那又是另一回事了。

晚唐诗人温庭筠这首《瑶瑟怨》,你能说它隐藏了形象化的乐声吗?

诗的主题是描写独居闺中的少女心情的凄怨寂寞。它是一首比较著名的小诗,曾入选过许多唐诗选本。

第一句就写那位女郎在夜里睡不着。"冰簟""银床"(清凉的竹席和银饰的床)看去好像装饰华美,在这位女主人看来,却正是冷冰冰的,凉飕飕的。她是处在孤独的环境里。

第二句,时间是在深夜。天上明净而清澈,景物都像浴在水里。偶然有几缕白云飘过,宛似一层轻飘飘的薄纱。然而实在是衬托出室中人心头的寂寞。

第三句,乍一看,好像也还是写景,是从上句生发出来的。在碧天如水的清夜,飞过一群秋雁,鸣声悠远。这不是很自然的描写吗?可是,且慢!假如你是这样认为的,那么,这样的四句诗,题目又叫《瑶瑟怨》,凭你找去,有半点瑶瑟的影子吗?自然没有。既然没有,题目同内容就对不上号,难道作者就这样粗心糊涂,把秋夜硬套在瑶瑟上面去了?

原来，这一句其实不是写景，是那位女郎弹起瑟来了。怎么说她在弹瑟呢?她弹的瑟曲名唤《归雁操》，其中摹写了雁的叫声。"雁声远过潇湘去"，正是乐曲所表现的意境。也就是形象化了的乐声。诗人在描写了女郎的环境和心情之后，笔锋就转到主题的瑶瑟了。

那么，说第三句是写乐曲有没有根据呢?有的。请看下面这首诗:

潇湘何事等闲回?水碧沙明两岸苔。

二十五弦弹夜月，不胜清怨却飞来。

这是钱起的《归雁》，本书已经介绍过了。《归雁》从侧面烘托出弹奏的是《归雁操》，温庭筠这首诗也一样。"潇湘何事等闲回"和"雁声远过潇湘去"都是乐声的形象。钱诗可以证明温诗，反过来，温诗也可以证明钱诗。

其实二、三两句诗的意境是可分可合的。"碧天如水"是小楼外的实景，也可以是瑟曲中的衬景。在碧天如水的夜里，哀咽的雁声掠过天空，远远向潇湘二水的方向去了。这不是可以构成一幅美妙的"潇湘归雁图"吗!

因为诗人使用绝句体裁，不能像李颀，韩愈那样放笔挥洒，只能轻轻点上一笔。然而，也许诗人自己以为已经是足够了。

"十二楼中月自明"——又回到小楼一角。当她弹奏这首幽怨的曲子的时候，身旁并没有谁在倾耳欣赏，她是非常孤独的，既听不到赞美的声音，也看不见同情的脸孔。甚至连批评她的技巧的人也没有。仅有的只是清净的月色透过疏帘照进屋子。可是，连月亮也是自己照管自己，表情淡漠，好像同她毫无关涉。

这真是令人心灰意绝的寂寞。

在封建社会里,多少被遗忘了的受损害的女性。这一类悲剧带着旧社会的特有烙印而不断地出现，反复地演出。《瑶瑟怨》只不过描写了其中的一幕罢了。

303

崔 橹

生卒年不详。大中时举进士(一作广明中进士)，仕为
棣州司马。《无机集》四卷，今存诗十六首。

华清宫 (录二)

崔 橹

一

草遮回磴绝鸣銮①，云树深深碧殿寒。
明月自来还自去，更无人倚玉栏干。

二

门横金锁悄无人，落日秋声渭水滨。
红叶下山寒寂寂，湿云如梦雨如尘。

"怀古诗怎样才算是写得好或者比较好？"

"你说是古人写的怀古诗？"

"对！来到一处著名的古迹，想起古人往

事，又看到今天，心里很想写点什么，禁不住吟咏起来……"

怀古诗的来历，可以追溯到北魏的冠军将军常景。时
在公元520至524年之间，常景奉命出塞，在北部边疆兜

①回磴——沿山曲折砌成的石级。鸣銮——指帝王的车驾。

了一圈,"经涉山水,怅然怀古,乃拟刘琨《扶风歌》十二首。"(见《魏书·常景传》)可惜他的怀古诗已经失传,不知道写了些什么。一般说来,写怀古诗当然不只是为了怀念古人,而是从古人古事中受到触发,引起内心的感想,再用诗的体裁抒发出来。怀古诗不能仅仅着眼于"古",应该和咏古有所区别。这是不言而喻的。

照我的看法,怀古诗要是能够把古和今、物和我、情和景这三种矛盾对立的东西很好地统一起来,并且使三者互相交融,凝成一种诗的意境。这就算得上好的怀古诗。

从前写怀古诗的人很多。尤其是封建时代的文人墨客,到了一处有古迹的地方,随手拉扯一些古人古事,信笔一挥,加上"怀古"两个字,以为就是怀古诗。说实在的,没有那么简单。

为了把问题说清楚,举出例子是必要的。这里就谈谈崔橹的《华清宫》绝句吧。

崔橹已经是晚唐的作家了。据说他是大中年间(公元847至859年)的进士(《唐诗纪事》卷五十八),也有说是广明年间(公元880年)得第的(《唐才子传》卷九)。曾官棣州司马(唐棣州在今山东惠民县南)。他的《华清宫》诗,《唐诗纪事》录了四首,《全唐诗》剔出一首,只录三首。这里只选两首来谈。

历史上著名的华清宫,在陕西临潼县南骊山北麓下②,原是一个温泉。唐太宗贞观十八年在这里兴建了一座汤泉宫,高宗时改名温泉宫。到了玄宗天宝六载(公元747年),又大加扩充,定名为华清宫。这是骊山历史上最烜赫的时期,一座座宫亭苑宇,分布山上山下,著名的如长生殿、朝元阁、斗鸡殿、集灵台、宜春

②骊山,是终南山由蓝田县境延伸出来的一个支阜,绵亘五十余里,由石瓮谷分成两个岭,东曰东绣岭,西曰西绣岭。

亭、芙蓉园都围绕着华清宫兴建起来,一片金碧辉煌,光彩灿烂,成为玄宗和他的妃子杨玉环以及一班权贵宠臣们日常游玩享乐的去处。

可是过了不久,"渔阳鼙鼓动地来",安禄山的一场叛乱,把金粉繁华的骊山顿时化作荒凉的世界。宫殿建筑大部分破坏了,没有破坏的,也是零落不堪,成了鼠雀出没的巢穴。到崔橹经过华清宫的时候,离天宝末年那场变乱已经差不多一百年,那景象也就可想而知。

这时候,唐王朝正处于"日薄西山"的景况中,社会危机日益深重,农民大起义的怒火即将爆发。诗人登上骊山,眼见华清宫一片破败,追想玄宗时代的旧事,深有感触,于是挥笔写下了他的"怀古"。

沿着骊山山脚走,进入罗城,就可以看见拿白色晶亮的石头砌成的阶级,迂回曲折,从山下直通到山上。不过,从前打扫得非常干净,布置得井井有条,如今由于长久没有皇帝御驾光临,于是到处长起野草,铺满落叶,荒凉冷落得不堪了。

华清宫和附属建筑,上上下下,残存的还不少,它们却是害怕看见生人似的,都深深藏在高大而密集的树林之中。再走前去,中间耸立着华清宫大殿,规模还是那样宏伟,可是从宫殿里仿佛发出一股逼人的寒气来,使人禁不住也从心里透出一股寒意……

天还没有昏黑,从山边可以看见淡淡的半个月亮隐映在微蓝的天穹中。这半规明月,如今谁也没有睬它。它惨淡孤独,照着骊山错落的亭台殿阁和花草树木,从东方升起来,又向西方落下去。

面对这幅图景,诗人心里产生很大感触。他想起诗人杜牧写的《过华清宫》诗：

> 长安回望绣成堆，山顶千门次第开……

也想起元稹写的《连昌宫词》：

> 上皇正在望仙楼，太真同凭栏干立……

当然也读过陈鸿的《长恨歌传》，那里面描写了天宝十载秋天，杨贵妃在长生殿同玄宗皇帝两人"凭肩而立，密相誓心"的故事。

当年的明月，一定曾经看见过宫闱中这一幕"演出"的。可如今还有谁倚着白玉栏杆再来"表演"同样的一幕呢？

真是"一曲淋铃泪数行"③。荒淫的生活只落得这样的结局，诗人的感慨是深沉的。

……

诗人继续向山上一步步走上去，走过了几处殿阁，绕过了几处荒林，来到高处，又看见一座宫殿。如今我们已猜不出他到底是站在朝元阁，还是明珠殿，但他看到的宫殿，照样是大门上挂上一把大锁，里面不仅是空荡荡的，连附近一带也悄然无人。向北望去，渭水宛如一条带子，从西向东曲折流过骊山脚边，八百里秦川历历在目。

③杜牧《华清宫》绝句。

在淡淡的斜照中，西风毫不疲倦地摇撼着远近的树木，发出一片秋天才能领略的特有声响。

特别触目的是满山飞着的枫叶。它们给西风从枝头上硬扯了下来，在夕阳的反照中飘飘荡荡，一直飘到山下。鲜艳的颜色没有给这座被冷落的名山增添一点儿暖意，相反,更加衬托出它那寒冷和寂寞了。

山坳里轻轻飘曳着湿云,湿云慢慢伸展开来,把大片的树林和楼阁都罩上一层轻纱。湿云又逐步化成如尘的细雨。于是,眼前的景色都像是在梦境中看到的。

诗人这时忽然想起一个古老的神话。这个神话说,巫山住着一位天帝的女儿,名叫瑶姬,她的任务是早上行云,晚上行雨。

这个神话在楚国又演化为人和神相接的故事——这是许多古老民族都曾经出现过的题材。

当李白奉命撰写《清平调》的时候,他顺手借了巫山神女的故事反衬一笔:

一枝浓艳露凝香,云雨巫山枉断肠。

《清平调》在人间已经流行上百年了。如今骊山上依旧是如梦的云、如尘的雨,就是当年玄宗和杨贵妃眼中的云和雨吧,谁知道呢!但那些人和事"如梦如尘",都终于过去了,湿云和细雨该有些什么想法呢——诗人对着眼前的景物,不禁神驰物外,想得很远很远了。

崔橹虽然不是一位著名的诗人,现存他的诗在《全唐诗》中只有十六首,另补遗二十一首,未免太少了。然而,他在这两首怀古七绝中,华清宫的古和今,人与事,眼前的客观景物和诗人自己的感情,彼此融汇交织,浑成一体,分拆不开。

如此善于统一这几种对立着的关系,充满了诗意,这无疑是怀古诗中的佳作。

陆龟蒙

(? —约881),字鲁望,姑苏(今江苏苏州)人。曾任湖苏二州从事,后隐居甫里,自号江湖散人、天随子、甫里先生。诗多写景咏物之作。有《甫里集》。

怀宛陵旧游

陆龟蒙

陵阳佳地昔年游,
谢朓青山李白楼。
惟有日斜溪上思,
酒旗风影落春流。

　　这首七绝,乍一看就惹人喜爱。诗人给我们描绘了一幅很美的景色,使人如置身画图之中。仔细寻味,又发现它在运用形象思维方面更是手法高明。

　　作者怀念宛陵山水。宛陵就是安徽宣城县。提起宣城,人们自然会想起两个著名诗人:一个是南朝谢朓,曾任宣城太守,在陵阳山上建了一座楼,后人名之为谢公楼,又称北楼。另一个就是诗人李白。他在宣城住过好几年,把敬亭山引为"相看两不厌"的朋友。他常到谢公楼附近徘徊,在诗集中怀念谢朓的就有好几首。诗人的这些遗迹,足为江山增色不少。

陆龟蒙生于晚唐,他是苏州人,长期过着隐居生活,自号江湖散人。他什么时候到宣城游历过,此诗写于何年,已不可考。他既是追念宣城旧游,笔下自然离不开那些著名的江山人物。可是仅仅一首七绝,怎样才能概括得圆满而又饶有诗味呢?我们看到,作者运用形象思维,用简练而精美的笔墨把上面说的江山人物先在七个字中重重地描上一笔。

这就是"谢朓青山李白楼"七个字。

"谢朓青山李白楼",初看,是谢朓欣赏过的青山,李白登过的楼;再看,又是以谢朓著名的山,以李白著名的楼,又再看,却又是既属于谢朓和李白的青山,亦是同属于谢朓和李白的楼。当我们再深入一步寻味时,就会发现谢朓、李白、青山、北楼,竟是错综交织,融成一片,分不清谁是宾主,谁是先后,山水和人物之间,仿佛彼此都渗溶着对方的血肉了。而于是,一幅不可移易于他处的典型的宣城山水就出现在我们眼前了。多么有本领的艺术概括,然而正是得力于形象思维的运用。

也许有人会问:谢朓楼是实际存在过的,李白楼则并无根据。作者为什么不写做"李白青山谢朓楼",偏要颠倒过来呢?这一问很有意思,足以启发思想。

原来,艺术上的是否善于运用形象,往往便是表现在这些地方。正因为谢朓楼是实际存在过的,一用了"谢朓楼"三字,人们的想象就被限制在这座具体的楼上面,就没有联想飞翔的余地,连带"李白青山"也受到限制,只好拿敬亭山之类来填充进去。这样一来,诗的内容和它的意境就大大缩小,就难以使人展开山水人物交织融浑的联想了。这不是太着迹也太笨拙了吗?类似的例子,正如我国戏曲舞台上灵活运用以虚作实的布景,又如中国画论上所说的"景愈藏境界愈大,景愈露境界愈小"的道理一样,形象如果具体到下定义的地步,它就变成了死板的东西,阻绝了人们通过它产生联想的道路,只是呆板地复制形象。诗人在这里不用"谢朓楼",正是他的聪明之处。

但是话又说回来。在艺术上,用概括力很强的笔墨写出大的境界,并不是否定或者排斥用细致的笔墨去描写小的境界。也不是说,形象越不固定越含糊就越好。这要看艺术上的需要如何。

我们看到陆龟蒙在三、四两句中就转用工笔细描,用明快而细腻的线条绘出一幅美丽的图画。这是作者在宣城游览时印象同样深刻的。作者说:更有耐人寻思的,是在残日西斜的清溪之上,看见酒店门前高挂着酒帘子,正在迎风飘拂,落影在春波之中。

这道清溪,便是宣城著名的宛溪或句溪,李白所谓"两水夹明镜,双桥落彩虹"的便是。

陆龟蒙在"日斜溪上"想到些什么呢?他眼望着那些酒旗,那些倒影,那些板桥流水,也许想起李白这位以酒著名的诗人,当年的豪放的笑声和酩酊的醉态,还依稀如在目前吧!山川和人物交织在一起,他的想象伸展开去,竟和百多年前的诗人相接了。

陆龟蒙先写了大景,再写小景。小景是如此饶有风致,让"谢朓青山李白楼"的典型山水平添了一抹醉人的诗意。从整首诗的结构上看,也是大小疏密相间。正如齐白石画草虫,粗放写意的枝叶中衬以特别工致的昆虫,在艺术上是辩证的统一。

白 莲

陆龟蒙

素葩多蒙别艳欺①，
此花端合在瑶池。
无情有恨何人见？
月晓风清欲堕时。

清初，提倡"神韵说"的王渔洋非常欢喜这首诗。他说："无情二语，恰是咏白莲诗，移用不得。而俗人议之，以为咏白牡丹、白芍药亦可，此真盲人道黑白。"（见王士禛《带经堂诗话》卷二十七）

诗是好诗，固然不错；"无情……"两句，也恰好是白莲的写照，很难移用于其他花草，说得也中肯。可是，为什么别样花草就移用不得？渔洋老先生并没有说出一个所以然来。这就徒然使人陷在若可解若不可解之间。

既是咏物诗，不能没有物，那是当然的；但也不能没有人的见解和感情，这也是常识。纯然是物（见物不见人），这不过是科举时代的试帖诗，而且还是不太高明的试帖诗。但既是咏物，却纯然只写个人的主观感情，不切合客观的物，却又不成其为咏物诗了。

必须既咏此物，又有诗人感情，情寓于物中，物因情而见，物我相与融浃，才可以称得是上乘的咏物诗。

① 素葩（wěi）——白色的花。别艳——其他色彩艳丽的花。

不过,话是这样说,怎样才能做到,又是另一个问题。假如偏重于主观,客观的物象就有随我摆布,从而改变了物的特有属性的危险。因为既重在主观,就正如那位"俗人"问王渔洋的,为什么"无情有恨……"两句,不能作为咏白牡丹、白芍药诗?假如我只从主观构想,则"无情有恨""月晓风清",难道白牡丹、白芍药就不使得?

拿诗人的主观(不是主观主义)去迎合客观物象,不但要看到客观物象的一般性,更要看到它的不同于其他的特殊性。这是个需要很好掌握的问题。拿杭州西湖比作美女,苏轼曾说:"若把西湖比西子,淡妆浓抹总相宜。"为什么他不拿王昭君、赵飞燕来比,偏要拿西施来比?以梅花比作避世之士,明代诗人高启说:"雪满山中高士卧"。为什么他不拿和尚道士来作比,要拿高士来比?这就是看到对象的特殊性之故。

西湖是客观物象,西施是诗人的主观比拟。这当中,西湖和西施之间的可联性,比之西湖和王昭君、赵飞燕的可联性是不同的。因为提起西施,人们会想到她原是越国的浣纱女郎,她功成后又泛舟五湖隐去。杭州古属越国,湖又是西施归隐之地。这样,"西湖比西子",人们就认为是"物我融浃",很有道理了。

拿梅花比作"雪满山中高士卧",一方面,梅花的高洁可以使人引起类似隐士的感觉;另方面,北宋隐士林和靖(逋)梅妻鹤子的故事,又把梅花和高士的联系拉近了。

牡丹给人以富丽的感觉,所以李商隐《牡丹》诗说:"锦帏初卷卫夫人,绣被犹堆越鄂君。"拿春秋时代贵族中的南子和越鄂君相比。但绿牡丹又有其特殊色彩,所以清代女诗人吴巢便以金谷园中坠楼的绿珠相比,说:"金谷荒凉成往事,风前犹想坠楼人。"这个道理弄清楚了,才容易进一步来谈陆龟蒙这首《白莲》诗。

"素葩多蒙别艳欺",只是说,白色的花多数不受一般人的喜爱,并不是艳色的花专会欺负白莲。唐代富贵人家喜欢紫牡丹。白居易曾说:"白花冷淡无人爱,亦占芳名号牡丹。"陆龟蒙也许认为白莲也是这样的吧。

"此花端合在瑶池",这是拿"瑶池"暗点莲花长在池水中,并且推崇它的品格像瑶池仙子,和一般凡花俗卉不同。

"无情有恨何人见?月晓风清欲堕时。"这两句才是全诗的着重之处。在诗学上说,这叫"取题之神"。

诗人假设白莲花因为不够鲜艳,很少人加以赏识,在池塘里它是自开自落的。不管它是有感情也罢,没有感情也罢;懂得愁恨也罢,不懂得愁恨也罢,谁曾看见?谁去理会?("无情有恨"四字,是包括无情无恨和有情有恨说的,不应该拆开解释。)然而诗人却认为,白莲花其实是很美的。它那纯洁的颜色,它那婷婷的姿态,它那"出污泥而不染"的品格,就像瑶池中的仙子。尽管在它开的时候没有人注意,在它"欲堕"的时候也只有晓月清风做伴,又何损于它的美呢!

我们试驰骋一下想象:天色不曾放亮,野外静寂无人,蒙蒙而西沉的晓月,淡淡而凉快的清风,十亩方塘,田田绿盖。荷叶丛中,最明艳的难道不是那又白又大的莲花吗?你仔细再看吧,最惹人怜爱的,难道不是摇曳在清风之中、轻垂几片欲堕不堕的花瓣的白莲吗?我们试念一下:"无情有恨何人见?月晓风清欲堕时"这两句,不是觉得非常恰切,非常传神吗?

拿它来咏白牡丹、白芍药合适不合适

② 诗题是《寄蔡氏女子》二首之一。

呢?当然不合适。恐怕连咏红莲花也不合适。我们知道,在残月迷茫的破晓之前,红颜色是不够明显的。所以王安石才有"积李兮缟夜,崇桃兮炫昼"的诗句②(在白天,繁密的桃花特别炫目;而在夜里,却只能看见一丛丛的李花)。正因如此,"月晓"两字在这里是很有讲究的,它注意到了光和颜色的关系。只有白莲才在这种时光中既显示它的明丽而又和整个环境配称。这是那特有的形象、特有的环境、特有的氛围交织共融所产生的魅力,使我们觉得这真是不可以移用到别的花草身上的。王渔洋似乎也认识到这一点,他有两句诗不无仿效的痕迹,说:"行人系缆月初堕,门外野风开白莲。"(《再过露筋祠》绝句)

这就是既看到物象的一般性而又紧紧把握住它的特殊性。这也就是"取题之神"。

聂夷中

(837—?)，字坦之，河东(今山西永济西)人。咸通末进士。其诗多为五言古体，朴质无华，多反映社会现状及农民疾苦。《伤田家》一首，尤为后世所称赏。原有集，已散佚，《全唐诗》录存其诗为一卷。

公子家①

聂夷中

种花满西园，
花发青楼道。
花下一禾生，
去之为恶草。

在晚唐的现实主义诗人中，聂夷中是代表人物之一。他仅存三十七首诗，其中就有像《公子行》《伤田家》《田家》和这里要谈的《公子家》等优秀的作品。在这些作品里，诗人表露了对于当时政治的黑暗腐败和统治阶级的荒淫无耻的极大愤懑；而《赠农》一首(一说是孟郊作)，又倾诉了对被压迫剥削的农民的同情与关怀。其中的《公子行》，揭露当时"一行书不读，身封万户侯"的豪贵子弟的丑恶面目真是入木三分。他们一方面是无比凶横："走马踏杀人，街吏不敢诘"；同时另

① 诗题一作《长安花》，一作《公子行》。

一面则是"美人尽如月，南威莫能匹"，尽情地纵淫；"飞琼奏云和，碧箫吹凤质"，惊人的豪侈。诗人最后还深刻地挖出这些家伙恨不得享寿一千岁，让他能够无穷无尽地纵乐的龌龊心理："唯恨鲁阳死，无人驻白日。"这些诗歌都不愧为晚唐时代具有战斗风格的作品。

从《公子家》这首五绝，可以看出诗人的观察是很细致的，而着眼点却是很高的。假如说，像上面举出的那首《公子行》，诗人是从纵面来解剖那些公子王孙的荒淫生活及其心理活动的话，那么，这首短诗就是从横的方面切出一块薄片，同样地尽了暴露的作用。这种横剖的手法，固然并不新奇，然而诗人在横剖的时候，并不是随便一刀下去的。他看准的那个地方，是一般人都不曾注意到的极微细的地方，那是在这位公子到花园里去"赏花"的时候，忽然看见花枝底下有一株稻苗长了起来，便伸出两个尖尖的指头，把它连根拔起，随手扔到路边去。对于这个小动作，不是有灵心慧眼的人，根本就没有想到去理会它。可是我们这位诗人恰好把它捉住了，就像医生解剖毒瘤一样，一刀下去，丑恶的东西便一下子揭了出来。

读这首诗，我们会看出了不止一层涵意。这个五谷不分的公子哥儿，自然以为秧苗就是"恶草"，拔而去之，这就勾画了其人的荒谬愚蠢。这层意思自然是重要的，可是单这样了解却不够，还应该进一步看到诗人在刻画这个小动作后面所赋予的巨大的社会意义。在晚唐这样糜烂到发臭的李氏王朝统治底下，人与人之间的位置安排完全是颠倒的。诗人看到当时正直良善的人们被当做"坏人"看待，而真正的坏人(他们表面上装得怪好看的)或华而不实的家伙却受到宠爱。这种情形，正和这位公子把禾苗当做"恶草"

一样。因此,诗人在这首诗里,就借用了这个小场景,来寄寓自己对于这样的社会现象的愤慨。这首诗所抨击的对象,因之就不仅仅是某一个公子哥儿,而是从局部展示全体,从个别指出一般了。

这首诗的典型意义,正在于此。

田 家

聂夷中

父耕原上田,
子劚①山下荒。
六月禾未秀,
官家已修仓。

谈了聂夷中的《公子家》,还想再谈谈他这一首。

对于只会吮血吸髓的封建统治阶级,特别是它的上层集团,有正义感的唐代诗人曾经不止一次地举起过他们的投枪。在这当中,各人所使用的手法是不一样的。像白居易,有时用的就是火辣辣的字眼,如他在《杜陵叟》一诗中,借杜陵叟的口破口大骂:"虐人害物即豺狼,何必钩爪锯牙食人肉!"那种愤不可遏的气势,真像要把"豺狼"一下子烧成灰烬。但更多的人还是比较含蓄的,虽然讽刺入骨,在字面上仍然留了一点地步。杜甫写马嵬坡那一幕,就没有白居易《长恨歌》那样赤裸

①劚(zhú)——锄地。

裸,只是隐隐约约,用"明眸皓齿今何在,血污游魂归不得"两句,表露了对这件事情的感慨。

聂夷中这位诗人却有不同的气质,他似乎并不愿意故作含蓄。他对封建统治阶级的攻击,从来不肯转弯抹角。可是,他和白居易在《新乐府》里喜爱直接表示意见、发挥议论的又有所不同。他好像更喜欢让事实来说话,把东西都摊开到桌子上,或者换句话说,把一幅速写画挂在你的眼前,让你自己看了去作结论。上面谈到的《公子家》是如此,另外两首《公子行》是如此,这一首《田家》也不例外(只有"二月卖新丝"那首诗,用的是议论,但仍用比喻手法)。由于这位诗人善于选择题材,因而使用这种手法,又都是十分成功的。人们看了他摆出来的事实,不由得不自己去作结论,从而诗人就使他的作品获得应有的效果。

这首《田家》,打个比喻,就是一幅形象鲜明的速写画。在画的一边,一位白发皤然的老父亲,正在高田上气咻咻地给禾苗除虫去草;在山下,他的儿子挥着锄头吃力地开荒。显然,这时禾还没有长起来,为了度荒,不得不赶种一些早熟作物,免得禾还没有长成自己先就饿死。假如单看画面上这一角,我们还替他父子俩抱着一线希望:也许能够挣扎着度过这种艰苦的岁月吧!然而,当转过眼去接触到另一个角落的时候,我们却好像头上响起一个霹雳:原来那伙坐在人民头上喝血的家伙,已经派人在那里修筑粮仓,他们早就盘算着把父子两人的辛苦所得一粒不剩地搬个罄净了!

该怎么办呢?我想,受到封建统治者剥削压榨的农民,都会自己来下结论吧!

为了完成诗的主题思想,可以想见诗人事前花费了多少力量！他需要找一幅最有说服力量的画面，而且只需寥寥几笔的，好让它来向读者发挥雄辩。而这位诗人也的确具有灵心妙手，只把两个农夫，一座官家粮仓放在一起，不着一个字议论，其结果，比之洋洋万言的大文章似乎并无愧色。所谓"一矢破的"，所谓"言简意赅"，说的都是文章的好处。我想聂夷中这首诗，正是兼有这两种长处的。

罗　隐

(833—910),字昭谏,杭州新城(今浙江富阳西南)人。光启中,入镇海军节度使钱镠幕,后迁节度判官、给事中等职。诗颇有讽刺现实之作,多用口语,于民间流传颇广。有诗集《甲乙集》。

黄　河

罗　隐

莫把阿胶向此倾,此中天意固难明。
解通银汉应须曲,才出昆仑便不清。
高祖誓功衣带小,仙人占斗客槎轻。
三千年后知谁在?何必劳君报太平!

在江浙一带群众的口中,流传着不少有关罗隐的故事。这和罗隐有些诗句长期在群众口中流传下来是分不开的。罗隐的诗通俗流畅,一般人都容易读懂,有些讽刺也很辛辣。例如《咏金钱花》:"若教此物堪收贮,应被豪门尽劚将(砍掉)。"对封建掠夺者这一刺,辛辣而又带点幽默。僖宗李俨给农民起义军打得奔逃入蜀,他又写道:"地下阿蛮①应有语,这回休更怨杨妃。"分明在说,这是封建帝皇自取其祸,怨不得别人,但是写来却并不声色俱厉。

①阿蛮——唐玄宗尝自称为阿瞒。这里的"阿蛮"疑是"阿瞒"的同音借用,和唐代舞女谢阿蛮无关。

罗隐早年在仕途上很不得意,曾经十次应进士考都落第,对李唐王朝压抑人才是满怀不快的。这首《黄河》,正是针对这一点而发。诗并不是写黄河,虽然表面上每句都像是咏黄河,其实每句都是对封建贵族援引私人、埋没人才的攻击。因为唐代的科举考试,表面上说是选拔人才,其实徒具形式,士子如果没有朝中贵族或大臣荐引,即使很有才学,也是不被取录的。罗隐本人就屡次尝过这种苦头,所以感慨也特别深。

在开头,作者就用"天意难明"四字,暗示当时的科举考试的虚伪性。因为官场正像黄河那样混浊,就算把阿胶倾进黄河也是无益的("阿胶",古人说是可以澄清浊水的药剂)。

跟着,作者就再把这个意思进一步加以发挥。"解通银汉应须曲"的"银汉",原意自然是天上的银河,但古人诗中却也可以把它挪到人间,当做皇室、朝廷,亦即统治集团的上层来解释。这句诗中的"银汉",也应该是皇室的代词。因此,整句诗的意思就是说:要通到皇帝身边去,就得使出卑鄙的手段(就是所谓"曲"),这才可以达到目的。

"才出昆仑便不清"——句中"昆仑"也和"银汉"一样,不是指"黄河发源地"的昆仑山,而是指那些豪门贵族。因为那些被荐引做了官的士子,都是与贵族、大臣私下勾结的,他们一出手就不干不净,正如黄河在发源地就已经混浊了一样(这是罗隐对黄河的认识,自然不是科学的说法)。

五、六两句:"高祖誓功衣带小,仙人占斗客槎轻。"包含了两段小小的典故。前一句,暗指汉高祖在平定天下,大封功臣时的"封爵之誓"所说的话,誓文说:"使河如带,泰山若砺"。翻译出来就是:要到黄河像衣带那么狭小,泰山像磨刀石那样平坦，你们的爵位才会消失(即是永不消失之意)。后一句，却有一则故事，据说汉代张骞奉命探寻黄河源头，他坐了一只木筏，沿黄河直上，不知不觉到了一个地方，看见有个女人织布，还有一个牵牛的男人。张骞后来回到西蜀，向善于占卜的严君平询问这件事，君平说，你已经到过牛斗二宿的所在了。这两件事都是有关黄河的典故。诗人运用这两个典故也有含意，上句的意思是说，自从汉高祖大封功臣以来(恰巧，唐高祖又是唐代开国皇帝)，贵族们就是世代簪缨，富贵不绝，霸占着朝廷爵位，排斥别人，好像真要等到黄河小得像衣带一样，才肯放手。下句意思是说，封建贵族霸占爵位，把持朝政，有如"仙人占斗"。他们既然占据了"斗"，那么，对于要到"天上"去的"客槎"(这里指考试求官的人)，经他们援引，自然就飘飘直上，不用费力了。由此可见，诗人句句明写黄河，却句句都是暗射封建社会的上层统治集团，骂得非常辛辣，也非常尖刻。这和罗隐十次参加科举考试都没有及第，在痛苦的经历中洞察了唐代官场的腐败黑暗有着密切关系。

最后两句，因为黄河有"千年一清，黄河清就是天下太平"的说法，因此诗人就说，三千年(按，三千年似应作一千年)黄河才澄清一次，谁个还能够等候得来呢！这也是愤慨的话。

这首诗从艺术性来看，当然不能说是写得很好。但是，第一，诗人拿黄河来讽喻科举制度，这构思就很巧妙。其次，句句切定黄河，而又别有所指，手法也是运用得很灵巧的。而且综观全诗，可以看出诗人对唐王朝的科举制度是揭露得淋漓尽致的。也就是说，它在当时有很大的代表性。由于诗中语气异常激烈，所以曾经有人说它"躁"，也即所谓不够"温柔敦厚"。曾写过一本《作诗百法》的刘铁冷,对"解通银汉应须曲,才出昆仑便不清"一联便是这样评价的。他认为"诗有四失","失之大怒其辞躁。"而罗隐这两句诗是"失之大怒"的,因此也就不好。这当然是没有了解当时诗人的思想感情的"中庸"之论,但是他看到这两句诗乃是"大怒"之辞,却实在没有看错。

绵谷回寄蔡氏昆仲①

罗　隐

一年两度锦江②游,前值东风后值秋。
芳草有情皆碍马,好云无处不遮楼。
山牵别恨和肠断,水带离声入梦流。
今日因君试回首,淡烟乔木隔绵州③。

苏东坡在衙门值夜,有一次带了朋友李之仪的一百多首诗去阅读,一直读到半夜才完。于是他提起笔来,写了一首读后感。其中有句说:"暂借好诗消永夜,每逢佳处辄参禅。"又说:"愁侵砚滴初含冻,喜入灯花欲斗妍。"有人以为东坡讽刺了这位朋友一下,意在说他的诗太晦涩了,要弄懂它的意思,就得像参禅一样。可是,照"愁侵……喜入……"这两句看来,上句是沉思的神态,下句是领悟的喜悦,实在不像讽刺。

如今单谈罗隐这首诗,并且主要只谈

①绵谷——旧县名,在今四川广元县。昆仲——兄弟。
②锦江——在四川成都市南。
③绵州——今四川绵阳县。

其中的两句,我看是颇有"愁侵砚滴初含冻,喜入灯花欲斗妍"的味道。

"芳草有情皆碍马,好云无处不遮楼。"许多人一看都会觉得是好句。好在什么地方?它写景实在美得很。一读之下,一幅春郊试马图就如在目前。在画面近处,我们看到几个游人各骑着健马,在密茂的青草地上联辔而行,还仿佛听得见马蹄踏在草上发出沙沙的响声。远处,便是一带葱绿的山峦,白云在山间萦绕,透过云缝,参差历落地出现一座座亭台楼阁,游人扬鞭指点,谈论着这里的绮丽风光。用不着再虚构什么情节,只是这样,便是一幅很美的图画了。

这样来理解这两句诗对不对?当然对!因为从写景来说,它就是如此的,可是,仅仅这样理解够不够呢?我们又可以肯定地说,不够。因为作者并不是——准确地说,主要的不在于为我们提供如此这般的一幅画面。作者在这里是抒发自己的感情。当然,景是有的,并且是作者亲历其境的景;然而正如许多寓情于景的诗句一样,这里的景已经不是以独立的现象出现,它已经变成了表现人物感情的因素了。所以,我们对它的理解必须进深一层。

看题目,这是作者寄给分别不久的朋友——蔡氏昆仲的诗。朋友分手了,自然会依依不舍,尽管早已过了几处驿站,而且眼前好山好水,但心头上的离情别绪仍然没有完全消除。这时候,拦在诗人马前的是一片连绵不尽的芳草,它们老是绊着马蹄,蹍脱不开。为什么这样?作者起初有点不明白,后来才忽然省悟,原来芳草也像那两位昆仲一样,不愿意放自己离开四川,老是拦着马蹄,盼望诗人再逗留一些时候。——这就是"芳草有情皆碍马"的抒情的内容。

诗人万里入蜀(罗隐是江东人),故乡远隔天涯,自然难免会像王粲④那样,登上高楼,眺望故乡,舒散一下怀归的感情;可是四川不只是山川峻秀,连云彩也是感情丰富的,它好像是怕诗人登楼远眺,触动愁怀,所以总是有意把楼台遮蔽起来,不让诗人望见故乡。因此,诗人又不禁感动得写下了"好云无处不遮楼"这一形象生动的诗句。

④王粲,汉末山阳人,董卓之乱,他到荆州去依附刘表。曾登上当阳县城楼,作《登楼赋》,表示怀归之意。

这样体味,这两句诗的内容就比刚才丰富得多了。它不单是一幅春郊试马图,它更主要的是表达了诗人对于四川山水的感情,对于异地朋友的感激和谢意。只是作者运用的是我们通常所说的形象思维,而不是径直说理罢了。

由此不难看出,为什么东坡读一首诗,也会有"愁侵砚滴初含冻,喜入灯花欲斗妍"的体会。

韦 庄

（约 836—910），字端己，长安杜陵(今陕西西安东南)人。乾宁进士，官左补阙。与温庭筠齐名，并称温韦。早年作《秦妇吟》长诗，在当时颇有名。著有《浣花集》。

古离别

韦 庄

晴烟漠漠柳毵毵①，

不那②离情酒半酣。

更把玉鞭云外指，

断肠春色在江南。

写文艺作品的人，大抵都懂得一种环境衬托的手法：同样是一庭花月，在欢乐的时候，它们似乎要为人起舞；而当悲愁之际，它们又好像替人垂泪了。"碧云天，黄花地。西风紧，北雁南飞……"萧瑟的秋景，有力地衬托出《西厢记》那场别宴中的离情别绪，便是一例。使用这种正面衬托手法，并无足以非议之处，只是用得滥了，也难免令人生厌。"蜡烛有心还惜别，替人垂泪到天明。"固然不失为好句，不能老是这样的一种构想。韦庄这首《古离别》，正好跳出这种常见的比拟，用优美动人的景色来反衬离愁别绪，却又获得和谐统

①毵毵（sān）——柳叶纷披下垂貌。
②不那——同不奈，无奈。

一的效果。

晴烟漠漠,杨柳毵毵,日丽风和,一派美景。作者没有把春天故意写成一片黯淡,而是如实地写出它的浓丽,并且着意点染杨柳的风姿,从而暗暗透出了在这个时候和心爱的人诀别的难堪之情。所以,第二句转入"不那离情酒半酣",便构成一种强烈的反跌,使满眼春光都好像黯然失色,有春色越浓牵起的离情别绪也更加强烈的感觉。这个道理,明末王夫之(船山)就已经谈到了。他说:"'昔我往矣,杨柳依依;今我来思,雨雪霏霏。'以乐景写哀,以哀景写乐,一倍增其哀乐。"懂得使用这种反衬所造成的效果,对我们创作和欣赏都不无好处。

"酒半酣"三字也下得好。不但带出离筵别宴的景色,使人看出在柳荫之下置酒送行的场面,并且巧妙地写出人物此时的内心感情。因为假如酒还没有喝,离别者的理智还可以把感情勉强抑制,如果喝得太多,感情又会完全控制不住;只有当半酣的时候,离情的无可奈何才能给人以深切的体味。"酒半酣"之于"不那",起着深化人物感情的作用。

然而作者还嫌不够饱满,因此三、四两句再进一层。这一层意思是从第一句引申出来的。行人要去的是江南,江南的春天来得比北方早,杨柳自然更加繁茂,春色也更加动人;可惜这些给行人带来的并非欢乐,而是更多的因春色而触动的离愁。所以在临别的时候,送行者用马鞭向南方指点着,饶有深意地说出"断肠春色在江南"的话。

盛唐诗人常建的《送宇文六》诗说:"花映垂杨汉水清,微风林里一枝轻。即今江北还如此,愁杀江南离别情。"李嘉祐《夜宴南陵留别》诗也说:"雪满庭前月色闲,主人留客未能还。预愁明日相思处,匹马千山与万山。"结尾都是深一层的写法。前代文艺评论家叫这做"厚",也就是有深度。"厚",就能够更加饱满地完成诗的主题。

色调鲜明,音节谐美,是这首诗的另一特色。淡淡的晴烟,青青的杨柳,衬托着道旁的离筵别酒,仿佛一幅诗意盎然的设色山水。诗中人临别时扬鞭指点的动作,又使这幅画图显得栩栩如生。读着它,人们很容易联想起宋元画家所画的小品,风格和情致都相当接近。

韦庄是晚唐比较著名的诗人和词人,由于他所处的是动乱的时代,并且由于时代的、阶级的局限,他眼见唐王朝的统治已到了"日落西山"的境地,常常不能避免地带着一种哀挽的心情。因此在他的作品中,一种淡淡的哀愁,无可奈何的叹喟,常常流露在字里行间。这是我们读韦庄的作品的时候能够感觉得到的。

韦庄的诗(尤其是七绝)柔中带健,淡中有韵,而且音节优美,色调和谐,予人以一种清新的美感。他的诗浅处不失于裸露,在流利中仍然显出组织上的细密,因此也经得起咀嚼。这首《古离别》,多少可以看出他的风格来。

张 泌

生卒年不详，字子澄，安徽淮南人。累官至内史舍人。花间派的代表人物之一。其诗多写湖湘桂一带风物，用字工炼，章法巧妙，描绘细腻，用语流便。今存诗十九首。

寄 人①

张 泌

别梦依依到谢家，
小廊回合②曲阑斜。
多情只有春庭月，
犹为离人照落花。

以诗代柬，来表达自己心里要说的话，这在古代的文人是常有的事。这首题为《寄人》的诗，就是拿来代替一封信的。

从它措词简单而又深情婉转的内容看来，诗人是曾经和一个姑娘相好，而后来不知怎样又分手了的。然而诗人始终没有能够对她忘怀。在封建宗法社会的"礼教"阻隔下，既不能够直截痛快地倾吐自己的心里话，只好借用诗的形式，曲折而又隐约地加以表达，希望她到底能够了解自己了。这是题为《寄人》的原因。

诗是从叙述一个梦境开始的。"谢家"也许就是这位姑娘

①清人李良年《词坛纪事》云："张泌仕南唐为内史舍人。初与邻女浣衣相善，作《江神子》词。……后经年不复相见，张夜梦之，写绝句云云。"即是此诗。
②回合——回环周绕的意思。

的娘家吧(这位姑娘不一定姓谢。旧体诗词中常用"谢家"来代指女子的娘家,大抵是从谢道蕴这位著名的才女借用来的)。可以设想,诗人曾经在她的家里待过,或者在她家里和她见过面。曲径回廊,本来都是当年旧游或定情的地方。因此,诗人在进入梦境以后,就觉得自己飘飘荡荡的到了她的家里。(句中的"依依",可以引《楚辞》"恋恋兮依依"作注解,就是依依不舍的意思。)

这里的环境是这样熟悉:院子里四面走廊,那是两人曾经谈过心的地方;曲折的阑干,也像往常一样,仿佛还留下自己触摸过的手迹。可是就偏偏没有看见这位姑娘。他的梦魂绕遍回廊,倚尽阑干,就是找不到她的踪影。他只好非常失望地徘徊着、追忆着,直到连自己也不知道怎样脱出这种难堪的梦境——这就是第二句"小廊回合曲阑斜"描写的梦中情景。

很多人都读过崔护的《题都城南庄》诗:"人面不知何处去,桃花依旧笑春风。"宋代词人周邦彦有一首《玉楼春》词,描写的也类似:"当时相候赤阑桥,今日独寻黄叶路。"一种物是人非的依恋心情,写得同样动人。然而,"别梦……"两句写的却是梦境,而连在梦里也寻找不到自己所爱的人的踪影,那惆怅的情怀就加倍使人难堪了。

人是再也找不到了,那么,还剩下些什么呢?这时候,一轮皎月,正好把它的冷光洒在园子里,地上的片片落花,反射出惨淡的颜色。"花是落了,然而曾经映照过枝上芳菲的明月,依然如此多情地临照着,还没有忘记他们之间那一段曾经结下的情愫呵!"这后两句就是诗人要告诉她的话。

自然,这首诗是"寄人"的。诗人写出了自己的梦境,又写出了从花月中受到的感触,这就不能不是向这位姑娘表露心事。前两句写入梦之由与梦中所见之景,使对方知道自己思忆之深,后二句再写出多情的明月依旧照人,那就更是对姑娘的鱼沉雁杳有点埋怨了。"花"固然已经落了,然而,春庭的明月还替离人临照落花,仿佛在告诉人们:你们对于"落花"就这样地决绝,连回头一盼也不肯么!诗人言外之意,还是希望彼此通一通音问的。

唐代优秀的抒情诗歌都有这个特点:作者创造的艺术形象是鲜明、准确,而又含蓄深厚的。他们善于通过被塑造的形象的行动,来表达自己深沉曲折的思想感情。因此不需要作者自己外加一句多余的话。正如这首《寄人》诗,只写一个梦魂的行动,只写小廊曲阑和庭中花月,比之作者自己诉说心头上的千言万语,却还要有力得多。"别梦……"两句,比起"有梦也难寻觅"不是还要深刻动人么!

近人论宋诗,说"唐诗之美在情辞,故丰腴;宋诗之美在气骨,故瘦劲。"如果单从文字修饰来理解所谓"情辞",而看不到形象的提炼所起的作用,我看还是很难理解唐诗"丰腴"之所以然的。不过,这已经是题外的话了。

葛鸦儿

生卒年与生平不详。写景颇具道家色彩。《全唐诗》
录其诗三首，即《怀良人》和《会仙诗二首》。

怀良人

葛鸦儿

蓬鬓荆钗世所稀①，
布裙犹是嫁时衣。
胡麻②好种无人种，
正是归时不见归③。

曾经看过明人顾元庆的《夷白斋诗话》，里面提到葛鸦
儿这首《怀良人》。它特别指出，诗中为什么
要写"胡麻好种无人种"，因为古代民间相
传，种芝麻的时候，假如是夫妻二人一同播
种，收成就会增加；不然的话，收成就不好。

指出这一点，的确是很重要的。因为，从
多数情况来说，文人写的诗歌运用的大抵是
书里的典故，而民间的诗歌运用的大抵是民
间传说，或民间流行的隐语、比喻之类，主要是口头流传的
东西。

①这句是说，头发散乱，插的
是荆条造成的钗子，穷得来
世上少见。
②胡麻——即芝麻。后魏贾思
勰《齐民要术》："种黑斑麻
子，种法与麻同。三月种者
为上时，四月为中时，五月
初为下时。"
③韦庄《又玄集》录此诗，作
"正是归时君不归"。此诗又
见韦縠《才调集》。

运用书里的典故,假如书还存在,查出来是不难的。但如果运用的是口头传说,情况就不同了。一则口头的东西容易失传,二则有地区不同的限制,三则搜访较难。有许多古代民歌,字面倒好解,就是领悟不出它的妙处,原因常常就在这里。

拿葛鸦儿这首诗来说吧。它收录在《全唐诗》第八百零一卷④。但葛鸦儿的时代、生平已无从知道。只是从诗的内容看,她显然是一位贫苦的劳动妇女,为思忆她的丈夫而写的。题目也许是收集的人加上去,原来不一定有。和文人的创作不同,葛鸦儿巧妙地运用了当时民间的种芝麻的传说,来抒发渴望丈夫及时回来的心情,写得深挚动人。可是,如果我们不知道民间有这种传说——种芝麻要夫妻一起播种才会丰收,那么,我们就不能指出这首诗包含的巧喻,无法解释为什么芝麻没有人种,又怎么同"不见归"联系得上,也更无法说明这首诗的好处了。

④《全唐诗》卷七八四又收录这首诗,题作河北士人《代妻答诗》,并引《本事诗》说是一个士子所作。恐怕不大可靠。

这使我想起类似的一件事。

在元人杂剧中,常见有"赵呆送曾哀"这句民间成语。如《儿女团圆》剧二,《墙头马上》剧二,《薛仁贵》剧二则作"赵藁"。但也有作"赵呆送灯台"的,如《黄粱梦》剧二。这话是什么意思呢?是"一去不回"的意思。假如要在古书上找证据,那么,欧阳修的《归田录》倒可以找着:"俚谚云:'赵老送灯台,一去也不来。'不知是何等语。天圣中,有尚书郎赵世长,为留台御史。有轻薄子送以诗云:'此回真是送灯台。'其后竟卒于留台。"可知在北宋时,原是"赵老送灯台"的,但在口语流传中,逐步产生变音,于是就有人写成"赵呆送灯台",甚至变成"赵呆送曾哀"了。

然而问题还没有完全解决。到底是"送灯台"变成"送曾哀"呢,还是"送曾哀"变成"送灯台"呢?为什么又是"一去不回"的意思呢?这就不是在古书里能够解决的了。

解决问题的钥匙原来依然留在民间。

在四川民间故事中,还保存着一段赵巧儿送灯台的传说。故事大致是这样的:

赵巧儿是鲁班师傅的唯一徒弟,可他是生性懒惰,又会作弊,常常因此把事情搞糟。有一回,鲁班打算建一座石桥,不料海龙王老是兴波作浪,很难建成。鲁班为了镇压龙王,就拿出一个木制的灯台,交给赵巧儿,让他送下海去。并且告诉他:龙王看了这灯台,就再不敢兴波作浪了。赵巧儿口里答应,心中可不服气。他认为若果自己造个灯台,一定比师傅那个还好看。于是自制了一个,藏在身上。先点着师傅的灯台,分开水路,直朝龙宫而去。灯台果然发生效力,龙王一见,恭敬下拜,不敢乱动。赵巧儿却要显显自己的本领,就拿出自制的灯台来,把油倒进去燃着。不料他这灯台是漏油的,火忽然灭了。龙王马上翻过脸来,依旧兴波作浪。从此,赵巧儿就再也没有回到师傅身边了。

这个赵巧儿,显然就是《归田录》说的"赵老",也是元剧中出现的"赵呆"。"送曾哀"自然是"送灯台"音variant而成。其所以成为"一去不回"的隐语,故事也交代得很清楚。

由此可见,民间成语的来历,要到民间去找;民歌中运用的民间成语、隐语、比喻之类,也要到民间去找。当然有些能找到,有些失传的就找不到了。但流传在民间的无数故事、传说、隐语、比喻,往往具有千数百年的活力,它蕴藏着我们先民的智慧之光,保存了不少至今还有用的资料。民俗学家、语言学家固然应当充分利用,就是研究古典文学的人，欣赏古代民歌的人，也是不能不留意的。葛鸦儿这两句诗，只有到民间传说中取得确解，不过仅仅是一个例子罢了。

这首诗看来是中唐以后至唐末之间的作品。那是社会动乱，农村经济破产，阶级矛盾激化的时期。农村的壮汉不是被迫出外谋生，就是被征调到前方打仗，长期不得归乡。剩下来的老弱，过着极度贫困的生活。诗中描绘的这幅悲惨图画，正是在这样的背景下出现的。